西尾維新
NISIOISIN

Illustration
take

完全過激（中）

紅色征裁vs.苦橙之種

Book Design Hiroto Kumagai
Cover Design Veia
Illustration take

目次

第十幕……………苦橙之種 005

第十一幕…………休養期間 089

第十二幕…………保險和防禦 147

第十三幕…………否定的背叛 191

第十四幕…………無銘 253

第十五幕…………意外的結果 309

第十六幕…………前夜 393

Nekosogi
Radical

登場人物簡介

赤神伊梨亞 (AKAGAMI IRIA)——千金小姐。
班田玲 (HANDA REI)——女僕領班。
千賀彩 (CHIGA AKARI)——三胞胎女僕・長女。
千賀光 (CHIGA HIKARI)——三胞胎女僕・次女。
千賀明子 (CHIGA TERUKO)——三胞胎女僕・三女。
伊吹佳奈美 (IBUKI KANAMI)——畫家。
佐代野彌生 (SASHIRONO YAYOI)——廚師。
姬菜真姬 (HIMENA MAKI)——占卜師。
園山赤音 (SONOYAMA AKANE)——學者。
逆木深夜 (SAKAKI SHINYA)——隨行看護。
貴宮無伊實 (ATEMIYA MUIMI)——學生。
宇佐美秋春 (USAMI AKIHARU)——學生。
江本智惠 (EMOTO TOMOE)——學生。
葵井巫女子 (AOII MIKOKO)——學生。
佐佐沙咲 (SASA SASAKI)——刑警。
斑鳩數一 (IKARUGA KAZUHITO)——刑警。
市井遊馬 (SHISEI YUMA)——病蜘蛛。
萩原子荻 (HAGIHARA SHIOGI)——軍師。
西条玉藻 (SAIJYOU TAMAMO)——黑暗突襲。
檻神諾亞 (ORIGAMI NOA)——理事長。
斜道卿壹郎 (SHADO KYOICHIRO)——研究者。
大垣志人 (OGAKI SHITO)——助手。
宇瀨美幸 (UZE MISACHI)——秘書。
神足雛善 (KOUTARI HINAYOSHI)——研究員。
根尾古新 (NEO FURUARA)——研究員。
三好心視 (MIYOSHI KOKOROMI)——研究員。
春日井春日 (KASUGAI KASUGA)——研究員。
兔吊木垓輔 (UTSURIGI GAISUKE)——害惡細菌。
日中涼 (HINEMOSU SUZU)——雙重世界。
梧轟正誤 (GOTODOROKI SEIGO)——罪惡夜行。
棟冬六月 (MUNEHUYU MUTUKI)——永久立體。
撫桐伯樂 (NADEKIRI HAKURAKU)——狂喜亂舞。
綾南豹 (AYAMINAMI HYOU)——凶獸。
式岸軋騎 (SHIKIGISHI KISHIKI)——街。
滋賀井統乃 (SHIGAI TOUNO)——屍。
木賀峰約 (KIGAMINE YAKU)——副教授。
圓朽葉 (MADOKA KUCHIKA)——實驗體。
匂宮出夢 (NIOUNOMIYA IZUMU)——殺手。
匂宮理澄 (NIOUNOMIYA RIZUMU)——名偵探。
淺野美衣子 (ASANO MIIKO)——劍客。
紫木一姬 (YUKARIKI ITICHIME)——少女。
闇口崩子 (YAMIGUCHI HOUKO)——少女。
石凪萌太 (ISHINAGI MOETA)——死神。
隼荒唐丸 (HAYABUSA KOUTOUMARU)——D J。
七七見奈波 (NANANANAMI NANAMI)——魔女。
石丸小唄 (ISHIMARU KOUTA)——超級小偷。
零崎人識 (ZEROZAKI HITOSHIKI)——殺人鬼。
架城明樂 (KAJYOU AKIRA)——第二。
一里塚木之實 (ICHIRIDUKA KONOMI)空間製作者。
繪本園樹 (EMOTO SONOKI)——大夫。
宴九段 (UTAGE KUDAN)——架空兵器。
古槍頭巾 (FURUYARI ZUKIN)——刀匠。
時宮時刻 (TOKINOMIYA JIKOKU)——操想術師。
右下露蕾蘿 (MIGISHITA RURERO)——人偶師。
闇口濡衣 (YAMIGUCHI NUREGINU)——暗殺者。
澪標深空 (MIOTSUKUSHI MISORA)——殺手。
澪標高海 (MIOTSUKUSHI TAKAMI)——殺手。
諾衣茲 (NOIZU)——不諧和音。
奇野賴知 (KINO RAICHI)——病毒使者。
想影真心 (OMOKAGE MAGOKORO)——苦橙之種。
西東天 (SAITO TAKASHI)——最惡。
哀川潤 (AIKAWA JYUN)——紅色。
玖渚友 (KUNAGISA TOMO)——藍色。
我（旁白）——主角。

第十幕——苦橙之種

祭典就此展開。

01

橘色的頭髮。

紅色髮圈紮起那長達腰際，猶如注連繩（註1）般粗的橙色麻花辮。前額瀏海和兩頰側髮亦全部向後梳理，毫不吝惜地展露寬闊、美麗的額頭。

看似意志堅定的粗眉。

挾帶一股奇異氛圍，極具挑戰性的鳳眼。

閃閃生輝的橙眸。

脫下木屐的裸足。

褪去浴衣，換上緊身褲、貼身襯衫。

嬌小的身軀。

過於嬌小的身軀。

---

1 日本新年掛在門口取意吉利的稻草繩。

彷彿輕輕一觸就會折斷的纖細手腳。

然而，卻又柔軟異常。

猶如極限滿弓。

絕不可能折斷。

那令人聯想到——

那身影令人聯想到優美的貓仔。

想影真心。

「…………！」

首先是——離她最近的萌太。

在真心伸手可及之處的萌太。

宛若並肩同行，真心從剛才就一直跟在他身旁，萌太卻到此刻才終於發現她的存在。他神色狼狽地轉頭——話雖如此，不愧是出身死神家族的石凪萌太。即便面對真心朝他攻擊的意志，以及手臂從內向外揮舞的事實，雙手仍以堪稱反射動作之速度在胸前交叉。

「愚不可及。」我身旁的狐面男子說道。

而今想起，那確實愚不可及。

從結果來看，也只能如是說。

既有餘力防禦，照理說亦能選擇迴避——迴避甚至比防禦更容易，但萌太卻沒有那麼做。萌太或許有自己的考量，可是光就這個情況而言，無論有任何考量，防禦都是下下之策。

光就這個情況而言，**就算成功完成防禦動作，亦不代表絕對能夠防禦對方。**

「——萌太！」

喀啦——

喀啦喀啦——

骨折聲清晰傳至遠處的我們耳裡。

然而，那終究無法完全化解衝擊力道，只見萌太的身體向後飛去。萌太的雙腿離開體育館的地板——被震飛。

騰空飛起，而且速度驚人。

只能用被震飛一詞形容。

而他飛去的方向是——

哀川潤。

萌太的身體撞上哀川小姐。

不知是因為事出突然？

抑或是由於猝不及防？

連哀川小姐亦反應不及。

那並非無法閃避的速度。

儘管兩人間的距離幾近於零，但並非無法閃避。

換言之，可能純粹是驚訝所致。

也許是對震飛萌太的**存在**——

內心有所感應之故。

因為。

那個橙髮存在。

對哀川潤而言——

「……什麼？」

萌太撞上哀川小姐之後——還是無法停止。即使如此，依舊化解不了那股力道。兩人並未停止，宛如疊羅漢般地繼續滾向後方。這時當然已重返地面，可是他們甚至無力採取保護姿勢，身體衝撞不迭——直到兩人頭部砰的一聲撞上牆壁前都未停止。

兩人停下來之後——一動也不動。

那姿勢。

猶如——嵌入牆壁一般。

「……什——什麼東西……？」

那股力量是——什麼東西？

攻擊前甚至沒有任何準備動作，彷彿在林間行進時伸手撥開高聳的雜草，只是伸手橫劈而已，不是嗎？

這一劈——竟輕鬆擊敗兩人。

站在男性的角度也好，站在女性的角度也罷，萌太和哀川小姐的身材絕對不算嬌小，可是卻被這一劈打得連人飛起——這實在太扯了。

「呵、呵、呵。」狐面男子——笑道：「這沒什麼好驚訝的——人類肉體原本就具有施展那種把戲的爆發力，我、你，或是任何人都不例外。不必特地訓練，更無須堪稱鍛鍊的鍛鍊——我們只是不曉得使用方法而已。我們只是欠缺使用技術，因為我們不必使用。純粹只是被裝了安全開關而已。不，比起安全開關，『鎖』這個說法或許更恰當。」

「鎖……」

「你放心，就算是本人，也不至於說出『人類平常只運用大腦的百分之三十』這種菜市場言論——我指的就是一如字面的鎖。反過來說，一旦解開這道鎖，潛入內部——**就能變成那種東西。**」

那種東西——

那種存在。

「話說回來，其實我並沒有想過要打開那個密室——哎呀，**誇獎自家人**的時候，總是忍不住要滔滔不絕，不過仔細一想，你應該對這方面的解說非常清楚才是，我的敵人。畢竟——」狐面男子說道：「**就是你打開那傢伙的鎖。**」

閉嘴——閉嘴。

不要再說了。

不要說那些事了。

別說得一副——無所不知的樣子。

你根本對我們的事一無所知——就算知道，你也沒有指責我的權力。

我。

我們。

絕對無意那樣。

唯獨此事——並非當初的計畫。

「嗯，真要說起來，『殺之名』指的或許就是那些某處忘記上鎖的傢伙，要不就是那些甚至沒有裝鎖的粗心傢伙——崩子小妹妹，對不對呀？而你的『一口吞食』（Eating One）就是這樣沒錯吧，出夢——咦？」

狐面男子轉向後方，接著雙眼緊盯我旁邊的空間——「呵、呵、呵。」然後又笑了。「哼，動作挺俐落的嘛。」

我轉頭一看——

出夢和崩子都不見了。

匂宮出夢。

闇口崩子。

原本在我身後的出夢，原本在我身側的崩子——不知何時已雙雙奔出。

飛奔而出。

兩人已躍下舞臺，採取毫無半分虛耗的直線急進，由左右兩側夾擊——想影真心。

快速。

迅捷。

剽疾。

從兩側——包抄夾擊。

猶如狩獵動物般——俐落。

「不——應該說是敏捷嗎？」

「崩子——出夢——」

等等。

等一下。

不，不是的。

那傢伙——

想影真心那傢伙——

想影真心不是敵人。

真心——從以前起，無論何時。

無論何時，都不是任何人的敵人。

對任何人來說，都不是敵人——

「這下有趣了——非常有趣。」狐面男子意興闌珊地說道：「你仔細看清楚吧，我的敵人——這是平常想看也看不到的場面，照理說是不可能出現的慶典。非常符合世界的終結。『殺之名』名列第一和第二的聯手合擊——恐怕是史上頭一遭吧？」

「你——」我——察覺自己的聲音在顫抖。

恐懼。

我感到恐懼，非常恐懼。

我對這名男子——對狐面男子感到恐懼。

「你知道——自己現在究竟在幹什麼？到底在做什麼嗎？」

「我當然知道，而且是比任何人都清楚，本人可是自覺症狀的代表哪。我跟以前的你不同，我的敵人。」狐面男子輕描淡寫地說道：「好啦，我的敵人，喏，你快看——別錯過精彩好戲了。『匂宮』和『闇口』的駭人合擊——」

兩人——

只見出夢和崩子同時撲向真心——雖然僅是分毫之差，兩人的攻擊卻的確存在著時間差。

快了一步。

崩子的攻擊快了一步。

那種行動稱為——分散。

諸如我這類外行人多半認為，在多對一的戰鬥，且自己屬於多數一方時，同時進攻似乎較占優勢——但實際上，像他們這樣透過精密的計算，稍微錯開時間點的攻擊方式，對守備者而言反倒更難對付。總之，就是將敵人視為個體或群體的差異，然而——

事前未經任何溝通就能進行這種即興合擊，或許該稱讚兩人默契絕佳——可是就這個情況來說，正如剛才捨棄迴避，選擇防禦的萌太，兩人不該在此展現所謂的小聰明，採取簡單的同時攻擊或許才是上策。

面對剎那等同永遠的存在。

如此之外，別無他法。

崩子的手臂——**被對方閃過**。

只見真心宛如橡膠，又似高黏度的液體，以令人反胃的柔軟動作，高高舉起自己的腿，接著像鐮刀般掛在飛撲而來的崩子頸部——然後利用崩子的撲襲力道，沒有移動半步——就結果來說，僅靠著半扭腰的動作，就閃過崩子的攻擊。

就在這一剎那。

崩子一頭撞上體育館的地板。

甚至來不及伸手支撐。

鐵塊與鐵塊的撞擊聲響起。

接著——

又是一剎那。

匂宮出夢原本應該存在時間差的攻擊，**竟然在完全一致的時間點**——朝真心襲去。

出夢臉上一陣抽搐——

但此刻已無法撒手。

而且這次如出一轍。

出夢跟崩子不同，採取了踢腿攻擊——但真心幾乎用相同動作**閃過**他的腿，將高舉的腿掛在他身上——利用出夢的衝力，加上自己勾腿的動作——把他踹向地板。

或許是衝力過大，真心向前踉蹌了兩、三步，可是——

颼的一聲。

想影真心——昂然挺立。

石凪萌太。

哀川潤。

闇口崩子。

匂宮出夢。

在所有人皆倒地不起的現場——在澄百合學園第二體育館之中，獨自一人——唯獨想影真心昂然挺立。

「…………」

豈有此理。

這種事——太誇張了。

實在太荒謬了。

再怎麼說都太荒謬了。

我所認識的想影真心——沒有放肆荒唐到這種程度。

「呵、呵、呵——這可是百年難得一見的場景哪。『匂宮』和『闇口』攜手合作——結果還遭人瞬間擊破喔。非常符合——世界的終結。」

「你——」我戰戰兢兢地問狐面男子：「究竟用了什麼手法？」

「『究竟用了什麼手法』，呵，真是不知所云。自我省察也就罷了，若是想尋求解答，你的提問方式必須更具體些。」

「那傢伙——」

苦橙之種。

想影真心——

「**那傢伙，應該已經死了。**」

「……」

「想影真心被紅蓮烈火燒死——這是我親眼目睹的，用我的眼，就是這雙眼。那傢伙不該在此——事到如今不該在此隨便登場。」

「『不該在此隨便登場』，呵。」狐面男子哼笑一聲。「你的思考模式真是有夠死纏爛打——要說事到如今，你的想法才叫為時已晚，我的敵人。要說死亡，我早就死了，我女兒也死了。亡者猶生這種小事——對現在這種場合才是天經地義的現象。」

「…………！」

亡者——復生。

活死人。

「而且，」狐面男子又道：「你那句話的語氣不對——那種語氣完全不對喔，我的敵人。其他人也就罷了——沒錯，對你而言，那傢伙是早已死亡的人。可是，對象既然是想影真心——你就不該用那種批判的態度責問我吧，我的敵人？你反而要——高舉雙手歡呼才對吧，我的敵人？你應該感謝我才對吧，我的敵人？**畢竟原本以為已經身亡的朋友居然還活著啊。**」

「……」

「高舉雙手歡呼呀。」

這種說法太過——自以為是。

開什麼玩笑！

事情豈是——如此簡單。

這甚至稱不上困難。

這是褻瀆。

這是侮辱。

假設，假設真如狐面男子所言，這世上有「命運」或「故事」一類的東西——最輕視那些東西的不就是這名男子嗎？

盡情玩弄命運。

褻瀆、侮辱——輕蔑。

我只能如是想。

「……」

然而——

我一句話都說不出來。

我再也說不出任何話語。

我為何什麼都說不出口？

這樣——不就等於承認狐面男子的說法嗎？

我——

我，現在很開心嗎？

抑或是悲傷？

還是在生氣？

我不——知道。

我不確定自己的心情。

「呵、呵、呵——」狐面男子說道：「這不重要，我的敵人，喏，事情還沒有結束喔

——雖然不是直接攻擊，不過還有一個人幾乎未受任何損傷，不是嗎？」

「咦？」

我將視線從狐面男子身上拉回——

只見哀川潤業已站起。

她先將懷裡的萌太輕輕放在地板——接著轉向真心。

啊……原來如此。

哀川小姐並非來不及閃避萌太，純粹只是為了保護被真心踹飛的他。那並非撞擊，而是緩衝；換句話說，滾向後方亦非無法化解衝力，而是主動採取守勢。

如此一來——

哀川潤毫髮無損。

「呵，我女兒看來還是一樣愛照顧人——嗯，那種事其實都一樣。」

「…………」

「好啦，如果要勉強用滑稽可笑的娛樂性說法，就是——人類最強出戰新人類最強吧？不過呢，對於自己究竟是跟什麼東西為敵，我女兒恐怕也只明白五成——」

哀川小姐——並未移開目光。

她直勾勾地瞪視真心。

這是理所當然的反應——儘管說是攻其不備，但真心不但讓萌太的雙臂骨折、將他撞飛，更輕鬆破壞「匂宮」和「闇口」空前絕後的合擊，面對此等敵人，縱使是號稱人類最強的她，亦無法以等閒心態應戰。

不止如此——除此之外。

哀川小姐想必是有所感應。

對於眼前的橙色——想影真心。

正如我對零崎人識有所感應——哀川潤肯定對想影真心有所感應。

就算沒有避開萌太是故意的——然而，對真心有所感應的事實，此刻絕對強烈衝擊著哀川小姐。

而證據就是——

哀川小姐似乎完全沒有發現站在舞臺上的我們。不，與其說是沒有發現——並未注意這種表現或許更為貼切。

她並未注意我——

甚至沒有注意到自己的父親。

全副精神都投注於正前方——

「……**妳——是什麼東西？**」哀川小姐——沉聲質問真心。

那語氣帶著懷疑——詫異。

我是首次目睹哀川小姐如此。

哀川小姐八成——亦是初次體驗。

對此，

真心依舊——

真心依舊毫無反應。

對哀川小姐的質問沒有任何反應。

我凝目一看——

「……**咦**？」不由自主地——驚叫出聲。

「呼、呼、呼——」

真心——**站著睡覺**。

雙眼緊閉，時而點頭。

她根本就在——打瞌睡。

「畢竟剛醒而已，因為是**剛睡醒**——意識尚未完全清醒嗎？剛才說我女兒只明白五成——至於苦橙之種，這傢伙看來是什麼都不知道。」

她在睡……睡覺。

她在沉睡。

那傢伙——真心在睡夢中……在分不清是夢是真的狀態下，就一舉擊退三個「殺之名」——嗎？

那——豈止是放肆荒唐，根本是無法無天。

勢均力敵的狀態就此崩塌。

簡直就像通貨膨脹。

那是將迄今因果盡數破壞的行為。
那種行為，那實在太超過——
不，不對。
不對，不是這樣。
話說回來。
話說回來——歸根究柢。
苦橙之種這個概念，不就是為了該目的所創造的存在嗎——
正如昔日的狐面男子，基於破壞世界因果、迎接終局的意志，在架城明樂和藍川純哉兩名幫手的協助下，創造了世人日後稱為「人類最強的承包人」的紅色——
她在沉眠。
沉睡著。
沉睡中的——想影真心。
「**要是真的那麼睏**——」哀川小姐——率先展開攻勢。「——**妳就睡到死吧！**」
那一瞬間。
哀川小姐暴喝的那一瞬間——
想影真心猛地睜開雙眸。
橙色的瞳仁——
清晰捕捉哀川小姐。

焦點就此產生。

眼與眼——相互交會。

「啊。」

而我永遠都不會忘記下一瞬間。

稍縱即逝的那一瞬間。

今後——世界，以及故事將如何在狐面男子手裡，在這個最惡的五指山間翻滾？將如何加速？如何凝聚？如何止息？現階段的我完全無法預測，甚至無力思考，可是

——

不知道又如何？

一點關係也沒有。

此地就是極限。

倒地者是哀川潤。

真的只有——一瞬間，正是一剎那。

哀川小姐撲向真心，朝她直撲而去，左腳用力蹬地——就在右腳跟離開體育館地板之前——勝負已見。

那一瞬間，真心出現在哀川小姐面前。

早已逾越——移動的速度極限。

我並未移開目光，也無法移開目光，只見真心奮力朝上揮起緊扣的十指，在哀川小姐面前——騰空浮起。

然後，揮下緊握的雙拳。

朝哀川小姐的頭顱。

擊向太陽穴附近。

哀川潤完全無力站穩——

就這麼整個人跌向地板。

頹倒的身軀因衝擊力道一度彈起——可是，那終究只是反射，她再度跌向地板，倒地不起。

沒有起來。

一動也——不動。

「哀川……小姐。」

「呵。」狐面男子——意興闌珊地哼道。那並非失望，而是猶如預定和諧般的口吻。「唉，畢竟是舊型號——一旦正面起衝突，多半是這種結果嗎？虧我還稍微期待了一下——無聊透頂。無論多麼受人尊崇，舊型號就是舊型號嗎？哎呀呀，真沒意思。」

「……！」

真心——旁若無人地，用橙色眸子俯視趴在地面的哀川小姐。

俯視一動也不動的哀川潤。

「看來是死了——哎呀呀，那個樣子鐵定沒救了。唔，不，還剩一口氣嗎？不過呢，其中一隻眼睛應該是毀了。」

狐面男子漠然分析自己女兒的傷勢。

那口吻——令我生厭。

無法掙脫的厭惡感。

「你——你面對這種狀況，在這種狀況下，明明是這種狀況——難道就沒有其他感想嗎？」

「呵，其他感想？很可惜，我不是詞彙豐富的人——不過，本人創造的女兒，被非本人創造的孫女擊敗，仔細一想，心情的確有些複雜，倒也並非毫無悔恨啊——」

「…………」

「別擺出那種不適合你的臉孔，我的敵人。冷靜、冷靜一點，放輕鬆呀，我的敵人。況且——我女兒那樣趴在地上的景象，對你而言或許相當稀奇——但對我來說，那種事十年前早就看膩了，甚至有『搞什麼！那傢伙一點都沒變嘛』的感覺。要說稀奇，還是『匂宮』和『闇口』的聯手合擊吧——」

「……這是怎麼一回事？」我問狐面男子。「我所知道的想影真心——不是那樣放肆荒唐、那樣無法無天、那樣胡作非為的傢伙。」

「哦，你想說什麼？」

「**你——到底對真心做了什麼？**」

「什麼都沒做。我什麼都沒做，真的什麼都沒做。你別誤會，別誤會。至少你想的、你猜的那一類事情——我統統都沒做。就算有人做了什麼，也絕對不是我。」

「不是——你？」

「應該——」狐面男子謹慎挑選詞彙。「應該——是相反吧？」

「……？這是什麼意思？」

「喲，我的敵人，現在可不是東拉西扯的時候。那個真心似乎想給我女兒致命一擊——」

我轉頭一看——

真心正踩著哀川小姐八成早就失去意識的頭顱。

看起來並未特別用力，也不像用了全身體重，真的就只是把腳底貼著耳畔，彷彿擱在那裡似的——然而，只要**那個真心有**意，輕易就能踩碎人類的頭顱。

不妙。

不行。

此刻的真心——怎麼看都沒有安全開關。

猶如沒有刀鞘的刀子。

宛如沒有剎車的油門。

無法控制加速——

真心沒有我。

冷不防。

狐面男子伸手制止——正無意識地躍下舞臺的我。

「等等，我的敵人。你想去哪裡？」

「還有哪裡——」

那還用說？

我非去不可。

我必須奔去——

沒有我的話。

「重逢的寒暄再稍待片刻吧——反正我也還沒跟我女兒說話。呵，那傢伙情況如何呢？意識恢復了嗎……嗯，其實都一樣嗎？話說回來，我的敵人——」狐面男子說道：「——看樣子還有另一場風波。」

「咦……？」

「真不愧是『食人魔』（Maneater）——匂宮雜技團最惡的失敗作。雖然善於吃人，可是沒那麼容易被人吃嗎？」

「——出夢。」

匂宮出夢——站起來了。

儘管額際淌血，

儘管雙腿微顫，

眼眸卻充滿堅定的意志——

凝視想影真心。

「前一刻看見『闇口』的崩子小妹妹遭受相同手法攻擊——因此有所準備嗎？雖然來不及採取守勢自保，不過有被踹倒在地的覺悟。正因如此，才能將傷害減至最低嗎？呵，光就戰鬥而言，那傢伙的的確確是天才——光論戰鬥的話，只怕連我女兒也遠遠不及他。」狐面男子誠心讚道：「可是，現在起身就不夠聰明了——經過剛才的交手，他理當非常清楚自己不是橙的對手，愚不可及。」

「什麼愚不可及——」

「少了一邊翅膀終究不行嗎？要是還殘留一絲理澄那負責『軟弱』的人格，至少可以認輸離開——呵，出夢那一味追求堅強的人格——無論如何都無法承認敗北。就算是跟我女兒較量過，仍舊無法彌補這方面的弱點嗎？」

「嗚——」

狐面男子揪住我的手腕，用蠻力制止一心想要躍下舞臺的我。

那股力量並不強大。

然而——我卻無力掙脫。

我甩不開他的手。

「別去了。」狐面男子略微加重語氣說道：「你不可以去。」

「但是，這樣下去的話——」

「沒關係，你別去，你不能去。本人可不容許你去打擾出夢。我們現在還是靜觀其變就好。我比你更瞭解出夢喔，我的敵人。」

「……」

出夢果然——

緊握雙拳，緊咬牙關。

雙眼瞪視——想影真心。

「**妳**——」出夢接著開口道：「——**把那隻髒腳移開**。」

他如此說完，指著真心踐踏哀川小姐的腳。

「移開——我叫妳把腳移開，聽不懂嗎？嗄？妳聽不懂人話嗎？」

真心——

沒有反應。

毫無任何反應。

彷彿聽不見似的，文風不動。

甚至連看也不看出夢一眼。

單單注視著哀川小姐——

宛若有**某種難以接受的事實**，睜著橙眸注視哀川小姐。

與其說是注視——或許該說是觀察嗎？

不。

她簡直像在確認。

視線投射的方式猶如在確認工作。

「……」

——我不明白。

無從解讀真心的表情。

我不曉得她此刻在想什麼。

一方面是由於相隔太遠——

不，這不是距離的問題。

我與真心之間沒有距離。

話雖如此。

無從解讀。

無法辨識。

無力傳達。

這是怎麼一回事——真心。

妳是怎麼了——

妳到底發生了什麼事？

這是異常情況。

簡直判若兩人。

妳——

妳以前不是這種傢伙吧？

「勝負還沒揭曉哪，妳這傢伙！」出夢——慷慨激昂地叱道。

不妙——這下不妙了！

這就跟上個月——不，因為日期更新了，月份也更新了，是上上個月嗎？這就跟上上個月一樣。

當時出夢憑恃本身壓倒性的破壞能量，依仗那股巨大的能量，單靠力量就成功壓制我——然而，當時**亦是因為出夢情緒激動**，我才得以存活至今。

正如狐面男子所言——這是弱點。

這正是弱點。

匂宮出夢的弱點。

欠缺軟弱人格的食人魔之弱點。

「嗚哇啊啊——暴飲暴食！」

他奮力舉起異樣修長的雙臂。

猶如孔雀般伸展雙臂。

助跑一步就騰空躍起——

一口吞食。

一開始就用左右雙臂施展——

匂宮出夢的密技、殺手鐧。

毫不留情。

光從動作看的話，那只是掌摑。

然而，即便只有單手，其威力輕易就能擊碎水泥；雙掌連發——甚至足以讓一名孩童從人間消失，乃是名副其實的必殺絕技。

完全打開人類之鎖的必殺絕技。

可是——

出夢打開的鎖，**就只有那一處**。

比起開啟一切之鎖的想影真心——難與抗衡。

對——

真心不是任何人的敵人。

既無戰，亦無敗。

殘留至最後的最後，最終的最終——

最後且最終的唯一一人。

是故——最終。

既非最強，亦非最惡——而是最終的存在。

人類最終之苦橙之種！

「『一口吞食』嗎——招數是不錯，真的挺不錯。就連人類最惡的本人都感到不寒而慄，打從心底感動戰慄的招數——可是，如今少了理澄——威力也明顯減半。」狐面男子說道：「這不是可以輕易使用的必殺密技——絕招就是要在絕境才能使出。單手也好，雙手也罷——從開始到結束的過程太冗長了。」

事實——正如狐面男子所言。

話雖如此。

話雖如此，出夢的攻擊至少實現了他剛才說的期望。

事情發展一如出夢所願。

真心的腳離開了哀川小姐。

她將赤裸的腳板從哀川小姐的頭部移開。

接著，下一瞬間——

就在下一瞬間。

想影真心朝出夢前進。

她移至出夢眼前。

這次——跟剛才相反。

並未如先前那般閃躲。

並未如先前那般迴避。

並未如先前那般化解——

而是正面迎擊。

面對出夢制敵機先的攻擊，

反倒以先下手為強的方式——

朝奮力舉起雙臂之後，周身空隙，門戶洞開的匂宮出夢腹部，用力揮拳。

集中所有力量，

用力揮出的——一擊。

「——！」

只見右側腹。

出夢的右側腹——**完全消失**。

儘管那現象就發生在眼前，我依舊無法瞭解。

人類之手——破壞人類之體。

那並非什麼特別的必殺絕技。

只是一拳擊出。
不過是集中所有力量的一拳而已。
既無技巧，亦無手法。
然而，即便如此——
那一拳的破壞力跟出夢的「一口吞食」威力相當。
匂宮出夢腹部被一拳打穿，整個人失去平衡，然而，即便如此，「一口吞食」既已發動，開始加速的動作此時業已無法踩剎車——只見出夢的雙臂朝毫不相干的方向揮空，最後反而狼狽不堪地被自己的絕技拖行——
倒下。
第二次跌倒。
慘不忍睹的失足。
可是——這次再也無法站起。
猶如滑過體育館的地板。
宛如舔拭體育館的地板。
血，
肉，
內臟，
灑落一地——

他一動也不動。

他一動地不動。

再也——無力行動。

「呵。」狐面男子——冷眼旁觀。「**總算是徹底輸了啊**，出夢——我女兒似乎不肯讓你完全敗北。呿呿呿，過了十年，我女兒還是一樣天真……勝負也好、性格也罷，每件事都是如此。對你來說，反而很困擾吧——這種計算失誤也太超過了。不過呢，上個月沒死成功的部分——你的『時間收斂』（Back Nozzle）現在總算大功告成了。」

「嗚——你、你！」

這傢伙——真的是人嗎？

這是人類說的話嗎？

這哪裡算得上是人類的臺詞？

不啻是——人間失格。

真心——

真心忽地抬眼環顧四周。

四周——

澄百合學園第二體育館。

這次——真的就剩下真心一人站著。

只有她一人。

「………………」

真心這時大大張開嘴巴。

「哇哈！」

——縱聲狂笑。

尖聲，

凶暴，

猙獰，

彷彿將萬物吞噬的濁流般——狂笑。

「這樣就好——」狐面男子說道：「至高無上的存在，就算拋棄一切事物，不先笑一笑就不好玩了——無視喜怒哀樂、起承轉合——首先要笑一笑，要大笑，笑吧、笑吧、笑吧，瘋狂吧，想影真心。」

真心的笑——並未停止。

猶如扯開喉嚨。

帶著闇色的爽快感。

橙色的，

橙色的髮絲隨風飛舞——

就這麼笑著。
她就這麼發狂般地笑著。
「住——」
我——大叫。
就像真心的——刀鞘。
就像真心的安全裝置。
真心的——
我是真心的——
「住口，真心！」
忽然間。
或者該說是終於嗎——
想影真心朝**這裡**看來。
朝狐面男子——西東天。
以及我所站立的體育館舞臺。
這時，真心——
第一次露出人類的表情。
那是詫異的表情。
又像是——嚇了一跳。

她並沒有看狐面男子——
而是注視我。
對著我。
真心說道：

「阿伊。」

不過——就只有如此。
這時，真心，
就像電池沒電般——
癱軟。
正是癱軟，沒有其他形容詞。
猶如膝蓋沒了骨頭。
宛如心臟驟然停止。
就跟其他四人一樣——
整個人撲向體育館的地板。
接著——
一動也不動。

就跟其他四人一樣——

一動也不動。

「真——真心？」

「別嚷嚷，別著急，別驚慌——這也是預定和諧的結果。呵，不——稍微慢了一點嗎？」

「狐——狐狸先生。」

「我的敵人，我怎麼可能沒有施加任何限制——沒有安全裝置、沒有刀鞘，最重要的是在沒有你的情況下——就把那個怪物置於麾下呢？這是我十年前喪命時所換得的教訓。」

十年前——

他是指哀川小姐嗎？

「『十三階梯』。」狐面男子看上去並不像在說明，而是輕描淡寫地隨口道：「『十三階梯』沒有什麼偉大的成立目的，只是把那些對故事具有影響力的人類——簡單說，就是聚集**主要登場人物**的集團，純粹只是這類傢伙聚集的結果——但是，自從你成為我的敵人之後，目的也跟著變了。變更目的可分為兩大項——第一項是為了與你為敵，為此目的所選的人包括：諾衣茲、澪標姊妹——深空和高海、濡衣——闇口濡衣，以及古槍頭巾……嗯，頭巾視為例外或許比較妥當。」狐面男子補了一句。「至於另一個目的……該說是十萬火急的義務嗎？就是**控制**我與你之間不可切割的因果——

苦橙之種想影真心。」

「……」

控制。

安全裝置。

刀鞘。

「為此目的所選的人則有——時宮時刻、奇野賴知……以及，站在那裡的右下露蕾蘿。」

狐面男子所指的方向是——哀川小姐、萌太，以及原本戴著面具的真心，剛才走進來的那扇鐵門後方。

那裡有一名女子。

該怎麼形容才好呢——

乍看之下，讓人一**頭霧水**的裝扮。

全身包著繃帶。

紗布和膠布。

石膏、矯正服和拐杖。

手臂、雙腿、雙手、雙腳——

全身到處都是傷痕。

不知是否為了換繃帶方便，服裝本身非常簡單，簡直就像穿著繃帶。

比起漂亮這種單調的詞彙，那女性特有的平緩曲線，猶如致力提升速度的汽車線條，讓人不禁想用優美這種形容詞歌頌，可是那一身極其突兀的包帶和紗布，又讓人硬生生吞下讚美之詞。

右眼罩著眼罩——

只能看見左眼。

戴著無框眼鏡。

「啊啊，我還是聲明一下好了，你別誤會，我的敵人——你和園樹大夫見過面了，誤會也不能怪你，露蕾蘿那身裝扮可不是什麼角色扮演喔——是訓練真心時不小心燒傷的。」

「訓……訓練？」

右下露蕾蘿——

那就是右下露蕾蘿嗎？

我記得右下露蕾蘿的頭銜是——

頭銜是人偶師。

人偶。

人偶——嗎？

「喲，露蕾蘿——妳來得有點晚哪。」

「是嗎——那真是抱歉了。我跟時刻老爺不同，對時間一點都不執著嘛——」露蕾蘿小姐語氣輕佻地應道。

毫無情感地——環視體育館內部。

環視包括真心在內，倒在地上的五人。

依序看過萌太、哀川小姐、崩子、出夢，以及真心——

打從心底不耐煩地嘆了一口氣。

一副無精打采的模樣。

讓那身繃帶裝更顯異樣。

「園樹呢？妳沒帶她一起來嗎？」

「天曉得，她不知跑哪去了，我四處找了一遍，就是沒遇到她——除了我的人偶妹妹之外，我其他都不知道。」

「原來如此，那就沒辦法了。」

狐狸先生從和服袖子裡取出手機。

……

咦？他居然有手機……

有夠不搭調……

「我可不會告訴你號碼。」狐面男子瞥了我一眼說道。

……

這個人一定知道我的號碼。

畢竟木賀峰副教授也曉得。

狐面男子迅速按完十一個號碼——

「喲，園樹，第二體育館有一堆傷患。」他說完，掛上電話。

聽起來對方有接，但那一點都不像對話，口吻非常公式化。不，可是，唉，既然對象是繪本小姐，這或許是最好的應對方法……

「好，我的敵人，你去吧。」

「……？」

「快呀——快點跑到某個人的身邊呀。是你最信賴的我女兒？還是親愛的崩子小妹妹？多年不見的真心？或者——現在剩下最後機會，即將今生永別的匂宮出夢？」

「…………！」

我從舞臺——一躍而下。

著地後旋即奔出。

令人惱怒——那真是令人惱怒的說法。

然而，唯獨此事，他所言甚是。

此刻——

無論如何，此刻的選擇是匂宮出夢。

出夢——情況不妙。

相較於其他四人，**倒下**的程度截然不同。

肚子被打穿一個窟窿。

血、肉、內臟平均灑落一地。

嚴重度甚至逾越致命傷。

我腹部上那個微不足道的小傷口，完全無法比擬——那是壓倒性的致命傷。

跟上上個月的情況不同。

上上個月，儘管被挖出心臟、被砍斷首級，他依然死裡逃生。匂宮出夢的確駭人，可是存活有其代價，殺戮奇術——匂宮兄妹失去「妹妹」的人格，最後只剩下「哥哥」。

理澄消失，出夢獨活。

而這次——、

這個月，已無任何人可以代替。

是故，只有一死。

永生不死——終究只是夢想。

那名少女——

就連不死之身的少女圓朽葉都難逃一死。

管它是不死之身還是什麼——一旦遇害，就是死路一條。

出夢——

出夢、出夢、出夢——

「出夢！」

我一口氣狂奔五秒——抵達出夢身旁。以最短的直線距離跑到他身旁，壓根沒想到要閃避灑落一地的血和肉。

我抱起伏倒在地的出夢，將他翻轉過來。

出夢——

還活著。

還沒有死。

睜開的雙眸，還殘留意識。

然而，那是。

那畢竟是時間早晚的問題，如此而已。

與其說他還活著——

或許應該說他居然撐到現在。

雖然有意識——但已經沒有意志。

更不可能有意思。

氣息亦很急促。

那並不是——呼吸。

只能說是痛苦呻吟。

「啊……啊、啊。」沒有呼吸的呻吟——交織出話語。

「出……出夢！」

「你那是什麼嘴臉……真沒用啊，大哥哥——這也算是我可愛妹妹迷戀的男人嗎……」

「你……你不要說話！繪、繪本、繪本小姐馬上就到——」

馬上就到？

馬上就到——什麼跟什麼？

到了又能怎樣？

難道她可以把出夢四分五裂的內臟縫起來嗎？

無論是再厲害的名醫——

這是——不可能的任務。

「呃……那——」出夢自己大概也知道這個事實——不理會我的制止，繼續說道：

「那傢伙是什麼？是大哥哥的朋友嗎？那個橘色的……莫名其妙的傢伙……」

「不知道算不算是朋友——」

我無法回答。

我不知道。

究竟——是怎麼一回事？

想影真心的確是我在美國的時候，在ER計畫研究生時代的同輩——然而，她當時不是這副模樣。

簡直判若兩人。

然而——可是。

那個時候，那一瞬間，她出聲叫我。

唯獨那一剎那。

她的確是——真心。

她是苦橙之種想影真心。

「我輸了——嗎？」出夢——感慨良深地說道。

狐面男子的判斷是正確的。

關於這件事，確實如他所言——畢竟他非常瞭解出夢。

不過，話雖如此。

話雖如此——

「狐——狐狸先生怎麼了？」

「那、那個人——」

「哼……反正對那個人而言，我這種傢伙生也好、死也罷，那種事其實都一樣——對吧？」

「…………」

「這實在令人生氣……這麼一來，我的犧牲未免太不值得……所以，可憐的我就在最後、最後的最後來一個絕地大反撲……吧？為了讓我死得更有意義。」

出夢如此說完——

突然伸出修長的手臂抱住我。

那大概是他最後的力量。

雙臂纏繞似地緊緊摟住我。

接著——

嘴巴湊到我的耳畔，說道：「**零崎人識還活著。**」

「…………」

「啾。」

嘴唇輕撫我的臉頰——

出夢的手臂鬆開我。

那真的是他——最後的力量。

猶如火苗燒盡，宛如水滴落在地板——修長的雙臂再也無力攀附我的手臂，就這麼頹散於地。

「啊……原來——」

匂宮出夢——

那雙朦朧不清，恐怕早已失去意識的眼眸。

凝望著半空。

「原來妳在那裡等我——理澄。」

最後的遺言是——妹妹的名字。

那個出現大量死者的八月事件之中，身為少數倖存者的匂宮出夢——

就此斃命。

延宕兩個月——終於死亡。

時間收斂。

這個現象——該如此稱呼嗎？

若然，這種事情——只能說是極度最惡。

我感到恐懼。

怕得——不知如何是好。

到頭來，此刻帶著惡意敵視我的並非狐面男子，卻是世界、是故事——內心深處察覺此事的我，感到恐懼無比。

匂宮出夢。

以及——匂宮理澄。

殺戮奇術——匂宮兄妹。

「呵、呵、呵。」

背後——傳來笑聲。

我瞪視般地回頭。

只見狐面男子站在那裡。

「莫非這是第一次有人死在你懷裡嗎，我的敵人——比起聆聽結果或發現屍體，又是另一番不同的感覺吧？」

「……別人在眼前死亡的話，這不是第一次。」

「可是沒有死在懷裡吧？」

「…………」

「呵、呵、呵。」狐面男子輕笑。

他的右肩——

抱著哀川潤。

讓她靠著自己的肩膀。

哀川小姐的眼睛——緊閉著。

意識尚未恢復。

沒有流血——但是，聽說頭部受到撞擊的話，沒有流血的傷勢反而比較嚴重。看起來是沒死，不過，並不是沒死就萬事大吉。她究竟——傷得重不重呢？

可是，比起這種擔心，狐面男子讓哀川小姐靠著自己的景象——讓我感到有些突兀。當然不是對兩人的姿勢感到突兀。哀川小姐雖然高，不過狐面男子瘦歸瘦，長得比她更高。儘管無法將她扛在肩上，至少是一副輕鬆愉快、理所當然地讓她靠著自己的肩膀。

理所當然。

正如親生女似的理所當然。

那種理所當然——令我感到突兀。

異常的突兀感。

「我的敵人——**這次的**派對到此結束。接下來請三五成群、各自帶開——沒有續攤。要是願意再等一下，園樹那傢伙馬上就會興高采烈地跑來，不妨各自接受治療。不止是那邊的死神和崩子——連你也一樣啊，我的敵人。你對自己的身體，有過度蹧蹋之嫌——好好照顧自己吧。這是普通的忠告，並非針對敵人。雖然你沒有出手，不過還是小心為上，腹部的傷就讓園樹看一下好了。」

「你發現——了嗎？」

「怎麼可能沒發現？你捂著肚子走路的姿勢瞞不過我的——這種事不用園樹出馬也看得出來。」

「…………」

他莫非是知道我受傷，才唆使我奔跑嗎……要說亂七八糟、無法無天，說不定是這個人才對。

不，肯定是這樣。

最惡——

人類最惡。

啊，對了。

真心——

「真心——」

「真心在這裡。」

只見右下露蕾蘿挨著狐面男子——

雙手抱著真心嬌小的身軀，勉強拄著拐杖——鑽入我的視野。

露蕾蘿小姐。

露蕾蘿小姐——看著我。

一副興致盎然的樣子。

「你好——阿伊。」

「……」

「我是右下露蕾蘿——十三階梯的第七階。」露蕾蘿小姐說道：「你好，我們雖然是敵人，不過難得第一次見面，你又何必如此冷漠呢？」

「……是的，妳好，露蕾蘿小姐。」

「我原則上是幕後人員，一直以為不會跟你見面——不過，原來如此。姑且不管其他的十三階梯怎麼想，現在實際看過你本人，我終於明白——狐面男子選你當敵人的理由。」露蕾蘿小姐說道：「**利用這副身軀——我終於明白了。**」

「……妳──對真心……」

我想問她，妳對真心──做了什麼。

訓練。

狐面男子剛才使用這個詞彙。

人偶。

人偶師──是她的頭銜。

以及狐面男子那句大有含意的「**應該是相反**」。

右下露蕾蘿。

時宮時刻。

奇野賴知。

這三個人，就整體考量的話，

答案顯而易見。

既然有答案──我就不想問。

那種答案──我不想聽。

「呵、呵、呵。」或許是察覺出我的想法，狐面男子發出奇怪的笑聲。「那麼──我先暫且告辭。等時機成熟，我會主動跟你接觸。你就乖乖等我的聯絡吧，我的敵人。十月了，九月結束，十月來臨──我最討厭的十月今年又來臨了。每年都非常準時，呿！事情發展真叫人期待，心癢難熬啊。可是我的敵人，你現在先靜心休養，徹底治好你的身體，努力愛惜自己吧。」

「——狐狸先生。」

「另外，除了真心以外，我也要一併帶走我女兒——我要帶走囉。對故事而言一點都不重要，不過我有許多不想被別人聽見的事要跟她說。」

「……」

「放心吧，這種舊型號我現在既不可能視為敵人，更不想收為部下——如果一定要我選擇，當敵人還比較好玩。讓她留在你身邊當你的保鑣更有趣，我真的這麼想，我的敵人。可是，你也站在我的立場想一想嘛。我十年前被這傢伙殺死了，不過是想稍微對她訴說一下內心恨意而已。」

「……」

內心恨意——

這個男人不可能有那種感情。

他——另有企圖。

他究竟打算對哀川小姐做什麼？

現在還想對哀川小姐做什麼？

「我和『十三階梯』從今天起撤離澄百合學園——已經沒有待在此處的意義了。雖然不能算是了無遺憾，嘜，那種事其實都一樣——我們今後將地下化，再見——」

狐面男子颼的一聲舉起面具。

露出面具下的臉孔，對我一笑。
「別了，我的敵人。」
然後——轉身離開。
「呿——好一個來匆匆去匆匆的大人物。只顧著說自己想說的話，就不會想一下、感受一下對周圍造成的困擾嗎？啊，呃，再見——阿伊，我跟你應該不會再見面了。嗯，你好好加油吧。」右下露蕾蘿說完，便跟隨狐面男子的腳步離開。
至於她懷裡的想影真心——靠著狐面男子的哀川潤——當然也從這棟第二體育館消失。
昏暗的體育館內。
只剩下——我。
滴答。
滴答、滴答。
滴答、滴答、滴答。
明明沒有時鐘，卻彷彿聽得見時間行進的聲音。
唯獨時間無情流逝。
事情——不再發生。
沒有發生任何事情。
「…………」

哀川潤。
西東天。
想影真心。
人類最強，人類最惡，人類最終。
確實——結束了。
這就是終結。
除了終結，這又能說是什麼？
然而——即使如此。
事情似乎尚未結束。

2

繪本小姐掛著異於常人臉部肌肉運作的滿面笑容，飛奔抵達第二體育館時，萌太和崩子也已恢復意識。
萌太的雙臂是一般性骨折。
崩子只有額頭擦傷，正如那對澪標姊妹，算是輕微腦震盪。
繪本小姐手腳迅速地進行完簡單治療，丟下一句：「我先走了，狐狸先生在叫我……」就匆忙離開體育館。狐面男子跟我告別之後，好像又打電話給她，八成是要她治療哀川小姐和真心。不過真心需要治療嗎？我也不確定。

「…………」

繪本小姐臨走前默然注視出夢。

我以為她會哭，但是她沒有。

她最後只對我們說道：「木之實應該會處理，你們就讓出夢君待在這裡吧。」

她沒有哭。

然而，我從未見過她如此悲傷。

閒話休提——

嗯，簡單說，因為萌太和崩子的傷勢都沒有大礙，唯獨此事，就這件事讓我安心不少。

萌太雙手纏著夾板。

崩子額頭貼著紗布。

損害程度如此而已。

就傷勢而言——不足掛齒。

如果排除臨時加入的哀川小姐和出夢，我們——我、崩子和萌太——骨董公寓的住戶聯合軍，在沒有任何損失的情況下，成功取得美衣子小姐的解毒劑。

話雖如此。肉體傷勢固然輕微，

就這種場合來說，精神上的創傷——更嚴重。

太過嚴重。

闇口崩子，石凪萌太。

不止是治療中——甚至從恢復意識起，就沒有開口說過一句話。

頑固地沉默不語。

平常聒噪的萌太如此就已非比尋常，崩子竟比他更加嚴重，目光甚至不願跟我接觸。為了鼓勵兩人，我於是說起自己年輕時看完《麥田捕手》之後，因為想看作者的其他作品，結果買了《全力以赴》（Tooth and nail）（註2），而且還整本看完的可笑糗事，可是兩人完全不給面子。

……

那本書的開頭也是這種感覺啊。

總之——唉，這其實也包括我在內——人類到頭來，不可能永遠停留在相同地點。

繪本小姐的治療只能算是緊急處置，崩子和萌太必須到醫院進行正規治療，美衣子小姐的解毒劑也得趕快送去。

我們必須回去。

這裡沒有敵人了。

套句狐面男子的話——

2　他搞混《麥田捕手》作者J. D. Salinger和《全力以赴》的作者B. S. Ballinger。

這裡是既已終結的地點。

業已結束。

不具任何意義。

是故，所以，就當前的問題來說——因為我們是搭乘哀川小姐的車子到澄百合學園，既然那輛車因「事故」無法行駛，如今完全沒有交通工具——一行三人準備離開時，才發現這件事。

雖然發現，但也莫可奈何。

無計可施。

這裡叫不到計程車，而且事情解釋起來太麻煩，也不能叫救護車。

所以，就只好走路。

從開始到結束，我們待在這間學校不過短短數小時，現在時間剛過凌晨一點——等我們走到有人居住的村莊，公車也好、電車也罷，應該差不多開始行駛了。

這當然只是出於期望的估計。

對受傷的兩人來說，徒步或許有些吃力，不過他們都未露出不耐煩的神色。

就連步行時都未開口。

或許說不說話都不重要。

仔細一想——雖然無法確定萌太的情況，不過，至少這是崩子第一次出戰。

恐怕是非常苦澀的——結果。

此刻沒有什麼比安慰更缺乏意義，我最後也決定保持沉默，一直到天色發白，抵達最近的村莊，看到車站為止——三人之間完全沒有對話。儘管說是村莊，這裡終究是窮鄉僻壤，數小時才有一班列車，不過，唉，電車就是電車。只要隨便在其他車站轉乘地下鐵，就能直抵美衣子小姐正在接受治療，同時也是本人三不五時光顧的那間醫院。因為我是私下潛逃（反正樂芙蜜小姐肯定沒有替我隱瞞），我這次大概得跟崩子和萌太他們一起住院——重新住院。

總之，雙腿走得痠痛不已。

不愧是「殺之名」，崩子和萌太看起來毫無疲態，可是從澄百合學園走到這裡，對我這種普通人而言，實在太痛苦了。話雖如此，這種鄉下車站也找不到椅子可坐，三人於是並排站在候車區，等待預定數十分鐘後抵達的電車。

無所事事。

毫無意義。

各自想著心事。

而我想的——

當然就是想影真心。

很高興能夠重逢——很驚訝能夠重逢——比起這類說法，雖然有些無情，可是離開學校之後，我感到最強烈的念頭卻是——**為何現在又出現在我眼前？**

為何現在又出現？

為什麼——真心在此出現？

在這個活人的世界。

那傢伙——明明死了。

那傢伙明明死了。

明明是我殺死的。

應該是我殺死的。

不——正如狐面男子所言，情況演變至此，人類的生死說不定真是可以信口胡說之事。

正如騙小孩子的推理小說，死而復生其實是沒死成、第一個被害者其實是真凶，搞不好只是這種水準的問題罷了。

就連迄今所有事，都是如此。

都不過如此。

什麼叫現在又出現？

橙色的頭髮。

美麗的額頭。

粗眉。

鳳眼。

簡直——毫無沒變。

就連那副孩童般的身材亦沒變。

猶如玖渚友一般——那副身材亦沒變。

以及——深深烙印在我眼底的那幅景象。

無論狐面男子怎麼說，對我而言就是絕對的哀川潤——人類最強的承包人被一擊打敗的那副景象。

到底是——怎麼一回事？

真心確實對任何事情都擁有出類拔萃的能力，網羅一切才能；可是，再怎麼說——應該沒有那種力量，沒有那般驚人的力量。

真心。

妳究竟發生了什麼事？

「伊哥。」最後——真的隔了好久，萌太總算開口。「之前那麼大言不慚，結果完全派不上用場——我只能對你說抱歉。」

「啊，不——沒這回事。」

「崩子妳也不要一直鬧彆扭，好好跟伊哥道歉。」

「…………」崩子聞言還是選擇沉默，片刻後看了我一眼，說道：「對不起，讓大哥哥見笑了。別說是派不上用場，根本是無用武之地，連餵招用的鬥犬都比我強。」

「所以說沒這回事。」

「從今天起請叫我汪汪。」

「…………」

所以說……

不要朝古怪的角色發展呀。

「唉……的確發生了許多事。不過，我們現在也算是達成目的——這種情況，應該算是什麼問題也沒有。你們倆沒受重傷真是萬幸。」

「可是，那個人……死了。」

「……妳說出夢啊，不過——那也是沒辦法的結果。真要說起來，出夢能夠活到現在，反而才是不可思議。」

話雖如此——

還是有罪惡感。

再怎麼找藉口搪塞，事情都一樣。

把出夢，把退隱的出夢拉回舞臺雖然是狐面男子的計畫——然而，執行者畢竟是我本人。

既然如此，出夢也——

等於是被我殺死的嗎？

我在福岡對出夢說過「能夠平安打輸真是太好了」，出夢那時不肯承認敗北，既然如此——現在我也該跟狐面男子一樣，對匂宮出夢的敗北獻上祝福嗎？

……這是欺瞞。

我豈能接受那種想法？

沒有——任何意義。

完全沒有。

「該怎麼說呢——還真是無趣。」萌太極度自嘲地道：「尤其是這段回程，特別無趣，簡直就像白痴。」

「回程通常都是這樣。」

「也許吧。」

「話說回來，萌太——呃，該怎麼說呢，你現在這樣沒辦法打工了嘛。我話說在前頭，你絕對不能逞強喔。雙手都骨折了，目前先專心休養。這段期間的生活費就由我負責，當然住院費也是。」

「這方面就有勞伊哥了。」

「我，」崩子說道：「萌太就算了，可是我應該不用住院。這種小傷，自己舔一舔就夠了。」

「……是嗎？」

要是我吐嘈她：「額頭的傷妳要怎麼舔？」難保她不會說出什麼瘋言瘋語，我於是點點頭。

「嗯，無論如何，你們倆都辛苦了。謝謝。就算你們那樣說，還是幫了我很大的忙。嗯，最後就我一個人樂得輕鬆，我才應該向你們道歉。無論如何，這不是我能夠獨力解決的情況。有崩子和萌太同行，就某種意義而言，比有哀川小姐陪伴更安心。」

「哀川小姐——潤小姐啊。」萌太喃喃說道：「伊哥，我有跟她聊了一些話。」

「……嗯，你們說了什麼？」

這件事我也頗有興趣。不知道哀川小姐和萌太——承包人和死神，究竟聊了些什麼？

「也沒什麼——因為她是那種深不見底的人。態度坦率，或許實際上也很坦率——不過，無法溝通。」

「無法溝通？」

「我想她一定很單純——單純到我們無法相比的程度。正因為想法太過單純，我這種人反而覺得她很複雜。」

「……嗯，這方面我跟你的看法差不多。」

「另外關於父親的事——我也跟她，」萌太說道：「跟她聊了……一些。」

「父親——」

狐面男子。

西東天。

以及架城明樂、藍川純哉。

「我想是——愛恨摻半吧？」

「……」

愛恨慘半。

這個詞彙——太過簡單。

儘管我有這種感覺。

可是萌太接著又道：「不過，就這一方面來說——我和崩子也一樣。不，任何親子之間，應該或多或少都有這一類的感情……」

「哀川小姐——原本是想怎麼樣呢？」我說道：「事隔十年跟自己的父親，跟應該死亡的父親，跟應該被自己殺死的父親重逢——她原本究竟有何打算？」

她一直在尋找。

她說——是為了徹底殺死他。

我想那是她的真心話。

我認為她不會對這種事說謊。

然而——

親眼見到西東天的時候——

能否下得了手仍是疑問。

「對朋友寬容的那個人，如果問我她能不能下手殺死自己父親，我也沒辦法立刻回答。沒辦法肯定地說自己能夠無條件相信她。就連十年前的事件——聽起來好像也不是她直接下手的。」

「那個人——對朋友很好。」崩子說道：「太過好。」

「……」

「那時出手保護萌太也是——簡直好到要融化了。」

「不過，我也是多虧她才能得救。照那個速度撞上牆壁的話，肯定脊椎骨折。」

「說得也是。如果不是為了保護萌太，我想那個橙色也沒那麼容易打敗潤小姐——」

「不，崩子，這妳就錯了。」我說道：「妳沒親眼目睹，所以才會這樣說。當時情況就是——絕對的力量差距。那簡直就是蠻力。所有結果——都是那股蠻力造成的。哀川小姐和真心之間——有一堵無法跨越的牆壁。那並非心理問題——而是物理問題。」

雖然令人難以置信。

否定絕對的絕對。

否定存在的存在。

恐怖。

駭人——以及。

更重要的是——

「……那個橙色——聽說是大哥哥的同學，沒錯吧？」

「嗯……是沒錯，但我也不太確定。」

「不太確定？」

「不太確定。」我點點頭。「說不出——一個所以然來。那傢伙既是我認識的想影真心——又是我完全不認識的想影真心。」

「你們好幾年沒見面了，對吧？」萌太說道：「伊哥以為對方死了，但結果還活著——這麼多年，人總是會變的。永遠不變的人類，在我看根本是幻想。」

「幻想嗎——或許沒錯。」

然而。

並非如此——我指的是更根本的問題。

……

先不管右下露蕾蘿、奇野先生和時宮時刻那個操想術師，到底對真心動了什麼手腳——如果情況正如狐面男子說的「訓練」，假設真的有人能夠對真心動手腳——假設如此，我也猜得出來。

ＥＲ３系統。

大統合全一學研究所。

ＭＳ－２。

以及——苦橙之種。

橙色嗎……

「哎——反正還會再見面嘛。伊哥，到時再把事情搞清楚不就得了？現在想再多也沒用。現在——就像伊哥說的，先專心休養吧。伊哥雖然沒有受傷，但是也很累吧？」

「嗯啊……也對。」

還會——再見面嗎？

「我會主動跟你接觸。」

狐面男子是這麼說的。

我——

就只能咬著手指等待嗎？

就只能傻頭傻腦地等嗎？

雖然有人說「幸福會自動來敲門」——可是從任何角度來看，那個最惡都不可能這般好心。

解毒劑。

總之——唯獨此物成功取得。

是故，現在我該做的。

該選擇的道路。

該選擇的正道。

「……萌太小弟，崩子小妹妹。」

「什麼事，伊哥？突然這麼客氣。」萌太說道：「一點都不像你。」

「不——這次真的很感謝兩位。」

「這句話剛才你說過了，我不記得自己做過什麼值得被感謝兩次的事。」

「呃……可是，哎，至少美衣子小姐的事解決了……所以我覺得……你們應該就此退出。」

「……」

「……」

萌太和崩子——雙雙沉默。

「的確。」過了一會兒，萌太說道：「既然美衣姊沒事——我們繼續緊咬伊哥的問題不放——或許是很奇怪。」

「沒錯，這原本就是我和狐狸先生之間的問題——美衣子小姐只是無辜捲入其中，造成萌太和崩子跟著受累。我目睹出夢那樣慘死、那樣被殺——實在不覺得你們有必要繼續陪我走下去。」

「我——」崩子說道：「我是大哥哥的奴隸。」

「在那之前，是朋友吧？」我說道：「我再也不想親眼目睹自己的朋友受傷，要是不斷發生這種事，我會發瘋的。」

瘋掉——可能還樂得輕鬆。

要是真能發瘋。

要是真能發狂，說不定反而很快樂。

……不，開始認真思考這種事，八成已經處於瘋狂狀態。

話雖如此。

「不過——伊哥，現在說這些恐怕為時已晚。美衣姊這次的確只是無辜捲入——可是從這件事看來，伊哥不覺得敵人對牽連你周圍的人毫不猶豫嗎？」

「嗯……這倒是。」

毫不猶豫——或者該說，這種事又是**其實都一樣**？就算不會故意去做這種事——卻也不會特意避開。怎樣都無所謂。唆使奇野先生對美衣子小姐下毒，又輕易交出解毒劑。從那種隨性的態度——亦很容易推測。

怎樣都無所謂。

沒有興趣。

這是——最麻煩的狀況。

不知該如何應付。

「既然如此——就立場來說，我和崩子**選擇哪邊都一樣**，結果不都很類似嗎？選擇跟伊哥一起戰鬥也好、退出也罷——我們照樣都是在伊哥周圍的人。要說捲入的話，從很久以前，從第一次相遇開始，我們就已經捲入伊哥的世界了。」

「……說得也是。」

這就是——因果嗎？

這就是因緣嗎？

一不留神，早已被命運之線緊緊糾纏，不但動彈不得，而且無從選擇。

既無法選擇，亦無法決定。

「結局就是如此。」

「既然選哪條路都有危險——跟敵人作戰還比較符合我和崩子的性格。」

「萌太說得沒錯。」崩子說道：「事情都變成這樣了——現在更不能退卻。而且——大哥哥，我們也是有自尊的。」

「……自尊那種事很無聊，崩子。如果妳是指你們完全打不過真心這件事——那真是天下最無聊的事。自尊？妳是指身為『殺之名』的自尊嗎？無聊透頂。你們不是為了脫離那種無聊事，正因為討厭自尊，才離家出走的嗎？」

「我們離開出走的理由不重要。敗北的確是很無聊的問題，不無聊的問題則是——我無力守護大哥哥周全。」

「……」

「我說過好幾次了，我說過很多、很多次了。我不想再看到——大哥哥受傷。我把那句話奉還，再也不想親眼目睹朋友受傷的人——絕對不只有大哥哥而已。」

「那我們就是——原地兜圈子了。」

我討厭崩子他們受傷。

崩子他們亦不希望我受傷。

如此一來，再怎麼討論下去，

不是都無法前進？

而今又無法後退。

分明已無路可退。

「比起兜圈子，這根本是惡性循環。比起重複無謂的動作，這更像故意點火又自行澆熄。要是美衣姊醒來，難保她不會說教喔！雖然美衣姐是無辜被連累，但也是為了保護伊哥而主動迎敵吧？」

「嗯……」

「到底是怎麼一回事呢？」萌太一副與己無關的語氣說。看來是真的很困擾。「傷腦筋呀。」

「……」

「唉，我就算了——崩子是伊哥的奴隸，只要命令她不得插手，我想她也不能反抗。」

「……」

我轉向崩子。

她移開目光。

……唉，如果那麼簡單就能說出口——就不必傷腦筋了啊。我也不是不明白崩子和萌太說的那些。

我非常明白。

「況且——我再說一句，伊哥，關於這方面的問題，我還有一件事，還有一件事有點在意。」萌太說道：「不，是在意得不得了才對，甚至覺得應該更早一點提出來——話說回來，伊哥和我到最後都沒見過那個人，雖然說狐面男子和對方的因緣比較淺——」

「什麼？你是指什麼？」

「我是指闇口濡衣。」萌太面露難色。「**他為什麼——沒有在我們面前現身呢？**」

「什麼為什麼……」我側頭。「這件事很重要嗎？」

根據繪本小姐的說法——這次在澄百合學園遺址的「十三階梯」包括：繪本小姐、一里塚木之實、澪標深空、澪標高海、時宮時刻、右下露蕾蘿、不能忘記的諾衣茲君、想影真心——以及闇口濡衣。可是，我們這次並未見到所有成員，我們並未見到「空間製作者」一里塚木之實、時宮時刻，以及萌太口中的——闇口濡衣。

「嗯啊，你說得沒錯。『現身』這句話當然只是比喻，『隱身濡衣』闇口濡衣正如世人風評，從不在人前現身——不過，闇口濡衣**沒有對我們動任何手腳**這件事，我實在想不通。」

「……我也不知道，只是偶然吧？如果沒有見到的人**只有**闇口濡衣，倒還無所謂——」

「一里塚木之實和時宮時刻跟闇口濡衣不同，雖然兩人並未在我們面前現身——我認為他們的存在還是有意義。一里塚木之實不用說是為了拆散我們的『空間製作者』，至於時宮時刻——則是為了控制想影真心。」

「……」

右下露蕾蘿，奇野賴知，時宮時刻。

奇野先生的「病毒」一經「傳播」，就無須待在目標身旁；可是露蕾蘿小姐和時宮時刻那一類技術，待在控制目標身旁想必比較方便——嗯，萌太說得沒錯。

控制真心。

「應該是相反」——嗎？

「可是，伊哥——只有闇口濡衣，唯獨闇口濡衣待在那間學校一點意義也沒有吧？他應該沒有必要待在那裡。」

「那倒未必吧？要說的話，澪標姊妹也一樣。澪標深空和澪標高海。因為出夢來，她們才有出場的機會，只能算是碰巧——」

「但是，狐面男子早就猜到匂宮出夢會來——甚至該說，狐面男子搞不好一開始就有此預謀，不，不是搞不好——為了挑釁匂宮出夢，故意將澪標姊妹納入『十三階梯』，我認為是相當高明的手法。既然如此——澪標姊妹在那個學校就是必然。儘管沒有達成目的，可是帶路的諾衣茲，以及那個情緒不穩的大夫——治療組不可欠缺的繪本園樹都是預謀的結果。」萌太說道：「**唯獨闇口濡衣的存在沒有必要。**」

「…………」

「伊哥對這種事很生疏，或許一時想不出所以然來——這種突兀感不早一點拭除的話，事情將變得無法挽回。伊哥老愛放置這類伏筆不管，但我不是，我是一心想要推翻所有伏筆的人類。」萌太歸納道：「不——是死神。」

……闇口，濡衣。

絕對不在任何人面前現身的暗殺者。

嗯——聽萌太這麼一說，確實有些突兀……但我無法從狐面男子的行動判斷他的目的，所以故意不去想這個問題——然而，就算無法解讀狐面男子的行動原理，並不代表其麾下的「十三階梯」亦是如此。

闇口濡衣——暗殺者。

「伊哥，伊哥——覺得如何？」

「嗯……我想——大概不是針對我——對了，說不定是為了對付崩子和萌太的人選。」我闡述自己的想法。「正如澪標姊妹是為了對付匂宮出夢的人選，『隱身濡衣』在那裡，就是為了對付我身邊、我周圍的人之中，戰鬥力高人一等的崩子和萌太——狐狸先生有這種想法非常自然。」

嗯，我以前雖然不知道，不過崩子和萌太都跟「殺之名」因緣匪淺，關於此事這種想法並無不妥。儘管是毫無根據的推測，說不定這就是正確答案。狐狸先生既然會利用美衣子小姐恐嚇我，誰都猜得到他可能再找上骨董公寓的其他住戶。

我說到這裡，忽然發現一件事。

對了……要是這樣的話。

「恐怕就像伊哥所言，這次闇口濡衣沒有對我們出手只是偶然，只是因為沒有機會而已，我想應該可以如此判斷。可是——」

對了。

就算這樣說，可是——

「**不保證接下來也是如此。**」

「……」

「闇口濡衣——而且現在少了匂宮出夢，說不定澪標姊妹也一樣——他們一定把我和崩子視為目標。用『殺之名』對付『殺之名』是天經地義的理論、無所顧忌的道理。無論伊哥怎麼想——事情都一樣。」

「什麼**無辜捲入、主動迎敵**，現在已經不是這種程度的——事情嗎？」

「姑且不管美衣姊和伊哥周圍的其他人——從這件事判斷，我和崩子早就被視為——故事的棋子了吧？無視伊哥的想法，以及我和崩子的意思。」

「既不能選擇——又不能決定嗎？」

既已被選擇，

又已被決定。

「沒轍了。」

「沒轍了。」

「沒轍了。」

就在三人意見一致的時候——

電車抵達月臺。

是首班車。

環顧月臺，除了我們之外，沒有其他乘客。

或者該說，是連站務員都沒有的無人車站。

哎呀呀，我肩膀一垂。

總之——休息吧。

肉體、頭腦和精神都已瀕臨極限。

發生太多——事情了。

包括出夢死亡的事。

包括跟真心重逢的事。

包括哀川小姐的事。

包括狐面男子的事——如今先暫且拋開。

忘了吧。

好好休養吧。

應該——休息了嗎？

「——咦？」

就在此時。

我溜出醫院，

返回公寓，

前往澄百合學園，

離開澄百合學園，

抵達車站，

到此為止的期間，

我第一次，

鬆懈了，

大意了，

就在此時。

有人朝我背脊推了一把。

「——咦，什麼？」

我試圖站穩，卻使不上力。

我的雙腿無力。

腳板踩不住地。

身體騰空浮起。

電車，

電車在鐵軌上，

在鐵軌上奔馳。

駛入月臺。

不妙。
這樣下去，我將墜落——
我將墜落，
我將墜落鐵軌。
我將墜落。
然而，
腳既然踩不住地，
就得在半空，
就得在半空轉換方向，
我又不是貓，
突然要求我，
做那種事情，
哪有可能辦到——
「大哥哥！」
有人拉住我的手。
是崩子。
崩子用全身的力量，用全力——
將我拉向月臺的。

她拉住我。
我在半空，
我既已浮在鐵軌上方。
我的身體，
被她拉回。
儘管被拉回，
但終究難逃，
力學的法則。
要拉住我——以崩子的身體來說，
太小。
太小了。
姑且不管臂力，
體重就已不足。
不足。
她的體重頂多是我的一半。
然而，卻想將浮在半空的我，
拉回月臺，
因為支點、動力點、阻力點——

這次換崩子，
向前猛衝。
向前。
沒有落腳處，
朝鐵軌上方。
電車。
警笛。
剎車音。
來不及。
來不及。
來不及。
來不及。
「……崩子！」
就在此時。
我倒向後方，
倒向後方，
背脊倒向後方的水泥月臺，
一邊大叫，

只見到，
雙臂骨折，
雙臂無力的萌太，
石凪萌太，
衝到崩子前方的景象。
萌太和崩子撞在一起。
崩子的衝勢減緩，
因為衝撞的力道，
朝後方。
反彈，
朝月臺。
彈回。
重疊般地朝我的身體上方。
砰咚一聲。
腹部傷口隱隱生疼。
震動傳遍全身。
接下來，當然。
當然。

既然崩子因為撞擊力反彈，
同樣的力量亦加諸於萌太身上，
原本站在月臺邊緣的萌太，
就這樣，
朝鐵軌上方，
跌落。
跌落。
雙臂無法使力。
無法爬上月臺。
屁股坐在地面。
無法移動。
「嗯～～」
萌太——一臉困惑。
一臉不可思議。
接著，
朝站起身的我和崩子，
看了一眼，
看了一眼，

「啊啊。」

然後，

露出釋懷的表情。

最後，

笑嘻嘻地，

露出滿臉笑意，

滿足地笑了。

崩子。

不可以不聽伊哥的話喔。

伊哥。

崩子就交給你了。

「再見。」

九月底舉行的最惡之宴。

我們完成了當初的目的。

解毒劑。

美衣子小姐總算得救。

可是，並非毫無損傷。
被害甚大。
受傷者一名。
闇口崩子。
失蹤者一名。
哀川潤。
死亡者兩名。
匂宮出夢。
石凪萌太。

第十一幕——休養期間

闇口濡衣
YAMIGUCHI NUREGINU 暗殺者。

痛很痛。

痛很痛。

0 1

我不知道理由，但那傢伙的臉色很差。

「我不知道理由，但妳的臉色很差。」我說道。

那傢伙的臉色越來越差。

我覺得很有趣。

不知道理由，所以更覺得有趣。

一問之下，原來明天要舉行一場猶如清算過去的實驗。這種實驗迄今舉行過無數次，我覺得沒什麼值得憂鬱，可是，聽說明天的實驗規模跟過去那些截然不同。

那傢伙似乎很不喜歡明天的實驗。

「不喜歡的話，直接說不喜歡就好了。」

我要求別人做自己做不到的事情。

那傢伙又拒絕。

我覺得這種自相矛盾的言行很有趣。

事實上一點都不有趣。

反而可以說是不愉快。

可是，我覺得很有趣。

拒絕實驗的話，就失去待在此處的意義。如此一來，將遭到處分。那傢伙悶悶不樂地表示自己根本就沒有選項。那是聽了令人憂鬱的語氣。那傢伙平常開朗得不得了，唯獨被當成實驗和研究的對象時，就會像關燈似的消沉。從我的角度看來，兩者間的落差非常不可思議、不自然，是故覺得很有趣。

我很喜歡這種落差。

不過，這次的低潮很嚴重。

我覺得相當嚴重。

「既樣這樣。」我說道：「跟我一起逃走吧。」

我隨口提議。

我原本是打算鼓勵對方。

純粹只是激勵。

我知道不可能逃走。

那時的我，非常明白。

那時的我，
既已，
破壞玖渚友。
我殺死了玖渚友。
我知道。
知道自己一事無成。
知道自己甚至無法逃亡。
無論逃到哪裡都一樣。
我知道所有地方其實都一樣。
所以，我才如此提議。
「我們倆一起逃吧，牽手逃到天涯海角。」
對方聞言，
不知為何，露出欣喜的表情。

所以。
所以我，甚至到最後為止，
都無法向那傢伙道歉——

「……早安。」

在那之後——經過一個星期。

十月八日，星期六。

這一天，重新住院的我在床鋪上醒來時，美衣子小姐就在身邊。

淺野美衣子。

穿著藍色的住院服，坐在鐵椅上。

看起來有些虛弱。

可是，舉止堅定。

可靠的眼神。

精悍的表情——一如既往。

「…………」

「怎麼了？」

「美衣子小姐……」

「嗯？」

「美衣子小姐，啾。」

「……呵呵。」

手刀擊向喉嚨。

呼吸器官深受重傷。

「美衣子小姐……攻擊脖子會要人命的……呼吸困難咳嗽不已的小弟看起來非常沒用……」

「嚴禁性騷擾。」

「遵命……」

有夠嚴厲。

這實在不像是對救命恩人的態度……

「……妳好像沒事，真是太好了。」

「嗯。」美衣子小姐頷首。「呃，意識前陣子就恢復了，不過到今天才能走動。」

「……是嗎？」

樂芙蜜小姐什麼都沒說。

居然瞞著我。

唉，我也猜到是謝絕訪客。

「鈴無小姐呢？她怎麼了？」

「在睡覺。」

「睡覺？」

「在我的病床上。」

「在美衣子小姐的病床上？」

「非常礙眼。」

「……」

真殘忍的形容。

鈴無小姐到美衣子小姐恢復意識為止，大概都不分晝夜，不眠不休地照顧她……

「個頭那麼大。」

「啊？」

「明明是鈴無，居然長得比我高是什麼意思？」

「啊……」

她說話莫名其妙。

唯獨對鈴無小姐特別任性。

嗯，不過，關於這兩個人——我不該隨便插嘴。

因為她們非常瞭解彼此。

美衣子小姐不會向鈴無小姐道謝，

鈴無小姐亦不會主動要求。

因為對兩人而言，那是極其自然之事。

醒過來時，

對方在身旁是天經地義。

正如美衣子小姐現在——待在我身邊一般。

呃——我有點吃醋啊。

「……那麼，可以出院了嗎？」
「不，畢竟身體還很虛，勉強可以走路而已。」美衣子小姐淡淡說道：「這一個月恐怕都得待在醫院吧？」
「是嗎……」
「身體都變鈍了。」
「我想也是。」
「虧我鍛鍊得那麼好。」
「我想也是。」
「真可惜。」
「我想也是。」
總覺得這種對話很怪。
或者該說，太平常了嗎？
說得也是……
好久沒有說這種平靜的對話了。
美衣子小姐給人的舒適距離。
因為太舒適，總覺得有些怪異。
這般舒適的感覺——
不可能被容許。

突兀感。

「……美衣子小姐妳知道多少？」

「咦？」

「這陣子發生的事。」

「嗯──」她側頭。「目前知道的不多，或者該說完全不曉得。因為沒有人跟我說明，所以不太清楚。」

「原來如此。」

「可是，我知道萌弟死了。」

「……是嗎？」

「很可惜。」

「……」

「很可惜，繼姬妹之後第二個人嗎……」美衣子小姐面無表情地說道：「所以……崩妹她的情況如何？」

「啊，那個──她也住在這間醫院。」

「咦？真的嗎？我倒沒聽說……伊字訣，你的意思是──」

「不，傷勢並不嚴重。傷勢本身不至於致命。額頭上有一大片傷口，不過用頭髮就能遮掩，再加上她還年輕，傷痕很快就會淡化。只是，這個──」

「看你一副支支吾吾的樣子，不方便講嗎？」

「嗯……有一點。」

「我不要過問比較好？」

「……請容我省略細部說明，因為我也還沒完全消化。可是，這跟我無關，而是關於萌太和崩子的事情，所以——美衣子小姐，請妳仔細聽我說。」

「嗯。」

「崩子——她啊，因為萌太在自己眼前身亡——受到強烈打擊，精神上——慘遭嚴重損害。」

「聽說是被電車碾過。」美衣子小姐頷首。「這麼說來，連外觀都——無法保存嗎？」

「而且是在自己眼前——外表看起來再堅強，終究是十三歲的女生。」

「……嗯，唉，正如你所言，然後呢？」

「事發之後的一個星期——一直處於半瘋狂的狀態。」我說道：「醫方對她施打鎮定劑，並且將她綁在個人病房的床上，不然她可能會撞牆、拍窗、跳樓——聽說有這類重度自殘行為。」

「……」

美衣子小姐聞言亦不禁沉默。她或許很難想像那樣的崩子，我也一樣，畢竟平常是那般堅強的孩子。

老實說，我還沒見過那樣的崩子。沒有親眼見過。一切都是樂芙蜜小姐的轉述。所以，我也仍半信半疑——不過，崩子的會客規定比美衣子小姐更為嚴格，儘管這一個星期以來都很擔心，可是——一直無法進入她的病房。聽說除了醫生和護士以外，她目前的狀況並不適合見客。

就連愛耍寶的樂芙蜜小姐都表情嚴肅地這麼說，我再如何半信半疑，那多半就是事實。

不能怪她——說起來，這也不能怪她。

因為。

從崩子的角度來看——

那簡直就像自己殺死萌太。

因為把萌太推下鐵軌的人，千真萬確，就是崩子自己。

兄妹。

明明是——兄妹。

明明是這世上唯一彼此擁有的兄妹。

「……真是沉重。」終於——美衣子小姐嘆道：「萌弟、崩妹，還有你——明明都是小孩子，負荷卻如此沉重。」

「美衣子小姐也是呀——要把我們當小孩子看，只怕年紀還不夠吧。」

「嗯。」美衣子小姐說道：「可是，對十三歲的女生而言——親人的死亡、親人的屍體、親人的性命，實在太過沉重。」

「我妹妹——也是在我小時候死的。」

「是嗎？」

「嗯，說沉重——的確很沉重。人類的死亡是無法避免的事，可是獨自一個人背負還是太過沉重。因為人類一旦死亡，就真的——無可挽回。」

真的——再也無可挽回。

無論如何，都無法挽救。

……不，真的是無可挽回嗎？

西東天、哀川潤——

明明早該死亡，卻仍活著。

架城明樂還活在西東天的內心。

匂宮出夢死過一次，又死了一次。

至於——想影真心。

「……崩妹她，看來暫時也得待在醫院。」

「嗯啊——看來是這樣。」

「那你呢？」

「我的傷勢——嗯，沒什麼大不了的，已經沒事了。住院一個星期還嫌有點長。我想下星期就出院。」

「哦～～」

「請不要懷疑我，這是真的，只不過——」我不由自主地低下頭。「我不知道接下來該怎麼辦。」

「……」

「老實說，我還以為這次可以解決所有事情。」

美衣子小姐什麼都不知道。

既不知道狐面男子，亦不知道「十三階梯」。

既不知道命運，亦不知道世界，更不知道故事。

她什麼都沒問，我什麼都沒講。

然而——

我想連她也有所察覺。

此刻，在我周圍發生的事情。

包括小姬的死亡，

包括萌太的死亡，

絕非毫無關聯之事。

她恐怕已經察覺。

她就像日本刀，第六感很強。

「我不知道——不是不知道該做什麼，而是完全不知道——對方要做什麼，想做什麼。就像跟海市蜃樓作戰一般曖昧不清。」

「曖昧應該是你的專長吧？」

「這種曖昧不是我的專長，我拿手的曖昧是『停滯』——這種狀況的曖昧則是『不明』。」

是保留結論？

亦或沒有結論？

就是此種差別。

「不明啊。」

「真相不明，意味不明——我只知道對方無意**以那種簡單明瞭的方式跟我一決勝負。**」

既然如此——我該如何是好？世界的終結、故事的終局——倘若狐面男子期待的結束並非此類，那麼對他而言、對西東天而言，結束又是什麼？

不是那種具體的東西——

而是更抽象的事物嗎？

到底——

他想要什麼？

「嗯——情況好像十分錯綜複雜。」

「正是如此。」

「嗯——目前就讓我繼續保持這種一無所知的狀態吧。反正我這副模樣，這個月什麼都不能做。放心吧，我不會再阻止你。」

「……」

「我已經無意——扯你的後腿。」

「美衣子小姐，這——」

「沒關係。我當時在那傢伙面前保護你，果然是錯誤的決定。我果然——有過度保護的傾向，不知分辨是非的過度保護。」

「……請千萬不要說是妳害死萌太之類的話。」

光是崩子——我就已經受不了了。

我已經受不了了。

「我不會說那種話。」美衣子搖搖頭。「我不會說的，就算嘴巴裂開也不會說。」

「那我就放心了。」

「可是，如果因為我受傷——才讓崩妹、萌弟和你受到無謂的傷害，這種情況還是不要受傷才是正確答案吧。」

「……」

「當時我自以為是地說了許多大話，抱歉，伊字訣。」美衣子小姐說道：「我不認為自己說得不對，可是——你的態度也沒有錯，是正確的。」

「正確——」

「無論你是為誰受傷，都是專屬於你的傷，沒有人可以代替。我不能，崩也不能

——我當時還不懂這個道理。

你盡情受傷吧。

那不是我能代替的。如果太疼痛的話——我可以幫你舔拭傷口。」

我原本打算放棄——受傷。

既然有人因此傷心，我決定放棄受傷。

然而——這是不行的。

果然這是不行的。

光是這樣，是不行的。

受傷。

受傷受傷受傷。

某些事情，不受傷就無法理解。

儘管不忍目睹他人受傷。

雖然無法忍受他人受傷。

然而。

依舊不轉開目光，不閉上雙眼。

絕對不閉上眼眸。

目不轉睛。
好好注視。
凝神緊盯。
必須忍耐。
這就是——溫柔與姑息的差別。
軟弱與堅強的差異嗎？
沒錯——

別撒嬌。
自己的傷也好，
他人的傷也罷，
都不要害怕。
要跟傷勢來往——
要相互舔拭傷口。
「我要成長給你看。」我——喃喃自語。「不管別人怎麼想——我就是要成長給你看。」
「……」
「我要改變。現在說這些也許有點晚，或許會被說是只顧自己不顧他人——可是我要改變。透過我和你的戰鬥——我要成長、變化給你看，西東天。」

既然你說我是你的敵人——

我今後就不再當你的敵人。

我不再——說任性的言論。

無論對誰，

我都不再依賴。

「原來如此。」美衣子小姐從鐵椅站起。

腳步顯得有些虛浮。

果然還沒恢復正常。

「雖然不太清楚是怎麼一回事——嗯，很好。你沒有想像中那麼消沉，我總算安心了。」

「消沉……？」

「姬妹死的時候，你的情況不是很糟糕嗎？」美衣子小姐說道：「如果這次又為了萌弟的事情消沉，我想說可以安慰你一下。看來是我多事了。」

「安慰嗎？」

「嗯。」

「我還撐得住。」

「原來如此。」

「崩子消沉是無可奈何——或者該說是理所當然，我很瞭解她的心情——可是，該怎麼說呢？這種情況——我對萌太的死感到悲傷，總覺得不太對。」

「咦？」

「因為萌太最後笑了。」

「那小子——在公寓住戶之中就很奇特，經常一個人微笑的傢伙嘛。」

總是——一個人。

彷彿代替其他所有人。

他靜靜地微笑。

「嗯啊，到最後為止——都是這樣，而且——一副非常滿足的模樣。」

對那方面的態度——崩子和萌太是完全相反。

但是，話雖如此，萌太——

到最後的最後，就跟崩子一樣，非常珍視自己所愛。

正因如此，才會感到滿足吧。

他應該非常滿足。

「不過——不知該說果不其然還是理所當然，對倖存的崩子而言，無論萌太怎麼想——結果都是一樣。」

「我想也是，既然你明白——」美衣子小姐說道：「應該可以放心把崩妹交給你吧？老實說，事及至此——不免感到這不是我所能負擔的事情。這種沉重的痛楚——我實在難以想像。」

「嗯。」

「所以，我決定不再插手，不過如果你需要我幫忙，隨時開口。」

「我會的。」

「事情結束後，我請你喝一杯。」

「嗯，那時再把回憶當下酒菜。」

美衣子小姐的臉上浮現苦笑般的神情，

接著——離開病房。

……

我再度躺回病床。

試著發呆。

思考。

不思考。

嘆息。

「……呿！」

大家都在強言歡笑啊。

我是，美衣子小姐也是。

看起來很平常——其實一點都不尋常。

既然如此——就不能一如往常。

我、美衣子小姐和崩子在鬼門關前走了一遭。

萌太則難逃一死。

傷。

傷痛嗎？

這叫痛感嗎。

好痛苦。

好後悔。

可是——要忍耐。

我要忍耐。

「我要成長給你看……」

是為了小姬。

是為了萌太。

是為了出夢——

更是為了自己。

「說得也是……既然不知道對方會做什麼——就只好主動進攻嗎？」

在那之後——一個星期。

有些傷業已癒合。

有些傷尚未痊癒。
無法痊癒的傷最多。
沒錯——
這就夠了。
我不再等待。
我如此決定。
對——不能咬著手指痴等。
我豈能一味枯等對方的接觸。
攻守對調。
這次，由我主動出擊。
「嗯——那麼，唉，以發展而言，這種想法或許有些狡猾，不過還是……再去拜託那個愉快、美好的吾友登場一次嗎——」

2

無論發生何事，唯獨時間不停流逝。
時間不會回頭，不會停止。
前進。

就算可能加速。
終究只是單純地、積極地前進。
如此而已。
無論在多麼特殊的日子之中，平凡也絕對不曾消失。
正如無論走到哪裡都有歸路。
唯獨日常生活不會消失。
隔日。
「呀～～吼！嚕嚕嚕～～」
樂芙蜜小姐還是一樣興致高昂。
……
呃……
該怎麼說呢？情緒低落的時候，身邊有這種不讓人有時間消沉的傢伙，反而令人更加心情鬱悶呀……
「早餐來了！快吃！」
「……謝謝。」
唉……正如樂芙蜜小姐上次所言，只要將這一切視為對患者的激勵行為，就不會感到厭倦嗎？
白粥。

味噌湯。

蒟蒻沙拉。

果凍。

「好吃嗎？是我親手做的。」

「騙人。」

這分明就是醫院伙食嘛。

最叫人驚訝的是——她居然還模仿古早漫畫的小技倆，在指尖貼滿ＯＫ繃。

莫名其妙的細膩演技……

「因為這是我第一次下廚，不是很有自信。啊，不過，外觀雖然不好看，味道其實還不差唷。」

「……」

即使謊言被人戳破，仍舊堅持演到最後的毅力，令我有些欽佩。

我想向她學習。

「對了，伊伊。」

「什麼事？」

「女僕之愛。」

「嗄？」

「女僕小姐，今天不來嗎？」

「嗯啊，昨天來過了。」

「哼，真無聊。」

態度變得有夠快！

而且意味不明。

「女僕不在的話，待在這裡也很鬱悶，我先走了。」

「真冷淡……」

「呆瓜～～呆瓜～～」

「妳是小孩子嗄？」

樂芙蜜小姐開始收拾碗盤。

這方面的手腳倒挺快的。

最後在離去之際，她說道：「對了、對了，你可以去見崩子囉。」

「什麼？」我不禁驚叫道。

樂芙蜜小姐咧嘴一笑。

「禁止會客解除。」

「咦……我還以為還要一陣子。」

「禁見伊伊解除。」

「咦？」

「總之呢，就是非官方。」

「………」

「崩子的狀況比以前好一點了，監視也比較寬鬆，現在是大好機會唷。今天從十點起的三十分鐘是大好良機，要把握機會。我會先替你解開門鎖。」

「我很感謝妳這麼貼心……可是，樂芙蜜小姐，真的可以嗎？」

「當然不可以啦。」

「啊？」

「我什麼都不知道，你請自便。」樂芙蜜小姐說道。

「可是……呃，那個……」

「什麼嘛？你這星期不是一直很掛念崩子嗎？你這個蘿莉控變態男。」

「……可是，讓我這種既不是專家，又不是親戚的傢伙進去，呃……好不容易要恢復正常的崩子，會不會又惡化呢？」

「恢復啊。」

樂芙蜜小姐雙肩一垂。

一點都不像她的風格。

「基本上。」她說道：「我也不曉得那算不算是恢復。」

「……？」

「喲！你可千萬不要告訴別人喔！樂芙蜜大小姐是沉著、淡漠、激進、克己的護士咩。」

「我還是初次耳聞如此誇大不實的廣告。」
或者該說，這根本就是詐欺。
另外，我猜她八成是把「激進」跟「理智」搞混了。
「哼！就算被抓，也不許供出我的名字喔！」
然後，樂芙蜜小姐就走了。
猶如暴風般的護士。
於是——
時間到了九點半。
雖然有點早，我還是離開病房。
我調查過崩子的病房位置，完全掌握到那裡的路徑。話雖如此，因為不曉得情況將如何發展，我認為越早行動越好。
要我直接採納樂芙蜜小姐的提議，還真是有一點鬱悶——不過，反正我現在只是在等明天出院，確實有些無聊。姑且不管見崩子這件事是好是壞——既然有機會，即便只是看看她的情況，我也不想錯過。對我而言，就算只是偷偷瞧一眼病房，也無所謂。
「……」
昨天，在那之後。
我打電話給小唄小姐。

由於醫院裡禁用手機，當然是使用醫院裡的公共電話。

超級小偷石丸小唄。

我告訴她哀川小姐再度失蹤之後，不愧是超級小偷，並未顯露驚慌的態度，不過心情似乎很不愉快。嘴裡不斷重複說道：「很不十全、很不十全。」我想像她上次尋找哀川小姐的辛勞，倒也不是無法理解她的心情。

「沒辦法。」小唄小姐說道：「再一次從頭找起嗎？」

「……辛苦妳了。」

「這次的範圍似乎相當明確，再多瞭解一下背景，從原因方面找起或許比較好……所以呢？你應該不是為了報告這件事，才打電話給我的吧，吾友？」

「嗯啊——我有件事想拜託小唄小姐。」

「……這個，總之你先說說看吧？」

「我想請小唄小姐找哀川小姐的時候，順便——找另外一個人。」

「啊，原來如此，找人嗎？名字呢？」

「零崎人識。」

「……零崎一賊——嗎？」小唄小姐忽然問聲音一沉。

「呃，這個——」

「請等一下，吾友。詳情我們直接見面談吧。你目前還在住院，預計什麼時候出院？」

「星期一。」

「既然如此，你一出院就直接來見我，可以嗎？我星期一會住在京都市內的某間飯店，我們就約在那裡見面吧。詳細時間地點，你當天再打電話問我。」

——結果就是如此。

所以，詳情就留待——明天。

我一邊走在醫院走廊，一邊沉思。

零崎——人識。

殺人鬼。

還活著——啊。

那就像是……出夢的遺言，不過，我目前仍舊難以判斷，到底可以信賴幾分。

可是，唉——的確。

仔細一想，零崎死亡的資訊來源，充其量只是理澄——「漢尼拔」匂宮理澄的調查結果——受狐面男子委託而行動的「名偵探」理澄，資訊多半正確，然而——

其中唯有一個例外。

唯一一個例外。

理澄的調查——不為任何人，就是為「哥哥」出夢。因此，調查結果絕對不能出現有害出夢的內容。

一副身體，兩個人格。

理澄充其量只是替代品（Alternative）。

倘若——出夢，匂宮出夢**有意對狐面男子隱瞞零崎人識的存在**——理澄的調查結果肯定變成「錯誤」的資訊。

「唔……可是。」

最早把零崎的存在告訴狐面男子的人就是——出夢。

要說不自然，這確實不自然……啊，不。不對，狐面男子當時尚未將零崎視為敵人。換句話說——出夢純粹是基於聊天，才向狐狸先生談起出夢。

既然如此……是怎麼一回事？**出夢不希望零崎變成狐面男子的敵人**——是這麼一回事嗎？

上上個月和上個月的時候，出夢說話的語氣都好像認識零崎一般。假如——出夢不止單純聽過零崎人識的名字，要是兩人有更深的關係——倒也不是不合邏輯。

不止聽過他。

而且認識他。

嗯，儘管我不認為出夢和零崎會是朋友，話雖如此——說不定，說不定。

出夢是在保護——零崎也不一定。

為了防止狐面男子的魔爪伸向他。

所以說，出夢一路追我追到澄百合學園，搞不好是對於被狐面男子視為零崎人識的替代品，被選為「敵人」的我——有某種罪惡感、某種罪惡意識。

說得通。
所以——他說不定還活著。
哀川潤說不定沒有殺死零崎人識。
……我不知道。
資訊太少。
資訊太少，卻又錯綜複雜。
匂宮理澄說零崎人識死了，
匂宮出夢說零崎人識沒死。
我真的——無法確定。
出夢前去跟哀川小姐決鬥時，我的確說過——你不要去比較好，殺死零崎人識的就是哀川潤，哀川小姐對**你們**不會手下留情——之類的話，既然如此，出夢當時又是如何看待我的那番言論？
光是想像——就叫人喪氣。
如今回想起來，自己的行為太超過了。
唉——總之。
關於這件事，果然沒有我插手的餘地。既然事關「殺之名」，既然牽涉「殺之名」，縱使拜託玖渚，終究是浪費時間。
嗯——小唄小姐。

我的結論就是，只好拜託絕世超級小偷——石丸小唄。

首先，只能從這個管道切入。

話雖如此，不過，這就像保險。零崎是生是死，如今一點關係也沒有。狐面男子即使得知零崎人識還活著，八成也不會放在心上。他不可能把目標從我改為零崎，頂多認為又多了一個備用「敵人」吧？

所以——這是保險。

比起這件事，另一件更重要。

那件事要等我出院才能執行。

等我見過小唄小姐之後，再執行那個計畫。

哎呀……

在那之前，還得跟玖渚聯絡……

事情發展到這個地步，我也不得不借用玖渚的力量，或者該說玖渚機關的力量——

話雖如此。這一切都必須等我出院。

目前，總之要去見崩子——

「……咦？」

忽然。

就在此時。

位於走廊前方吸菸區的公共電話——響起。

公共電話響起。

「……？」

呃，外人可以撥電話到公共電話嗎……不，既然是電話，至少也會設定號碼嗎……既然可以撥出去，外面當然可以撥進來嗎？不過，我畢竟是第一次碰上這種情況，一時之間有些困惑。

儘管困惑，我還是走進那個吸菸區。因為時間尚早，裡面沒有人，只有非常乾淨的沙發、茶几，以及仔細清潔過的菸灰缸。

電話鈴聲沒有停。

非常固執地響個不停。

「…………」

我暗忖不可能如此湊巧。

儘管這麼想——該怎麼說呢？

時間點。

這個時間點——

這種機緣。

故事。

我拿起話筒。

「我不接受任何提問——只有我說話的份。你說一句話，我就立刻掛斷電話。」

沒有抑揚頓挫——人工般的聲音。

「我的名字叫闇口濡衣。」

「『十三階梯』的第八階——闇口濡衣。」

「……」我差點叫出聲來——連忙伸手捂住嘴巴。雖然不是百分之一百相信對方的言論——但不能在這種醫院裡引起騷動。

我環顧周圍。

「你不必緊張——我不在醫院，因為我無意加害於你。」

「……」

「對了——除了我主子之外，你是第一個聽見我說話的人。」

闇口——濡衣。

濡衣先生（註3）說道：「恭喜。」

「……」

我聞言，忍不住要說「謝謝」，但終於忍住。

「我照理說不該這樣跟你接觸——不過，我覺得有些事情必須說明，才這樣打電話給你。因為醫院禁用手機，所以透過這種方式打擾。」

3　這裡的先生為尊稱，不代表闇口濡衣的性別。

非常——客氣的口吻。

崩子也是如此，「闇口」或許是相當重視繁文縟節的家族。

可是。

可是，即使如此——

不管多麼客氣。

「前幾天從背後推你一把的人是我。」

依舊是——暗殺者。

闇口濡衣。

隱身濡衣。

「……」

「雖然跟我預估的結果有些不同——不過，既然達成目的，那就算了。」

目的……？

結果不同，可是達成目的——這麼說，目的**不是我**嗎？

「我的目的是闇口崩子。」濡衣先生說道：「因為——她是敝家族之恥。」

「……」

「要是乖乖聽話就算了——可是如果想使用『力量』，事情就另當別論，截然不同。喏，阿伊先生，闇口崩子的主人。」

自始至終——彬彬有禮。

徹頭徹尾都非常客氣。

然而，那聽起來只像是諷刺。

口蜜腹劍——也該有個限度。

「只要把你推下月臺，可以預見崩子絕對會出手相救。就算閉上眼睛，也可以預見那個景象。與其推崩子——推你反而更有效。不過，我倒是沒想到那個邋遢死神會出手救崩子——」

這就是結果。

而目的則是——

「可是，哥哥在眼前身亡——不，自己殺死哥哥的話，崩子恐怕也成了廢人。至少那雙手不可能再發揮『力量』。每次一想要發揮『力量』，腦海裡就會浮現『哥哥』慘死的模樣，所以我的目的——算是達成了。」

的確——

對崩子而言，比起自己的性命被奪，萌太的死——更難接受。

原來如此……

所以，當時，萌太被推下月臺前說的「在意之事」，確實料中了……闇口濡衣是專門對付崩子和萌太的「十三階梯」。

話雖如此……可是……

既然如此，所以。

這通電話又有什麼意思？

「戲言玩家小哥先生──你的存在對我們、對我這種人來說非常礙手，你應該知道吧？」

「……」

話說回來。

既然叫我不許說話，就不要問我問題嘛。

我差點要脫口回答咧。

「『因緣』──狐狸先生大概會用這個詞彙形容，嗯，如果要我毫無保留地坦白說，我不希望你我之間留有任何宿怨。」濡衣先生說道：「這次的確是因為我從背後推一你把，殺死了石凪萌太，讓闇口崩子變成廢人，可是──我希望你明白這是我的工作。**我不希望你恨我。**」

「……」

「所以，我明知失禮，還是決定這樣打電話給你。當然──」濡衣先生續道：「我不認為你聽了就會爽快點頭接受一切。暗殺崩子固然是我主子的命令，但我也非常明白這跟你毫無關係。」

主人……

從對方的說法聽來——果然，

濡衣先生的主人，並非狐面男子。

「我決定退出『十三階梯』。」彷彿印證我的推測，他說道：「既然成功『阻止』死神和崩子——我已經失去繼續待在那個組織的意義了。」

「……」

「原本跟狐狸先生的契約就是如此——崩子和死神一有行動，我就出手阻止。」

阻止。

那是——暗殺的意思嗎？

出夢之所以那麼討厭「闇口」，崩子之所以那麼厭惡老家，我覺得自己終於深刻體會箇中原因。

原來如此。

「無論是要我殺死身處孤島的古怪占卜師，還是執行各種雜務，我至今都毫無怨言——儘管對那個人還頗有興趣，但既然已經達成目的，我認為待在他身邊太危險。」

……殺死真姬小姐的——也是這個人嗎？

可是，很不可思議。

即使聽見這件事——

就算包括萌太和崩子的事件。

我亦未湧起——任何憤怒。

對於這個人，覺得無所謂。

認為這個人是道具。

猶如完美武器般的暗殺者。

就像刀械或槍枝。

完全沒有意志。

就這個意義而言，殺死真姬小姐的是狐面男子，讓崩子和萌太遭受那種慘劇的是這個人的主人。

主人……

換言之，意思就是狐面男子向濡衣先生的主人借用濡衣先生嗎……

他的主人又是誰呢？

既然說崩子是「家族之恥」，就是跟「闇口」家族有某種關係的人物嗎？不，之前聽說禁止親屬間締結契約……不過，「家族之恥」說不定純粹是濡衣先生的感想。

主人另有主人的目的——

才對崩子下手。

「啊啊——請不要猜測我主子是誰，阿伊先生。請放心，是跟你毫無關係的人物。呃，不過跟崩子倒是有一點關係——」

「……」

「請不要恨我。」他固執地重複說道：「請不要恨我喔。不管發生什麼事，請絕對不要恨我。因為我已經離開『十三階梯』——切斷你我之間的因果。我向天地神明發誓，今後不會再對你、對你們出手。無論狐狸先生有何命令，我都不會遵從。所以，戲言玩家先生，請不要用你的戲言對付我，請不要——恨我。」

用槍枝殺人的時候，槍枝有錯嗎？

用刀械傷人的時候，刀械有責任嗎？

說這句話的是——出夢嗎？

若然——請無須擔心。

請你放心，闇口濡衣。

我絕對不會恨你。

我不會恨你。

「我——不想重蹈匂宮出夢的覆轍。我今後還得替主人執行許多任務，不容一個家族之恥、一個邋遢死神阻撓。」濡衣先生仍舊繼續說道：「所以，我要送你一個情報。」

「……？」

情報？

「只是我離開『十三階梯』的話，對你而言算不上什麼優惠條件，只有我獨享好處——嗯，硬要說的話，就是內部告發。」

內部——告發。

……這好像是根尾先生的專長。

背叛。

真是——為達目的不擇手段。

「闇口」這個家族。

儘管並未生氣，亦無怨恨……

然而，胸口有些鬱悶。

心情——沉重。

濡衣先生不理會我的感覺，說道：「澪標姊妹——打算對付你。」

「……？」

澪標姊妹？

澪標深空和——澪標高海？

穿僧袍的那兩人嗎？

「那兩人——似乎認定是你讓她們在狐狸先生面前丟臉。實際下手的是匂宮出夢，不過既然他已經死了，只好對你洩恨吧？」

「……」

喂喂喂……

不要隨便找人洩恨呀。

這種想法很奇怪吧？

「所以，那兩人不顧狐狸先生的指示，開始獨自行動——狐狸先生正在想辦法制止，不過八成是白費力氣。我想她們再不久就會出現在你面前。」

濡衣先生那頭傳來有些古怪的呼吸聲。

說不定——是在笑。

「她們的自尊心很強——兩人唯獨自尊心可以分開計算。現在應該是認為自己沒臉見狐狸先生，加上一直被『空間製作者』木之實揶揄，女人的嫉妒非常可怕。」

「……」

「不，可怕的是女人本身——嗎？」濡衣先生說道：「總之，你要多加小心。雖然是分支，殺手就是殺手——雖然年紀輕，澪標就是澪標。你千萬要記住——她們那天之所以沒有成為你的阻礙，只是因為匂宮出夢在場。少了崩子和死神，你要如何擺脫殺手——我多多少少也有點興趣，哎，不過對我和對我主子而言，還是不要涉入太深比較好——對吧？」

嗯……

澪標姊妹嗎……要是那兩人背著狐面男子行動，確實很麻煩。在狐面男子的指揮下行動時，雖然也很莫名其妙、不知所云、意味不明，但至少受人控制，還有辦法應付，可是——

殺手一旦以殺手的身分行動，情況就大大不妙。

那並非我的專業領域。而是對方的戰場。

正如那天在那間車站，闇口濡衣對我、對崩子、對萌太那樣——倘若她們採取那種

職業手法，對方終究是專家。

我無力應付。

情況不妙……

「…………」

話說回來，狐面男子。

你也管好自己的部下嘛。

包括濡衣先生在內。

虧你那麼有魅力，居然如此沒威信……

「我其實還有許多事想告訴你，比方說狐狸先生目前的潛伏地點、苦橙之種和哀川潤的現況等。可是，統統告訴你的話，不免又要被『十三階梯』怨恨。這種事我可受不了，一點都不划算。」

不划算。

平衡。

均衡——嗎？

「呃，要說還可以透露什麼的話——對了，除了苦橙之種之外的『十三階梯』——你最好提防一里塚木之實和右下露蕾蘿。因為她們是女性，非常迷戀狐狸先生。」

「……」

「另外，如果你想各個擊破『十三階梯』，從宴九段或繪本園樹下手比較好。那個名叫九段卻身居四階的宴九段，多次背叛狐狸先生，毫無忠誠心可言；至於繪本園樹——呃，你也實際見過那個人，應該不必我多加說明。」

濡衣先生這時停頓，說不定是在觀察我的反應。至於要如何從不說話的對象觀察出反應，我就完全不知道了。

「這通電話說得有點久——那我就此打住。親愛的戲言玩家小哥先生，你和狐狸先生誰輸誰贏，對我而言一點關係都沒有——不過，希望你奮戰到底。」

「對你而言。」

我——

我開口了。

「**世界的終結是什麼呢，闇口濡衣先生。**」

「……」

我想對方應該不會回答。

大概正如一開始的宣言，就直接掛斷電話。

我如此認為。

然而，片刻沉默後——

濡衣先生回答了。

「**我主子之死。**」

接著——

談話結束。

電話掛斷。

只剩無機體的訊號聲。

我掛上話筒。

吸菸區依舊空無一人。

我看了看時鐘。

十點。

我——必須走了。

我必須去崩子的病房。

沒時間了。

「世界的終結」。

奇野先生——沒有興趣。

繪本小姐——由衷盼望。

對於濡衣先生，卻是一名人類嗎？

……這麼說來，我還沒問過諾衣茲君的意見。話雖如此——我彷彿已經料到，沒有姓名的他將如何回答。

他應該會說——「感覺想死。」

唉，無論如何。

「十三階梯」——諾衣茲君和濡衣先生就算出局了嗎？「十三階梯」的第一階——架城明樂可以直接排除，因此目前狐狸先生麾下共有——十個人。

十個人嗎？

……

總覺得完全沒有減少啊……

十三個人再怎麼想都太多了。

至少也弄成四大天王嘛。

既然那麼沒威信。

「…………」

在我胡思亂想之際——

抵達目標病房。

收容崩子的這間病房，正如樂芙蜜小姐所言，她事先替我解開門鎖，只要橫向一拉就能開啟。

只見，

崩子，

就在床鋪上。

「……崩子。」

她身穿住院服，額頭纏著繃帶。

坐在床上的崩子——

目光顯得極度空洞。

身體微微顫抖。

緊緊揪住床單。

「我也不曉得那算不算是恢復。」

……我霎時明白樂芙蜜小姐那句話的含意。

比起現在這副模樣，半瘋狂的狀態說不定還比較好。

闇口濡衣。

他確實——達成了目的。

目睹崩子此刻的模樣，我重新百分之一百確定——這個事實。

「崩子小妹妹。」

我再次呼喚她。

崩子沒有反應。

身體仍舊——微微顫抖。

彷彿覺得冷。

彷彿身處於零下世界。

感到寒冷——惴惴不安。

猶如內心有所恐懼。

猶如沒有任何依靠。

恐懼——凍僵。

「崩子！」

我走近崩子，揪住她瘦小的肩膀，用力拉近自己。這個舉動對病人或許有些狂暴、欠缺溫柔，但除此之外，我想不出任何方法可以讓崩子轉過來。

「嗯。」

「咿。」崩子發出悲鳴，接著注視——我。「大……大哥哥。」

「……大哥哥。」

「……」

崩子——

露出非常悲傷的神情，

緊緊地。

緊緊地抱住我。

猶如相互衝撞。

瘦小的身體。

用力抓住我的衣服。

指甲深陷般地揪住我。

把自己的頭，把額頭上的傷口壓住我。

「嗚……嗚嗚嗚嗚。」她嗚咽道：「戲言——大哥哥。」

「……嗯。」

「我……這一個星期，一直拚命——忍耐。」

「……」

「你可能不相信，可、可是，就算這樣，我覺得自己，不能對萌太——萌太的死感到悲傷。」崩子——顫抖不止。「我告訴自己那是最好的結果——一直、一直拚命忍耐。」

「——嗯。」

全部。

原來如此——所以，全部都是為了忍耐。那些自殘行為、半瘋狂的狀態，全部——都是為了忍耐。

為了忍受——傷痛。

那是必須的行為。

「可是，所以。」崩子說道：「現在可以讓我哭一下嗎？」

「嗯。」

「…………！」

她更加用力抱我。

默默無言——既未吵鬧、亦未叫喊。

那是一種淚流不止的寧靜號泣。

因此，我也沉默不語——

輕輕伸手環住崩子的背。

「我殺死……」崩子嗚咽般地說道。與其說是對我，不如說是對自己傾訴。「我殺死萌太了。」

「…………」

「不是害死他，而是親手推他——我親手把萌太推下鐵軌。」

「…………」

「是我——是我。是我！」

……啊啊。

事到如今——我終於明白了。

考量濡衣先生剛才那番言論——姑且不管當時我和崩子的視線離不開鐵軌——跌落鐵軌的萌太，抬頭望向月臺時說不定看見了。

在我身後。

朝我背脊推了一把的——闇口濡衣。

我當時覺得很奇怪。

我當時認為——就算雙手骨折，萌太在那種情況下應該還是有辦法閃避電車吧？

然而，倘若他看見我背後的闇口濡衣，倘若他看見除了濡衣先生的主子之外，沒有任何人見過的「隱身濡衣」——

他肯定預料到了。

因為他是聰明的——少年。

只要自己在此喪命，

崩子就不會遇害——

他當時就明白了。

是故，他——沒有掙扎。

一臉釋懷的表情——

最後露出那種笑臉。

非常滿足地。

萌太——

就雙重意義而言，保護了崩子。

首先，反射性地阻止她被電車輾過。

其次，經過縝密的思索——保護她免於濡衣先生的傷害。

「我——我、我……大哥哥。」

「……」

「大哥哥……戲言大哥哥……我什、什麼事。」崩子泣不成聲，但仍拚命用細若蚊蚋的聲音說道：「我什麼事都聽你的——請不要丟下我不管。」

「……」

「我現在就只剩大哥哥而已。」崩子毫無抑揚頓挫地——續道：「我雖然派不上用場……雖然親手殺死自己的哥哥……雖然很笨，可是，我只為大哥哥而活，所以——請不要丟下我不管。」

她簡直就像——繪本小姐。

宛如繪本小姐那般情緒不穩。

可是，因為我見過平時堅強的崩子——

更不忍目睹此刻的她。

「求求你，請同情……我。」

接著——

崩子靜靜哭泣。

幽靈般地啜泣。

她還是個孩子。

這名少女只是個——孩子。

外表堅強的十三歲——無法用一句話輕鬆解釋。

這個理所當然的事實，

我如今——深刻體悟。

很痛。

這對崩子而言，一定——

是初次的傷口。

我到底在想些什麼？

我難道以為崩子很堅強嗎？

宣稱因為不願見我受傷，所以寧可自己受傷的崩子，我憑什麼相信她有承受那種傷勢的堅強？

純粹因為不忍目睹。

因為看不下去。

毫無根據。

沒有思考，身體就採取行動。

正因為還不知何為痛楚。

正因為是不識傷痛的年紀。

少女。

十三歲。

啊啊，換句話說——

這就是我的模樣。

破壞玖渚友時——我的模樣。

她跟我一樣。

自暴自棄，甚至不容許自己悲傷。

一味責備自己。

被一切——拋棄。

她就是我。

她就是以前那個無人相救的我。

誰也不願出手相救——

誰也救不了的我。

她跟我一樣。

因此——同情這個說法確實沒錯。

「——沒關係的。」我用足以讓對方感到痛苦的強大力量，摟住崩子。「我會一直待在崩子身邊。」

「……大哥哥。」

「我不會離開崩子，我會保護崩子。我最喜歡崩子了，我深愛崩子。」

話語——就這麼脫口而出。

我想幫助崩子。

我不希望她變得——跟我一樣。

我實在不願意。

「還有，妳不可以誤會——崩子怎麼可能只剩我而已呢？一個崩子配一個我，這未免太不公平了。這樣完全不夠，這樣根本不合算。崩子還有——美衣子小姐、七七見、荒唐丸老爺爺啊。大家都很重視崩子，認為妳無可取代。」

「……」

「所以——妳不能這樣說自己，不要這樣貶低——我們珍視的人。」我再次——重複說道：「我愛崩子。」

「大哥哥——」

崩子——抬起頭。

大滴的淚珠從美麗的臉龐滑落。

柔弱不堪，令人心痛——

叫人不忍目睹——

卻又無法離開視線。

「你不會討厭——我嗎？」

「那還用說！」我——我向她宣誓。「那種事情——絕不可能發生。」

「……啊。」

崩子突然迅速鬆開摟住我的手，離開我的身軀，伏在床鋪上，用床單蓋住全身，藏了起來。

……？

我一時間無法理解那個動作的意思。

「謝、謝謝。」

直到床單裡傳來那句話時，我終於理解。

啊啊，她在害羞。

她似乎覺得自己出糗了。

我直覺地認為她很可愛。

「真、真的只有現在喔。」

「咦？」

「這樣的我，只有現在。」

「……」

「我馬上就會恢復正常。」

「……是嗎？原來如此。」

那真是——太好了。

我鬆了一口氣。

沒錯——這樣就好。

崩子必須如此。

她不能——跟我一樣。

絕對不能變得跟我一樣。

「大哥哥。」崩子接著又說：「有什麼……我可以做的事嗎？」

「……目前就請妳先安心休養吧，休養也是很重要的事。」
「……」
「不過，我要是遇到困難，一定會請妳幫忙。那時請你務必出手幫我。」
「——那還用說！」崩子從床單探出臉孔——點點頭。用力點頭。「我會為大哥哥賣命。」
「嗯，我也很期待七年後。」
「……」
「開玩笑的。那麼，我還會再來看妳，多保重。」
儘管有許多話沒說，有些依依不捨，可是時間緊湊，我只有這樣告訴她——
向崩子輕輕揮手，
離開病房。
關上房門。
抬頭看著天花板。
啊啊……
多保重嗎？
話說回來，我老是讓崩子探病，這還是我第一次——探視崩子哪。
嗯……無論怎麼想，都不太符合我的風格……
不過——妳就好好努力吧。

現在是緊要關頭，崩子。

不可以變成我這樣。

妳的傷口——是妳專有的。

「……這也是——戲言哪。」

疲憊感驟然湧現，我膝蓋一軟。

忽然間……

正當我猛然倒向身旁的牆壁時。

「耶～～」

「……」

樂芙蜜小姐竟然蹲在附近。

露出惡作劇的嬌笑。

「……妳在做什麼？」

「你嘴巴真甜……姊姊我聽得很感動呢。」

「……」

居然給我偷聽。

好個討人厭的路人甲。

第十二幕——保險和防禦

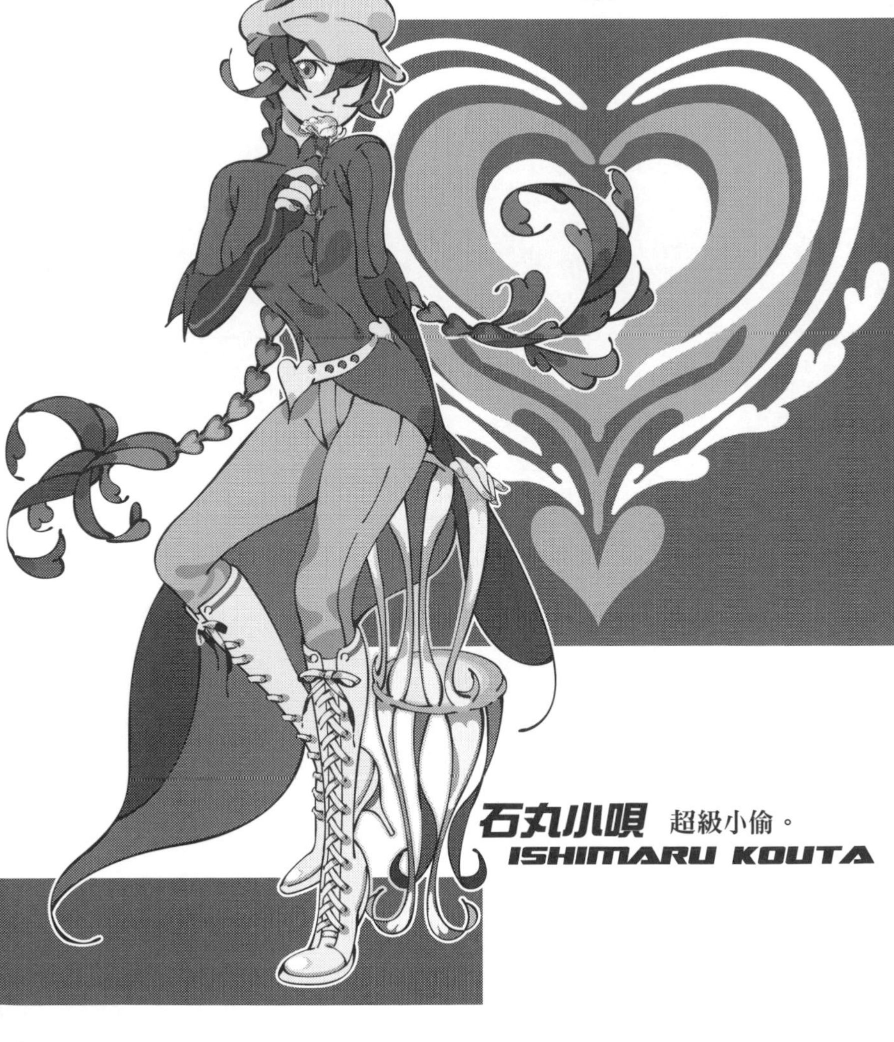
石丸小唄 超級小偷。
ISHIMARU KOUTA

0

大夫，我身體不舒服。

1

話說回來——

目前有一個尚待解決的問題。

那就是千賀光小姐。

哀川小姐前些日子告訴我，從九月下旬就在我身邊擔任女僕，芳齡二十七歲的她其實並非千賀光，而是千賀明子。

哀川小姐基於諸多理由如此判斷，嗯，我當時說不定也一樣，認為她可能不是光小姐，然而——十月再度住院，看著她替我帶換洗衣物、照顧生活上的許多瑣事，又覺得應該不是這樣。

我開始認為光小姐就是光小姐，絕對不會是千賀明子。

畢竟原本就是難以區分的三胞胎。

三個人相互交疊，

重疊影像般的三姊妹。

層層交疊般的三姊妹。

不管誰是誰，也沒什麼差別。

況且，假設光小姐真的是明子小姐，我也不認為自己挺身指正有何意義。不，何止沒有意義，那麼做的話，搞不好光小姐——明子小姐會像《鶴的報恩》那個傳說，立刻返回鴉濡羽島也說不定。嗯，即使不會因為這種理由離開，身分一旦曝光，明子小姐就再無理由繼續扮演光小姐，自然就會恢復成那個悶不吭聲、冷若冰霜、漠不關心，既不對任何人開口，亦不聽任何人說話的她。套句哀川小姐的話，就算她是明子小姐，我也希望她能扮演光小姐。明子小姐固然有明子小姐的好，可是，從共同生活者的性格來說，比起明子小姐，不用說光小姐要好上百倍。這種情況，實在無須硬要揭露對方身分。

如此這般。

她在我心中仍是千賀光小姐。

唉……我要面對的問題已經夠多了。其中一個——選擇這種解決、這種不解決的方式，應該算是情有可原。

結論暫且保留。

這種曖昧不清——才是我的專長。

熟悉的感覺。

不過，又覺得挺懷念的。

於是——如此這般。

「首先，恭喜您出院。」光小姐說道。

女僕裝在醫院太過顯眼，因此她換穿便服。

緊身牛仔褲配橫條衫。

長髮中分。

…………

哇～

「那我們走吧，主人。」

「嗯……麻煩妳了。」

「不先回公寓一趟沒關係嗎？」

「沒關係，直接去比較好。」

「我明白了，走吧。」光小姐提起我的行李，率先走出病房。她似乎已經替我辦完退院手續。我並非善於那種官方手續的務實之人，老實說真的幫了我一個大忙。

我向住院期間的醫生和樂芙蜜小姐打聲招呼，然後離開醫院，前往停車場。

飛雅特五〇〇。

這是美衣子小姐的車子——不過，最近幾乎變成我的專用車。

光小姐理所當然地坐進駕駛座。

我則坐進副駕駛座。

「新京極的飯店——沒錯吧？」

「嗯。」

「三條附近嗎？」

「對。」

「您又要到飯店進行密商嗎？」

「正是。」

「飯店很方便吧？」

「對啊。」

「那就出發吧。」

光小姐催動油門。

我不再問她無照駕駛的事情。

「您的傷勢，真的沒事了嗎？」

「嗯啊，肉體恢復力比他人強七倍是我少數的驕傲之一。」

「精神也比他人強七倍——不是嗎？」

「或許吧。」我故作幽默地聳肩。「不過，受傷頻率也是他人的七倍，肉體和精神方面都是如此。」

「那就好。」

「未來一個星期左右，飲食上或許有些限制，但也僅止於此。而且已經拆完線，沒什麼值得一提的大問題。」

「那太好了。」

光小姐露出天使般的笑容。

呼……

這是我唯一的避風港啊。

一想到現在要去見超級小偷，兩人間的差距就讓我感到暈眩。

「主人平安是我最開心的事——淺野小姐和闇口小姐不知情況如何呢？」

「嗯，兩人暫時得靜養一陣子，美衣子小姐和崩子看來得在醫院待到月底。崩子的傷勢並不嚴重，但精神方面還處於不穩定的狀態；美衣子小姐雖然已經脫離險境，不過全身各處受損。」

事後樂芙蜜小姐告訴我，美衣子小姐前天連走到我的病房都很胡來。美衣子小姐說自己好不容易可以走路，但是聽說換成正常人，那種狀態根本無法行走。

美衣子小姐就是美衣子小姐，畢竟非比尋常。

可是，話雖如此。

「真可憐。」光小姐說道。

神情十分哀戚。

她和我一起生活，自然跟公寓鄰居產生聯繫——對光小姐而言，美衣子小姐和崩子已經不能算是毫不相干的陌生人。

「不——」我倒不是想安慰她——但還是開口說道：「——呃，這樣子說不定反而比較安全。這麼一來，她們倆最近——這幾個月都沒辦法到前線。站在『敵人』角度，不再具有攻擊的價值。仔細一想，出局或許是最好的結果。」

「原來如此，確實沒錯。」

「美衣子小姐至少得花半年重新鍛鍊身體，至於崩子——嗯，恐怕再也無法作戰了。」

正如闇口濡衣所言。

而且——肯定亦是萌太所願。

應該……這樣就好。

這應該是最佳選擇。

「對了，光小姐沒發現崩子和萌太的真實身分……沒發現他們倆是『殺之名』嗎？」

「呃，我有發現呀。」

「……」

既然如此……早點告訴我嘛。

每一次、每一次都是這樣。

「嗯，總之。」光小姐頓了一會兒說道：「對我而言——還是比較擔心哀川大師，畢竟她現在又——下落不明。」

「嗯……是啊。」

狐面男子——西東天和哀川潤。

相隔十年再度重逢的親生女，雖然如此——我實在不覺得兩人有何好敘舊，亦不覺得他有何怨言要對她說。

他有何企圖嗎？

他毫無企圖嗎？

我也覺得那只是——心血來潮。

「我以前雖然說過，她那種水準的人無須我們擔心——可是這次情況不同、對手不同——就算是哀川大師，只怕也很難說。」

「說得也是——呃，咦？」話說回來，我以前一直沒有放在心上，不過——「光小姐一直是用姓氏稱呼哀川小姐嘛。」

「咦？啊啊，是的，怎麼了？」

「什麼怎麼了……」我對光小姐天經地義的反應感到詫異。「哀川小姐不是很討厭別人用姓氏叫她嗎？」

「……？」光小姐杏眼圓睜。

「呃……她說只有敵人用姓氏叫她——」

「我從來沒聽她說過這種話。」

「…………」

咦？

……這是怎麼一回事？

光小姐——或者該說是伊梨亞小姐她們，跟哀川小姐應該不是如此生疏的關係吧？應該相互認識好幾年了。

既然如此，這是怎麼一回事？

純粹只是沒機會說嗎？

「這件事很重要嗎？」

「……不，這個嘛，我想比較起來算是無關緊要的範疇——」

我儘管這麼想——可是，總覺得有點不對勁。事後慘遭這種不一致反噬，正是我經常遇到的失敗模式。就連本人也學到這點教訓——不過，話雖如此，這件事確實無關緊要。

唔——

她沒有告訴所有人嗎？

「主人您不也是用姓氏稱呼哀川大師嗎？莫非主人把哀川大師視為敵人？」

「不……不是這樣的，呃……唉，說得也是，這果然不是什麼要緊之事。」

我一邊應道，一邊看著光小姐，內心想著其他事情。與其說是其他事情，其實跟剛才想的事情有關——總而言之，或許可以說是歪打正著，或是塞翁失馬，崩子和美衣子小姐這次出局——退出我和西東天的因緣，儘管有所犧牲，最終還是成功逃到安全範圍——所以，目前最危險的人，不就是目前駕駛飛雅特的光小姐嗎？

當然也可能是明子小姐。

無論是哪一個——站在物理的角度來看，她肯定是我目前最親密的對象，應該不會有人反對這個事實。

不知何時開始，我把光小姐在身邊視為理所當然，可是正常來說——或許快點讓她返回島上比較好

至少對她比較好。

我一開始的確如此打算，然而——事到如今，老實說，我非常需要她。忙碌不堪的時候，往往很容易遺忘「活著」這種平凡的幸福，光小姐則在這方面給予支持。

給予支持，替我承擔。

我非常需要她。

住院時也深受照顧——

此刻亦然。

她甚至可說是這種狀況之中的救贖。

不讓我知道她究竟是光小姐還是明子小姐，之所以不想讓我知道，無論如何一定包括一項理由——

鶴的報恩。

可是，即使如此——

光小姐其實很想回家吧？

對光小姐而言——

那座鴉濡羽島就是全世界。

就這個意義來說，濡衣先生的主張和光小姐的主張說不定完全一致。

世界不同，但想法一致……嗎？

光小姐也是基於主子的命令，或者說是基於工作，自願待在我身邊，沒有本人置喙的餘地。

然而，現在或許真的應該好好勸阻她……

嗯，包括光小姐在內——

周圍。

確保我周圍的安全是非常重要的事情。

經過這次崩子、美衣子小姐，以及萌太和出夢的事件，我深刻體會到——為了達此目的，要不惜付出任何勞力

周圍人等的安全，反過來說就是我的安全。

這件事就如此解釋吧。

不是說漂亮話，而是站在利己的角度。

必須好好——守護。

「您想太多了——主人。」就在此時——光小姐對默默思索的我說道：「我服侍主人

超過半個月——發現您對任何事情都太過認真。」

「太過認真？我嗎？」

「是的。」光小姐頷首。「說來失禮，不過我原本以為您是比較隨便的人。」

「我是……很隨便啊。」

「所以，就是肩膀太用力嗎？」

「肩膀……太用力？」

「您不妨放輕鬆一點。對主人來說，我想七、八分的力量就綽綽有餘。」

「……我果然很不中用嗎？」

「如果主人覺得現在這種方式最好，我也沒有強迫的意思，不過，當您想放輕鬆或休息一下的時候，請告訴我，不才小妹一定出力幫忙。」光小姐嫣然一笑。「雖然最近好久沒練習了，不過讓男性放輕鬆、通體舒暢是我的專長。」

「哦……真的嗎？」

……

所以？

……這是在誘惑我？

這是在誘惑我？

「光、光小——」

「啊，到了。」

光小姐在飯店前面踩剎車。

我砰咚一聲倒向前面。

……閃得好。

……

的確……心情真的比較輕鬆了。

「那我把車子停在停車場，請您盡情暢談，主人。」

「……恭敬不如從命。」我打開車門，離開副駕駛座。因為是靠車道，有點提心吊膽。「不過，我只是拜託對方一點事情，不會花太久時間。」

「好的。」

「待會見。」

我關上車門，目送光小姐駛離——

我抬頭看著那棟大型飯店。

石丸小唄——

小唄小姐指定的飯店。

新京極隔壁的國際飯店。

「……」

兩個月以前——

木賀峰副教授約我見面的飯店。

跟上次同一間飯店。
一切並非從這裡開始。
開始在更早以前。
然而——
即使如此，這間飯店是焦點之一。
對世界而言。
對故事而言。
那個八月一日，就是焦點。
儘管覺得這可能是——偶然。
小唄小姐沒有理由故意選擇這裡，這多半只是偶然；可是，依舊感受到某種奇妙的因緣啊……飯店內的會面地點也同樣是一樓的咖啡廳……話雖如此，對品性不佳的小唄小姐，這種惡作劇未免缺乏震撼性。不像背後有赤神財團撐腰的光小姐，這間飯店不可能是沒有任何背景的惡棍——超級小偷石丸小唄所有，既然如此，肯定是她隨機選擇的結果，不過……
總覺得有種不好的預感。
我邊想邊進入飯店。
無視櫃臺，
筆直走向咖啡廳。

小唄小姐——既已抵達。

全身丹寧布。

鴨舌帽。

穿帶皮靴。

不知為何像小孩子般鼓著雙頰，一副氣呼呼的模樣，看起來心情極差。

搞不好她真的心情不佳。

……我實在不想過去啊。

然而，要是在這種咖啡廳門口繞來繞去，很快就會有服務生走過來問：「您一位嗎？」我只好壓下類似害怕的情緒，朝小唄小姐的座位前進。

木賀峰副教授那次，

是坐在哪個位子呢？

我的記憶力當然沒那麼好。

「哎呀，吾友。」小唄小姐率先出聲。「你看起來很健康，真是十全。」

「小唄小姐看起來才是好心情呢。」

「看起來是這樣嗎？」

「不，抱歉，是我玩笑開過頭了。」

我剛見面就向對方道歉，在她對面坐下，並且向走過來的服務生點了一杯咖啡。在咖啡送來以前，我和小唄小姐宛如早有約定、互有默契似的，一句話都沒說。

我嘴裡含著少量咖啡。

「……可是。」我環顧四周。

因為是非假日的中午，客人很少。

雖然很少。

「該怎麼說呢？還是到密閉空間談比較好吧？」

「沒用的，放心吧，吾友。上次稍微聽你說明情況，你的動向肯定全都在對方的掌握之中。既然如此——警戒只是浪費力氣。」

「可是……」誠如小唄小姐所言，我和光小姐在赤神財團旗下飯店的交談內容，儘管拖延一段時間，最後確實被狐面男子得知。「總覺得毫無警戒到這種程度還是不好。」

「就是這樣才好。越是毫無警戒，越能迴避風險。藏樹於林——這種敷淺之見對本人這種超級小偷是行不通的。換成我，一定把樹木藏在大眾面前，吾友。」

「……呃，我無意反駁啦。」

況且有事相求的人是我。

再加上「十三階梯」裡的隱密行動派，也就是崩子認為在跟蹤我的闇口濡衣——濡衣先生已經不是敵人。這方面的危機管理程度，或許可以稍微降低一些。

「那麼……呃，既然是小唄小姐，對我目前的情況應該有所理解——」哀川小姐也說過這方面是聽小唄小姐轉述，我想可以省略詳細說明。「——哀川小姐二度失蹤，老實說讓我一籌莫展。」

「所以——尋找零崎人識這個殺人鬼，就是打破這個膠著狀態不可欠缺的關鍵嗎，吾友？」

「這，該怎麼說……」

她好像話中帶刺啊。

我背脊一陣發涼。

這也不能怪她。

「要說的話，算是……保險吧。」

「保險？」

「目前視我為敵人的——唉，就是哀川小姐的父親，叫做西東天的人……」

「嗯，我知道。」

「聽說原本預定的『敵人』不是我，而是那個零崎人識。或許沒有『預定』這麼明確，總之西東天就是因為找『零崎人識』——結果找到了我。」

「原來如此。我對這方面倒是一無所知，吾友。那個『狐狸』——還活在世上就已經非常令人驚訝，實在猜不透為什麼把你這種普通人視為敵人。」

「嗯啊。」

「不過，事到如今能不能再叫你普通人——恐怕也很難說。」

「我最近對這個設定也開始感到有點勉強。所以該怎麼辦，小唄小姐？又要去找哀川小姐的話——可不可以請妳順便找找零崎人識？」

「……這種事根本不能算『順便』，吾友，這就等於增加兩倍勞力。」小唄小姐顯得極度不耐，毫不隱藏內心厭惡之情。「這就像要我爬山時順便去海邊。如果零崎人識和哀川潤之間有什麼密切關聯也就算了——」

「倒也不是沒有。五月的時候，那兩個人曾經發生衝突——至少一次，也可能有兩次。」

「……」

小唄小姐——陷入沉默。

她也不知道這件事——嗎？

我還以為她搞不好知道。

「……有件事我想聽聽你的看法。」最後，小唄小姐頭痛似地用食指按著額頭說道：「你對零崎一賊有什麼印象？」

「呃……非常重視家人，殺人不眨眼的殺人鬼集團——嗎？」

面對小唄小姐的問題，我直接回答從狐面男子和萌太聽來的那些內容。小唄小姐聞言，打從心底傻眼似的，發出摻雜嘆息的苦笑。

「……你對零崎一賊的看法太天真了。這種看法雖然正確，但並非事實。這種猶如殺人鬼友好集團的看法，根本一點都不夠啊，吾友。」

「喔……」這的確只能算是表面上的認識。對小唄小姐這種實戰主義者而言，確實是紙上空談，是局外者不知天高地厚的意見；話雖如此，我認識零崎的時候，根本不知道他來自那個駭人聽聞的零崎一賊，第一印象跟其他人有所不同也很正常。「話說回來，我記得還有人大膽到使用零崎愛識這種假名哪。」

「嗯啊，好像是。」

小唄小姐僵硬地點點頭，似乎不願他人談及這個話題。

「總之，」小唄小姐重新坐正，「即使是哀川小姐，也不可能到處宣揚——自己跟零崎一賊發生衝突。知道這件事的恐怕只有哀川小姐、跟她起衝突的零崎人識，以及你而已。」

「或許吧。」

真要說起來，我們談話時就在附近的玖渚也知道，不過這種小事不必特別說明。

「跟哀川潤起衝突啊……存活下來了嗎？」

「我一方面聽說他當場死了，又聽說他其實沒死。」

而且是出自「同一人物」的嘴裡。

因為解釋起來很麻煩，就暫且保密吧。

「喔……嗯，既然有這麼一段因緣，零崎人識這個人物……在搜尋哀川潤這件事上說不定是——有用的線索。」

「嗯啊……因為他和——**哀川小姐、西東天都有關係**。」

「你有什麼線索嗎？」

「休士頓——德克薩斯州休士頓的ER3系統，嗯，要說可疑的話，倒也很可疑。」

「真是曖昧。」

「是很曖昧。」

「真是隨便。」

「一點都不隨便。」

「……呃，我還是先問一聲，話說回來……」小唄小姐瞪視我。「目的是——什麼？你的目的。我看不出你有什麼理由要拜託我去找零崎人識。」

「……」

「基本上，你們倆又是什麼關係？」

「好像是——替代品。」

「啥？」她詫異哼道。

唉……一旦少了狐面男子那種哲學論調，就完全搞不清楚前因後果。即使有那種哲學說詞，絕大多數之人只怕也是一頭霧水。

「我們不是朋友，不過五月的事件有一點關係。」

「……難不成是那個？你不想被西東天——哀川潤的父親『狐狸』當成敵人，打算找一個替死鬼，然後逃之夭夭嗎，吾友？」

「如果可以這樣，就是最完美、最理想的結果，可是就目前情況來看，恐怕無法如此。不過……我想可以造成**搖晃**。」

「搖晃？」

「總之就是一種保險。」我說道：「而且還有——『因緣』這個玩意兒。就這個情況來說，『因緣』這個玩意兒非常重要。對我來說或許只是偶然——」

正如這間飯店。

正如初次跟木賀峰副教授交談的——

這間飯店。

「——但是對西東天而言，絕對不是如此。凡事必有某種因緣。沒有的話，就自己製造。他就是這種人。」

「太荒唐了。」

「是很荒唐，不過正因如此——因緣必然存在。**西東天和零崎人識之間，必然存在某種關聯**。至少對西東天而言，肯定有某種足以稱為關聯的事物——無法動搖的事物。」

「無法……動搖？」

「正因如此，才要搖晃。」

儘管不是百分之一百確信，不過我認為那裡至少存在——某種可以充當保險的突圍口。

我和西東天，戲言玩家和狐面男子之間，在哀川潤之前——就存在著想影真心這個聯繫；同樣的道理，零崎人識和西東天，殺人鬼和狐面男子之間，除了哀川潤以外，應該亦存在著某種關聯。

不能沒有這種存在。

對狐面男而言。

若非如此——邏輯將出現破綻。

那是世界的破綻。

那是命運的破綻——亦是故事的破綻。

倘若我是零崎人識的替代品——

就必須如此才行。

「所以——**這個關聯就有用處**。這個對西東天而言失去作用的聯繫——依照不同的使用法，我認為也可以變成武器。」

「……這種想法很有你的風格。」小唄小姐既像傻眼，又似佩服地——說道：「意思就是——從對方意想不到的地方進攻嗎？」

「嗯啊。」

「把敵人早已忘記、不留神，認為無用的東西當成武器，當成突圍口——真的很有你的風格，很有你的風格啊，吾友。」

「我的武器——從以前到現在，乃至於未來，基本上就只有語言而已。」

「這才是戲言吧？」

「嗯，也對。」

「……我明白了。」小唄小姐點點頭。「如果利用找哀川潤之便也無妨的話——搜索零崎人識的任務，就由本人——承包了。」

「承包——嗎？」

「偷那女人的頭銜也很十全。」她露出大無畏的笑容。

「謝謝。」我——沒有多說什麼，坦率說道：「麻煩妳了。」

「無所謂，反正這份人情——很快就會請你歸還。」

「好，事件結束之後，如果我們都平安無事，要我做什麼都行……老實說，我總算是鬆了一口氣。雖然不能說是肩頭上的所有重擔，至少感覺就像卸了一半。要是妳拒絕，我真的不知該拜託誰才好。」

「可是，為什麼要找我？」

「因為就我所知——以單一個人而言，各方面能力皆足以匹敵哀川潤的人，目前就只有妳而已。能夠跟哀川潤為敵的人，就只有妳而已。這件事——正如妳所言。」

「……」

「既然前提是保密，這件事就不能委託組織——保險這個說法，同時也有王牌的意思，因此首要條件就是必須——避免形跡敗露。而除了妳之外，沒有其他人能夠擔此重任。」

「承蒙你如此看得起本人啊，吾友。」小唄小姐打發小孩子似的應道，可是，表情倒是喜形於色。這基本上是我的肺腑之言，並非客套之詞。不過，小唄小姐儘管為人矜持，沒想到這麼容易應付。

「除此之外，恐怕也只有妳有膽識承接零識一賊的案子。妳雖然那樣說，但我也不是以隨便的心態向妳求助。我知道除了妳以外，其他人都對零崎一賊感到恐懼，所以才決定拜託妳。」

「……你說這是『保險』嘛。那麼——你當然有另外準備A計畫囉？」

「對，攻擊和防衛各有一個。」

「……攻擊和防衛啊。」她大有深意地說道：「你既然在美國住過幾年——想必也打過棒球吧？」

「有，我當然也知道棒球這種運動。」

「這是出自某位投手的談話。這位投手比其他投手都來得優秀。有一次，某位記者問他『你為何如此傑出』這種言不及義的問題……你猜他怎麼回答？」

「因為我很努力……或者因為我有才能，是這類答案嗎？」

「不是。」她說道：「他說——因為我把對打者投球視為攻擊。對他而言，把三振打者視為守備的三出局，肯定從一開始看見的景色就截然不同。」

「……」

「吾友，如果你也有作戰的覺悟，就不要再說什麼防衛、守備這種撒嬌的話，太難看了。呃，不過既然本人毫無作戰意願，也就隨心所欲、為所欲為、盡情使用、大量使用囉。」小唄小姐說完——

拿起帳單，從椅子站起。

我沒有開口道別，目送她離去。

呿……

可以暢所欲言的幕後人員真叫人羨慕。

唉，我本來也算是幕後人員。

旁觀者——嗎？

「萬事拜託了，小唄小姐。」

雖然慢了一步，我還是開口說道，

喝完杯子裡的咖啡，

離開咖啡廳。

朝飯店停車場前進。

嗯，儘管不是沒時間，可是時間再多都不夠，我決定不理會小唄小姐那番言論，迅速在大量汽車裡找出飛雅特的醒目車身，走近車門，正想敲車窗呼叫光小姐——

只見光小姐坐在駕駛座打盹。

昏昏沉沉地坐著——

似乎是在打瞌睡。

雙眼緊閉。

無聲無息——好夢酣甜。

「…………」

我小心翼翼——躡手躡腳地離開車子。

躲進附近柱子的陰影裡。

「嗯……說得也是。」

這……也很正常。

無論她是光小姐，還是明子小姐——一整天都在照顧我這種傢伙，確實沒有喘息的機會啊……

抱歉。

我打從心底感到抱歉。

可是……

然而。

話雖如此……再一陣子。

我希望能再依賴她一陣子。

希望她能——支持我。

我最後離開飯店，在新京極附近打發時間，在遊樂場浪費兩小時之後，再度折回停車場。

「對不起，我談太久了。」

「不，沒關係，才一下子而已。」

「我想也是。」

「什麼？」

「請發動車子。」

「啊，好的，接下來要去哪裡？」

「請到玖渚住的大樓。」我說道：「妳還記得路吧？」

2

「阿伊簡直就像人家的『通勤人妻』耶。」玖渚背對我說道：「對不起咩，人家又沒辦法去探病。」

「無所謂啦，反正也不是什麼大傷。」我盤腿坐在堆滿電線和網路線，完全沒有踏腳處的地板上，看著椅子上的玖渚友，同時操作八臺鍵盤和十七臺電腦的背影。「妳好像……比以前更忙了。」

「嗯。」

「妳既然承認，就是真的很忙囉。」

「嗯。」

「……很冷淡耶。」

「嗯。」

嗚哇——

這種氣氛教我怎麼開口拜託嘛。

「……這次是什麼遊戲？妳看起來非常專注，整個人沉迷其中。該不會又像以前那樣在搞破壞吧？」

「唔～要說像以前的話，確實很像以前，不過或許比以前還要以前吧？」

「啥？妳剛才說了幾次以前？」

「四次。」

「啊。」

「簡單說，就是玖渚機關的工作。」玖渚說道。

雖然沒有回頭，雖然跟平常一樣冷淡，不過一邊說話，工作效率卻完全沒有降低，真不愧是玖渚友。

「相隔六年嗎？還是更久呢？總之，因為人家要重返玖渚機關，就不能不幫小直的忙囉。」

「啊啊，那方面的工作嗎？那麼，就不是遊戲，算是正經的工作了。」

「唔～～倒也不是，因為正式重返還要一段時間，小直正在處理那些麻煩的手續。所以呢，現在這算是事前準備。」

「事前準備？」

「工作的事前準備。」

「喔，原來如此。」

「無能咩。」

「什麼？」

「有無能的人咩。」

「啊。」

「而且有很多，統統都是無能。」

「……妳直接用無能稱呼別人還真是罕見……換其他婉轉一點的說法嘛。像妳這種天才，說話太毒可是會討人厭的。」

「可是～～人家六年多前建立的系統啦、程式啦，還有其他東西，都被那些無能搞得亂七八糟耶。人家前天忽然想說早一點開始準備，當時只是隨便想想而已，沒想到這麼花時間。」

「啊……」

原來如此。

總之，玖渚脫離家族時，留在玖渚機關的東西，說得誇張一點就是那些遺留科技，由於機關那些傢伙無力操控，隨便玩弄導致功能降低、效能變差。玖渚身為技術者的能力，相較於天才，更接近藝術家的領域，看見他人搞出那種「廉價版」的東西，倒也並非不能理解她為何怒上心頭。就像是《紅髮安妮》的青少年版嗎？然而，遺留科技多半是難以操控的超先進技術，這種情況也不該指責機關那些人。因為我如此認為，儘管沒有義務，「這無所謂嘛。」還是開口替那些玖渚所說的「無能」們辯護。

「這點辛苦，就當成復歸前的復健吧？既然是在一大群人裡面工作，一定常常會被人扯後腿。況且對妳而言，這種辛苦根本不算什麼吧？」

「人家不知道無能是基於什麼理由做這種事，所以特別花時間呀。理由、原因這些很重要咩。作業本身固然簡單，找出原因卻很浪費時間。啊——無能無能無能無能無能！人家最討厭無能了！一定要小直把他們統統炒魷魚。」

「……」

啊啊……好懷念的感覺呀。

對了，這不是罕見，而是懷念。

話說回來，這丫頭就是這種人。

以前。

在玖渚機關的時候。

斷絕關係——之前。

我完全忘記了。

卿壹郎博士也曾經慘遭重挫嘛。

唉，不過她這樣從事某種作業，不但顯得生氣勃勃，而且比起無精打采地躺著，生活能力等於零的那個時候，看起來有精神多了。
我覺得她真的變得神采奕奕。
我覺得她應該沒問題了。
我覺得很好。
我打從心底覺得——這樣很好。
「你看——他們弄出這種除了人家以外，誰都無法操控的超級危險、徹底瘋狂的系統耶。」
「這樣就失去妳原本的目的了。」
本末倒置。
生活能力等於零終究是生活能力等於零嗎？
「因為組織會埋沒個性，不是創造者應該存在的場所。組織不可能絕對理性，既然如此，你就得配合一下囉。」
「哦——『集團』就完全沒有這種事。」
「所以那就不叫組織吧？」
「唔咿。」
不知是否覺得我說得有理，玖渚沉默不語。
她雖然說出生至今沒受過這種苦，可也提過率領「集團」數年間吃過的苦頭……兔吊木那種人肯定是「最不想要的部下」票選冠軍。

嗯——

所以說，狐面男子也很辛苦嗎？

不過那個人幾乎是對「十三階梯」採取放任，或者說置之不理的態度。

「……」

順道一提，光小姐還在停車場。

如果讓她和玖渚見面，就會知道她是光小姐還是明子小姐，是故這次在她開口以前，我先表明：「我有些非得對她說的祕密，不好意思，請妳在這裡等。」

非得對玖渚說的並非祕密，可是——不過，呃，有祕密要說倒也不是謊言。

「……大概要花多久時間？」

「這整個月都泡湯了吧？真是難以置信。無能到驚世駭俗的地步。咦？話說回來，阿伊是來做什麼的？私生活不是正糾纏不清嗎？」

「嗯。」我說道：「有事拜託妳。」

「沒問題。」玖渚停下手邊工作，轉向我。「要做什麼？」

「主要是防衛。」

「防衛？」

「就是守備。」

「喔。」

「我想請妳全力活用玖渚機關的力量——保護這個國家裡迄今跟我有過關係的所有

人。」

「……保護啊。」

玖渚——意有所指地重複我的話。

彷彿洞悉一切。

「嗯啊。」我用力點頭。「以前就只有妳，可是不知從何時起——我好像多了不少想要保護的東西。」

「那很好呀。」

「是嗎？我覺得自己變軟弱了。」

「這不是壞事呦。」

玖渚嬌笑。

「阿伊一點都沒變耶。」

「……是嗎？」

「嗯。」玖渚說道：「阿伊剛才說『不知從何時起』，可是阿伊從以前就是這樣。阿伊想要保護大家——總之想要保護自己周圍的所有人——其實人家一直覺得自己不過是其中之一咩。」

「是嗎……或者該說，妳一直都在想這種無聊事嗎？無聊透頂——真是無聊透頂。」

玖渚的言論令我迷惑。「不是那樣的。我覺得以前的我——大概是想要毀滅所有人，希望所有人、所有東西統統消失。」

六年前。

玖渚機關。

玖渚友。

——妹妹。

「不是那樣的，完全不是那樣。」

「……」

「真要說起來，因為阿伊是屬於大家的——所以人家才一直想把阿伊變成人家專屬的吧。」

「……我從以前開始，就一直只屬於妳，就連現在也一樣。搞不好唯獨此事絕對不會改變。」

「好詭異的臺詞耶。」

「我是說正經的啦。」我對故意開玩笑的玖渚說道：「妳就這樣平安返回玖渚機關吧，假如我有幸從這場無聊紛爭脫險生還——」

「怎樣？」

「咱們結婚吧！」

「呸！」

玖渚噗嗤一笑。

接著用力咳嗽。

……預料之外的反應。

或者說是止不住爆笑。

只見她手按腹部，低頭顫抖。

唔……

似乎正瀕臨笑死邊緣。

話說回來，這丫頭是在笑什麼……

「什……什麼跟什麼？」

「我還是第一次看到妳這種反應……」

「不知所措而已咩。」

「呃……我和妳都不能再在相同場所停滯不前，既然如此——該怎麼說呢？這種明確的選擇也不錯。絕對不會改變的事情——就這個意義來說，或許也是必要的。」

「……真的嗎？」

「嗯，求婚。」

「還真突然。」

「就想到了嘛。」

「戲言？」

「不是戲言。」
「跟朋友結婚？」
「無所謂吧？我喜歡妳呀。」
「跟人家結婚的話，阿伊……這次就真的會被玖渚機關吸收囉。」
「……無所謂。」我點點頭。「要是這樣——也沒辦法。」
「……真的一點都沒變耶。」玖渚終於恢復平靜，重新坐正。「六年前也是這樣。」
「或許吧，不過當時的事情我已經記不太清楚了。」
「阿伊，一旦說出口，就變得很固執。」
「或許吧，不過當時的事情我已經記不太清楚了。」
話雖如此，我也不想——記起來。
「嗯，好。」玖渚轉向電腦，背對我說道：「等全部結束，就結婚吧。」
「嗯。」
非常自然，
天經地義的對話。
「要等過完生日喔。等兩人都滿二十歲再結婚唄。大學怎麼辦？」
「繼續也無所謂，如果必須加入機關，說不定就得休學。反正大學學歷在那個組織也毫無用處。」
「人家是覺得沒關係，真要說起來，應該還有更傷腦筋的事情。」

「什麼啦？」

「說服小直是阿伊的工作喔。」

「……我不要，我才不要，妳去說啦。」

「人家也不要咩，絕對不要。這才是戲言的任務吧？」

「呃……」

這個嘛，確實沒錯。

直大哥啊……

那個人也是超級戀妹情節啊。

「不過……這也是如果全部順利結束的話。事情本身已經非常麻煩、麻煩得要死，如果終點不準備一點獎賞，實在撐不下去。」

「這是給阿伊的獎賞囉。可是，獎賞是人家嗎？」

「對我來說，沒有什麼獎賞比妳更好了，無論何時妳都是第一名。」

「真敢說，明明偷偷跑走過一次。」

「……」

玖渚嗤嗤詭笑。

「人家一點都不記恨六年前的事情，雖然不覺得是阿伊的錯，可是對於事後逃走一事，人家說不定有一點點生氣哩。」

「……至少比輕易原諒我來得好。」

被對方原諒——比什麼都痛苦。
從以前起就一直如此。
妳自己也沒有改變。
「所以，至少對這件事生氣吧。」
「……人家從以前就很想問了，阿伊為什麼離開ER3呢？」
「……」
「又沒有讀完，就中途輟學。」
「想見妳——也是理由之一。」
「理由之一，意思就是還有其他原因囉。」
「因為我朋友……」我盡量保持平靜說道：「我朋友死了。」
「……」
「因為我的緣故——我朋友死了。」
苦橙之種。
想影——真心。
MS-2。
「當時覺得無論自己到哪裡、做什麼事，結果都一樣，所以——」
「所以就回來了？」
「為了——了結過去。」

「人家聽不懂。」

「嗯，我想也是。」我點點頭，對玖渚的背影續道：「所以——回日本還是為了見妳。因我而死的人們，倖存者也只有妳。」

玖渚友——跟西東天和哀川潤一樣。

明明死了，明明被殺死了，

被我破壞，

明明被我殺死——

卻仍活著。

為我存活。

「……」

西東天說，架城明樂活在他心中。

正如我妹妹深植我的內心。

然而——可是。

這麼一來，真心對我而言——

「妳……妳和我……不，我要償還——償還對妳犯的罪……」

「那種罪早就不存在了，況且我不是說過，原本就沒有那種東西嗎？」玖渚說道：

「如果阿伊是基於這種理由求婚，那還是取消好了，真煩人。」

「……啊啊，不，所以說，其實情況沒有那麼複雜。到頭來還是待在妳身邊最舒服，如此而已。」

「人家身邊嗎？」玖渚語氣古怪地說：「那人家身邊就是阿伊的貴賓席囉。為了阿伊，無論何時何地都空下來咩。」

「多謝。」

「阿伊身邊也要空下來。唔咿，不過，阿伊周圍比以前熱鬧多了。」

「……是啊，為什麼——事情會變成這樣，我實在想不出理由。」

「唔伊，嗯，好。防衛就交給人家。有人保護這件事，最好不要讓當事人發現吧？」

「嗯啊，我不希望當事人知道太多內情。既不希望對方擔心，也怕對方涉入其中。不是絕對不行，不過請盡量不要讓當事人發現自己受人保護。」

「不用保護阿伊嗎？」

「嗯，我沒關係，那樣反而不好行動。」我說道：「另外，這應該不用我提醒，不過妳可別忘了保護自己喔。話說回來，這棟大樓也不可能發生什麼意外——」

話雖如此，

狐面男子知道這個地方。

凡事小心為上。

「——妳是我的阿基里斯腱……或者該說是生命線。對方——目前視我為敵的那群人，應該知道這件事。」

至於對方是否會對玖渚出手，情況倒是非常微妙。狀況不明。

「除了玖渚機關的防衛之外，可能的話——我想想，對了！妳也找『集團』時代的夥伴吧。為了妳，他們一定二話不說就趕來。」

「嗯——說得也是，這或許也是好辦法……找齊所有人雖然不太可能，問問看嗎？其他還有什麼人家可以做的事情嗎？」

「不，情報戰已經結束了。所以，目前最重要的就是請妳確保自己的安全。啊啊……對了，必要的時候，說不定得將這裡當成藏身處，那時就拜託了。」

「阿伊嗎？」

「說不定是我以外的人。對目前的我而言，沒有什麼地方比這裡更安全。所以，妳也盡量不要離開這裡。就像以前一樣，繼續當個家裡蹲廢柴吧。」

「知道了。」

「……」

「唔咿？怎麼了？阿伊的表情好奇怪。」

「不……總覺得，該怎麼說呢？」

我有一種非常——難以啟齒的感覺，改變原本盤坐的姿勢，併攏雙腿。搔搔頭。

「該說是失望嗎……沒想到妳這麼聽話，讓我嚇了一跳。還以為妳會抱怨連連，那個……呃，該怎麼說才好呢……」

「大發牢騷嗎？」

「嗯……」

「阿伊真討厭，人家不是從來沒有拒絕過阿伊的請求嗎？阿伊肯拜託人家，高興都來不及了。人家不是說過，要阿伊有困難時不必客氣嗎？**阿伊肯把人家捲入**——真的很開心咩。」

「話是這麼說……我還想萬一妳又說什麼要破壞地球，該怎麼辦才好……」

「哈哈哈，阿伊記憶力這麼差，居然還記得那件事呀。那當然是說笑囉。」

「說笑……」

「不能把人家的碎碎唸都當真咩。當時是為了炒熱氣氛，才一時興起說說而已。唉，不過，就連人家這種人，都不得不變得成熟一點了。因為馬上——馬上就要返回機關，必須能夠幫小直的忙才行。」玖渚轉頭對我說道：「所以，無論如何都不能再像以前那樣，人家決定不再任性了。」

「……是喔。」聽她這樣說——我也只能點頭。「可是我也覺得——這一點都不像妳。嗯，雖然這是正確決定……」

「『停止』期間還無所謂，不過既然是『成長』，情況就大為不同。而且現在又不能自暴自棄。」

「自暴——自棄。」

「集團」時代的——事情嗎？

我所不知道的那個——玖渚嗎？

「……既然如此，首先就不可以開除那些玩弄妳的系統的無能部下們。我剛才也說過了，回歸組織、成為大人，就是這麼一回事吧？」

「對呀，或許是這樣，一定沒錯。那人家就原諒他們唄，如果阿伊這麼說。嗯，就取回無業生活期間變鈍的第六感而言，這種作業也不壞。可是，唉，不過——」玖渚語氣略顯沉重，悶悶不樂地續道：「人家也有很多事要好好做。」

「很多事？很多是指？」

「就是——很多咩。很多就是很多。有很多事——人家現在或許稍稍可以理解阿伊的傷痛了——」玖渚說完，然後——揚起慵懶的微笑。「傷腦筋耶。」

「嗯。」

「契機果然是小潤嗎？」

「咦？」

「唔～～阿伊呀。」玖渚說道：「因為阿伊沒變——所以人家變了。」

「……」

「傷腦筋耶。」

玖渚浮現——

慵懶的微笑。

3

我返回公寓。

萌太死了，崩子和美衣子小姐正在住院，因此目前這棟骨董公寓就只剩七七見那傢伙和荒唐丸老爺爺。星期日這個時段，兩人八成都不在家。我和光小姐一起上樓，穿過美衣子小姐的房門，打開自己房間的門鎖，進入室內。

「……咦？」

橙髮。

想影真心就在那裡。

第十三幕——否定的背叛

繪本園樹
EMOTO SONOKI
大夫。

0

1

看不見的東西，就不在那裡。

人少的地點比較好。

從性格考量，她一定不肯到耳目眾多的地方。而且，就算不是這樣，她也太過顯眼。姑且不論性格，畢竟她長得十分漂亮。

話雖如此，也不能選擇荒無人煙的場所。

一旦發生狀況，反而更危險。

我想避免危險。

人數不多，同時又能遠眺四周、通風良好的地點——那麼，就這個情況而言，不是飯店房間或咖啡廳這種密閉空間，從風險考量，最好是室外——

左思右想。

我最後選擇的見面地點是京都御苑。

以京都御所為中心的國民公園。

十月即將過半的此刻，是紅葉正美的季節，不過非假日的觀光客不多，加上地方寬敞，就我所知，京都市內沒有比這裡更適合的地點。七七見讀的浪士社大學就在附近，我不時跟她一起散步、坐在長椅上閱讀等等，造訪此處的機會不少，雖然稱不上自家後院，對我來說也算是相當熟悉的場所。

不過，御苑的範圍極大，因此我特別具體指定在建禮門的前面。御苑裡長椅很多，不愁找不到坐位談話。我告訴對方，以附近的巨大糙葉樹為記號。

兩手空手也不好，所以我並未從公寓直接前去，而是稍微繞到 Mr.Donut 買了十個甜甜圈（因為正值特價期間，含稅日幣五百二十五圓），再抵達京都御苑。

剛好是約定時間下午三點的十分鐘之前。

感覺不錯。

順道一提，今天不是坐飛雅特，而是走路。

人類偶爾也得走走路才行。

光小姐——今天沒有跟來。

在公寓照顧「那傢伙」。

……

我有一點不開心。

明明是我的女僕。

不，呃，考量我現在要見的對象，光小姐跟來的話，事情反而變得很棘手，而且我也不放心把「那傢伙」丟下不管。

好。

從中立賣門進入御苑，筆直前進。

抵達御所，右轉，

看見糙葉樹，

穿過去，

在下一條岔路往左，抵達建禮門——

「…………」

雨衣。

只見一名女子垂首站立，身穿質料厚重、下襬特長的白色雨衣，前面的拉鏈和釦子彷彿拒絕一切似的固執緊閉，壓得不能再低的帽子彷彿在嗆聲：「你想怎樣？」提醒各位，現在沒有下雨。

是大晴天。

……

而且，她還穿著長靴……

黃色的長靴……

意義不明。

或者該說，莫名其妙。

建禮門附近除了她以外，沒有其他人影。

遊客比平常更少。

……所以說，沒有人也很傷腦筋嘛。

我只想直接調頭走人，但這樣也不行，只好鼓起勇氣，盡量裝出一副直爽坦率、毫不在意的模樣。

「啊，繪本小姐～～妳來得真早啊～～」我小跑步奔向她，開朗地說道。

繪本小姐緩緩抬起——低垂的臉孔。

「嗚……嗚、嗚嗚、嗚嗚嗚嗚。」

「……」

冷不防哭了起來。

只見她膝蓋一軟，倏地蹲在地上。

「我、我以為你、你不會來了……一直、一直很害怕……可、可是、一想到你說不定馬上就會來，又不能回去，好、好孤單、好寂寞，差點死掉，我、我一直、一個人在這裡，想、想說你為什麼都不來、嗚、嗚……好過分、好過分唷，居然讓我等這麼久……」

「呃……那、那個，不是還有十分鐘——」

「我兩點就到了……想、想說不可以遲到，想說不好意思讓你等，可、可是，我這麼貼心，你、你卻讓我等一個小時，連一句道歉也沒有……好、好過分，你、你一定覺得我等你是應該的吧？認、認為我的感覺一點都不重要吧？完、完全不想我是以什麼樣的心情，度過這一個小時的，嗚、嗚嗚嗚、嗚、嗚嗚。」

「……」

超乎想像的麻煩人格。

我原本還期待，或者說希望是因為澄百合學園那種極度特殊的狀況，繪本小姐的性格才會顯得那般古怪，可惜這種期盼已被擊碎得體無完膚。

「你、你以為我到這裡，我、我到這裡需要多少勇氣？」

「啊啊……這個，嗯，妳說得沒錯啦。」

「……啊，那個，莫非是甜甜圈先生？」她原本像要摩擦地面似地低頭啜泣，這時冷不防抬起頭。「你拿的那個袋子。」

「咦？啊啊，這個。」

「……有蜜糖法蘭奇嗎？」

「全部都是蜜糖法蘭奇。」

「幾個？」

「十個。」

「……」

繪本小姐站起來，向我伸手。我判斷她不是想跟我握手，自然而然把甜甜圈先生的袋子遞給她。

繪本小姐檢查袋子裡的東西。

然後，緊緊摟住袋子。

「嘿嘿，好幸福。」

「……」

不妙。

真的不妙……

我搞不好超喜歡這個人……

她正好按中本人的死穴。

「這個世界上的東西，只有整數和蜜糖法蘭奇是上帝創造的唷。」

「啊……」

我也不討厭整數和蜜糖法蘭奇，不過畢竟不可能有那種想法……

嗯——

「嘿嘿嘿……嗯，沒有喝的喔。」

「啊……對不起，我太粗心了。既然這樣，我到附近買吧？」

「唔～～沒關係，我想快點吃。」

「是嗎？那我們到那邊的長椅坐。」

「嗯。」

借助蜜糖法蘭奇的神力，我和繪本小姐的談話奇蹟般地順利進行。呃，倒也不是因為這樣，不過果然只有蜜糖法蘭奇才算得上是甜甜圈嗎？

我們在離建禮門最近的長椅坐下。

「咕咕。」

只見她雙手各拿一個蜜糖法蘭奇，宛如松鼠似地鼓起雙頰，嘴裡早就含著一個甜甜圈。

嗚哇……看起來真的好幸福。

我第一次看見這麼幸福的人。

「原來如此，什麼嘛，原來你是為了請我吃甜甜圈，才叫我到這裡來。」

「怎麼可能？」

「啊……對不起。我、很容易得意忘形，真是不好……真的不好，一定找不到比我更不好的人了……」

繪本小姐情緒驟然低落。

唔……

或許應該再多買一點甜甜圈……

「…………」

十月——十一日。

星期二。

星期一的隔天。

我約「大夫」繪本園樹見面。

保險和防衛都設定完成，接下來就是攻擊了。

昨天，十月十日——離開醫院，見過小唄小姐和玖渚，返回公寓之後，我打電話給她。嗯，雖然發生一**點小插曲**——不過對我而言絕非壞事，無須變更戰略。

速度才是關鍵。

不能躊躇。

不能迷惑。

「可是……阿伊。」

「什麼事？」

「你為『任』麼知道我的電話號碼？」

「……」

別若無其事地大舌頭呀。

我連吐嘈都覺得麻煩。

「啊，呃……我怎麼知道的嗎？」

繪本小姐這個人只要交談對象陷入沉默就很容易不開心，我連忙重複她的問題。

事情再複雜下去也很傷腦筋，我決定向她簡單說明箇中緣由。

「話說……那一天。」

「那一天？」

「就是在澄百合學園，你們——『十三階梯』和狐狸先生，跟我們起衝突的那一天，狐狸先生打手機叫妳到第二體育館，對吧？」

「呃——啊啊，嗯，你這麼一講，確實沒錯。」

「嗯，因為是狐狸先生打給妳，所以沒辦法得知他的號碼——可是從他的手指動作，就可以知道妳的號碼。」

「……你把號碼背下來了？」

「嗯啊，簡單說就是這樣。」

「你的記憶力真好……」

「倒也還好。這算不了什麼，總之就是注意力和洞察力的問題。對我而言，輕而易舉。又不是圓周率，不就是十一個數字？背不起來才奇怪吧？」

其實我當時的記憶非常模糊，事後歷經數十、數百次的嘗試，一而再、再而三地調換十一個數字的順序，變更其中一、兩個數字，重新組合排列，最後終於打進繪本小姐的手機；然而，就算這般大吐苦水，她八成也不會誇獎我，還是保密好了。

「所以……阿伊，接下來要說的才是重點……呃，你為什麼要約我出來呢？」

「從我的角度來看——妳如此爽快赴約反倒令我有些意外。我還是向妳確認一下，可以請妳對狐狸先生——保密嗎？」

「唔，嗯。」繪本小姐頷首。「反正狐狸先生現在也沒空理我——」

「……我想也是。」

「咦？」

「不——我在自言自語。」

我輕輕搖頭。

不動聲色地四下窺探。

本人的感知範圍內——沒有人跟監。

繪本小姐確實是獨自赴約。

而且，我也不認為她是會說這種謊的人，我想可以相信她。

「那麼，我就開門見山地說了。」

「唔，嗯……雖然害怕，不過我聽你說。」

「……繪本小姐。」

我說道。

毫不遲疑。

「請妳背叛狐狸先生，助我一臂之力。」

「……」

繪本小姐手裡的蜜糖法蘭奇——咻地一聲掉落。我預料到她會出現這種反應，在甜甜圈掉到地面前接住——

順手塞回她張開的嘴裡。

「我需要——妳的力量。」

「……你、你知道……自己在說什麼嗎？開、開什麼玩笑？我、我是——『十三階梯』耶。」

「我當然知道，也知道妳是初期成員之一，不是最近幾個月找來的新『階梯』。我非常清楚妳和出夢、理澄一樣，是跟狐狸先生長期合作的『階梯』——非常明白。正因如此——」我伸出雙手，握住她的右手。「正因如此，我才需要妳的力量。」

「……嗚、嗚嗚——」

繪本小姐用力揮手掙脫我。嘴裡咬著蜜糖法蘭奇的模樣顯得有些傻氣，但神情卻是極為認真。

只見她——眼淚汪汪。

「為、為什麼、要我、我、我做、這種、這種事情嘛～～為、為什麼、為什麼、就是我、我會遇上這種、奇怪的立場……」

「奇怪的立場是指……」

「為、為什麼、為什麼就只有、只有我、會遇上這種事……為、為什麼、偏偏是我……比、比起我、不是還有、其他人嗎？要找『階梯』、其他不是、還有好多、好多——」

「因為妳——那一天，在那裡對出夢的死感到悲傷。」

「……」

看起來非常——悲傷。

繪本小姐當時看起來非常悲傷。

既未流淚，

亦未出聲，

默默地對出夢的死亡悲傷。

「——所以，妳跟我一樣。」

「……跟你一樣。」

對——

我們一樣。

「繪本小姐，我認為——要跟狐狸先生對決，首先就得破壞、擊倒『十三階梯』。」

我一邊偷覷她的表情，一邊續道。

雖然在連衣帽和頭髮的遮掩下很難看清。

總之——我繼續說明。

戲言玩家繼續發言。

「狐狸先生曾經用『手足』來形容『十三階梯』——自己被因果放逐，所以必須有代替自己接觸世界和故事、擔任手腳行動的存在——」

「…………」

「既然如此，我就要先**擰下**他的手足。」

「擰下——手足？」

「就這個意義來說，**不光是妳而已**——我想請**『十三階梯』的所有成員都背叛**狐狸先生。我打算請他們統統背叛他。」我說道：「這當然是——理想情況。站在中國古代兵法的應用角度，不可否認是相當拙劣的手法，可是我想不出更好的策略。很可惜，目前的我沒有打敗狐狸先生的力量，我怕他怕得要死。不過，前陣子——在澄百合學園接觸包括妳在內的『十三階梯』——雙方人馬起衝突的時候，我發現一件事。除了出夢和理澄，殺戮奇術的匂宮兄妹那兩人——不，除了那兩個『人格』之外，如果把『十三階梯』分成一階一階，就各別來看，**倒也不是——無法對付**。」

「……」

「總之就是——各個擊破。奇野先生的『病毒』也是，一旦識破招術，就不愁找不到應變之道——至於單純的暴力，澪標姊妹的確是一個威脅，可就結果來看，她們也比不上出夢。終究是硬湊出來的成員，說得白一點，就是烏合之眾。我甚至覺得，狐狸先生打從一開始就無意率領他們。到頭來，除了殺死出夢的苦橙之種之外，必須提防的『十三階梯』」就只有——初期成員，八月時召集的那六人而已。」

最初的——「六階」。

架城明樂。

一里塚木之實。

匂宮出夢。

匂宮理澄。

以及——繪本園樹和宴九段。

我並非聽從濡衣先生的指示——但是，「為達不目不擇手段」的「闇口」濡衣，其見解的確沒錯。

想擊破十三階梯的話——要先從宴九段下手嗎——

繪本園樹。

架空兵器和大夫。

這兩人就是關鍵。

「拜託妳，繪本小姐，請助我——一臂之力。」

「你……你覺得、我會背叛、狐狸先生嗎？你、覺得、我做得出那麼卑鄙的、行為嗎？」

「我希望妳可以……但老實說，我不知道。這個要求或許不合常理，可是——對出夢的死感到悲傷的妳，就算最後不肯幫我……不管是什麼情況，我都不想與妳為敵。」

「……不、不是因為出夢君的關係。」她說道：「我——只要看見死人，不管對方是誰都會傷心。」

「……」

這種話——

不是說「大家死了最好，世界最好趕快結束」的人該有的發言。
可是。
我早就知道了。
我一直很清楚。
我知道繪本小姐就是這種人。
否則——
這種性格豈能當醫生？
這個人——繪本園樹這個人，純粹只是。
不想傷害任何人。
儘管行事有些偏激——
可是並未逾越限度。
這件事，唯獨此事——不會錯。
唯獨此事不會錯。
「老實說——我如果有心破壞妳，破壞繪本園樹這個『階梯』、繪本園樹這個『十三階梯』……一點都不難。妳不但對我這種荒謬絕倫的邀約感到煩惱，甚至答應我這種荒謬絕倫的邀約，我如果有心**出手破壞**……應該並不困難。」
「……這、這未免……你是在威脅我嗎？居、居然威脅我——」
「請不要誤會——雖然不難，可是我一定辦不到。我沒辦法恨妳，更沒辦法將妳視為敵人。繪本小姐，妳啊——繪本小姐，我認為妳絕對不是性格溫柔的人。我認為妳的性格要說溫柔，未免太過軟弱。話雖如此——妳至少很優秀。」

「……」

雖然不溫柔——可是很優秀。

「妳很容易受傷——但也正因如此，妳才沒有傷害過任何人。」

「這、這純粹是因為、我、我是醫生。」

「**所以妳才能當醫生啊**。」

「我、我、我或許可以治療肉體的傷，或許可以治療精神的傷——但是，不可能治療、真正的傷，所以我、幫不上、任何人的忙——」

「我希望妳幫我忙。」我看著她的雙眸說道。

我並不喜歡——與他人視線相交。

因為有被看穿的感覺。

繪本小姐肯定亦是如此——

她轉開目光。

然而——

我看著她的眼。

「如果妳待在狐狸先生身邊是因為會出現很多傷患——**待在我身邊也一樣**。我希望妳待在我身邊——治療傷患，讓我把自己的肉體治療權全部讓渡給妳吧。」

「可、可是……」

「請成為我的盟友，繪本小姐。」

「可是——我。」她一邊搖頭，淚珠撲簌簌地落下。「就、就算你這樣說、我根本不知道、如何是好——」

「……」

「不、不要對我說這些……不要問、我問題嘛。不、不要問我的意見。強、強迫——」

繪本小姐央求似地凝視我。

用淚眼婆娑的雙眸凝視我。

凝視我。

「強迫——我嘛。請強迫我。只要你強迫——我、就會遵守。威、威脅我就好了呀。明確地、威脅我、就好。快點威脅我嘛，不要這樣要逼不逼的。命令我當你的夥伴嘛。要、要更、更強烈、強迫我、讓我沒辦法反抗嘛。**就像狐狸先生那樣**。就像狐狸先生那樣、好像我、聽你的話是天經地義——就像那樣命令我嘛。那樣的話、我——」

「……不管狐狸先生有沒有強迫妳，現在這個立場，是以前的妳自行選擇的立場。我無意——奪走妳的決定。」

我亦無意——

模仿狐面男子。

我沒有西東天或哀川潤那種絕對感。

我沒有那種力量。

我只能這樣低頭拜託。

倘若你問這是在模仿誰——我會這麼告訴你。

這是我的意志。

「請妳自行決定。**我無法替妳承擔責任**。我光是履行自己的責任就已心力交瘁了。正如我剛才說的那些，請妳也提出妳的條件。我不是狐狸先生，不想要什麼手足——我有自己身上這些小手小腳就夠了。我現在迫切需要的是可以並肩作戰的朋友。」

「朋友……」

「繪本小姐，請妳成為我的——朋友。」

「…………」

繪本小姐——默不作聲。

我也沉默不語。

我該說的都說了。

無論——再說什麼，都只是強迫。

對她而言，那都是威脅。

我的手法依舊拙劣。

我不知道這麼做是否正確。

行事笨拙，不得要領。

我也覺得自己的要求很不合理。

然而。

即使如此，我——

無法成為最強的我，

比起最惡，我寧可選擇最弱。

「……蜜糖法蘭奇。」

「咦……？」

「蜜糖法蘭奇，一百個。」

「……」

「這樣——我就助你一臂之力。」

繪本小姐說。

回握我的手。

直視我的眼。

「我就背叛狐狸先生——當你的朋友。」

「……真的嗎？」

「嗯。因為、我、其實——」

繪本小姐。

恐怕是出生至今第一次說實話。

「——根本不希望世界結束。」

2

我先向繪本小姐坦承目前我知道的所有資訊。因為現在最重要的是讓她掌握正確情況，其次基於冷靜的計算，我也想向她展示自己對她的信賴。

再者，至於第三個理由——我想確認狐面男子對我方資訊的掌握程度。儘管不確定繪本小姐對狐面男子他們的資訊有多瞭解，不過必須確認——我方資訊是全部敗露，還是有對方不得而知的盲點。我說明得非常詳盡，解說完畢時，已經超過下午五點。

我也告訴她濡衣先生打電話給我的事，最後——

我也透露真心的事。

想影真心，苦橙之種目前——

就在我的公寓。

我毫無猶豫地告訴她。

「嗯……」繪本小姐——性格雖然不好應付，腦筋似乎頗為靈光，說明一次就完全理解，靜靜頷首。「原來如此……說得也是，確實如此——仔細一想，這也很正常嗎？嗯，是嗎……所以，她逃走了……」

「詳情我還沒機會問那傢伙——她看起來很疲倦。」

「疲倦——那是當然的，當然很疲倦了。」她話中有話地說道：「……那個，阿伊。」

「啊……可以的話，能不能不要那樣叫我？那種叫法——我其實不太喜歡。」

「可是——」

「一開始是玖渚模仿我妹妹那樣叫我——然後真心再模仿玖渚。呃……或許說是讓她模仿比較正確。」

「哦，那應該怎麼叫——比較好呢？」

「隨妳喜歡——我想想，那……」

伊君。

伊字訣。

伊哥。

伊之。

伊之助。

伊伊。

伊奇。

……總覺得，每個都很討厭。

冷靜一想，每個暱稱都很糟糕……

「……那就叫伊君。」

「嗯，好，那麼……伊君。」

「是。」

「伊君。」

「……是。」

「伊君。」

「……是？」

「嘿、嘿嘿嘿，我還是第一次叫別人的暱稱。」

「……」

她看起來確實好像沒有……朋友和熟人哪。

別說是別人叫她的暱稱，甚至沒叫過別人的暱稱嗎？

聽來叫人莫名心痛。

「那個——狐狸先生現在很頭疼。我剛才也說過了，呃……因為真心跑掉了。」

「……」

「原來是在你那裡……」

「嗯——昨天剛來而已，不過狐狸先生一定早就猜到了……可是，對象既然是想影真心——只怕就連狐狸先生也束手無策。」

雖然出乎意外——

對我而言，並非壞事。

反倒是好事一樁。

這件事對我方是大大有利。

「狐狸先生……」繪本小姐說道：「為了收拾真心造成的損害，現在簡直是分身乏術。我不想這樣說，可是——如果讓身為醫生的我說句話，狐狸先生把事情看得太容易了。」

「妳是指——真心嗎？」

「嗯。」她說道：「那孩子實在——太可怕了。」

「是啊……甚至一擊打敗了哀川潤——嘛。可是——狐狸先生也有準備因應措施吧？」

他是那麼說的。

自己不會重蹈十年前的覆轍。

「十三階梯」——亦是為此存在。

右下露蕾蘿。

時宮時刻。

奇野賴知。

這——三人。

他們的任務就是控制想影真心。

「……我一開始就料到了，也有提醒——狐狸先生。**對那孩子，那種程度——雖然是說絕對，可是應該不夠。**」

「……狐狸先生怎麼說？」

「什麼都沒講，只說了一句『**是嗎**』。」

「那麼……與其說他把事情看得太容易，說不定……早就預料到這種情況。設想所有可行對策，卯足全力——其餘就聽天由命。」

就算這樣——

唯獨此事不同。

即便是聽天由命的結果，無論結果如何變化，唯獨此事——截然不同。

對狐面男子而言——這是賭注。

這是賭博。

「沒錯。」繪本小姐說道：「所、所以……呃，那個……我想狐狸先生——賭輸了。如果採用這種說法，對了，他目前正忙著彌補損失，嗯，應該沒空對付你。其實，那個，原本打算在十月中左右展開下一波戲弄，可是——事情變成這樣，大概也沒辦法了。」

「……」

「因為所有預定——都必須變更。」

「真心——對狐狸先生而言，該說是狐狸先生的『計畫』……還是跟我的對決？對『世界終結』而言——真心是不可欠缺的存在、不可欠缺的要素，對吧？」

跟我的——連繫。

而且，恐怕意義不止如此。

「……可是，我們現在的處境也無法大聲說話。不管狐狸先生提出何種要求，對我們而言無可取代的存在——哀川潤都在他的手裡。」

「嗯……沒錯。」

「王牌相互換邊嗎……簡直就像撲克牌的抽鬼牌遊戲，真受不了。鬼牌的數量未免太多了。」

「……」

「對了——哀川小姐情況如何？」

「我——有替她治療。」繪本小姐說道：「該說是幸運嗎……傷勢本身並不嚴重……是頭部受傷，不過，那個人真是強壯。」

「狐狸先生說她有一隻眼睛毀了。」

「唔～～沒有喔。」

「……」

那個虛張聲勢的傢伙。

別隨便斷言自己不知道的事嘛。

「那——她沒事囉？」

「嗯，可是——我不知道她在哪裡，狐狸先生後來把她帶走了。地點大概只有木之實知道吧？」

「原來如此……」

真是的……他有什麼目的呢？

我不知道。

那個人究竟想對哀川小姐做什麼？

「嗯……知道她平安無事，就已經非常感謝了。反正只要還活著，一定很快就能重逢。」

「你真樂觀。」

「我是勉強自己說這種話。」我聳聳肩。「言歸正傳——真心掙脫你們的監視、逃離你們的管理，具體來說造成的損害有多大？」

讓狐面男子——分身乏術的損害。

到底有多大？

繪本小姐說道：「奇野君死了。」

「……」

「負責管理真心的成員，呃，你應該知道嘛，就是奇野君、露蕾蘿小姐和時宮先生，結果——奇野君被殺，露蕾蘿小姐身受重傷——全身而退的只有當時碰巧不在場的時宮先生。」

奇野賴知——

死了？

未免——死得太容易了。

我一點都不難過。

不可能感到難過。

奇野先生是敵人。

連累美衣子小姐。

只是敵人。

沒有親切感。

其至沒有恨意。

然而——總覺得有些悲傷。

胸口有種空虛的感覺。

胸口像是有泥沙淤塞。

「聽妳說來……當時的情況就是——**真心看準時宮時刻不在場的時候行動？**」

「嗯……因為時宮先生對真心的控制力最強……但是，即使如此，以前……應該也有——時宮先生不在的空檔。」

「……這純粹是我的猜想，也許是因為——那一天在學校，在那棟體育館，真心看見我的關係。」

那傢伙的確——看見我了。

明確認出我來。

開口叫我「阿伊」。

「所以——才從你們那裡逃走。」

沒錯——想不到正如狐面男子所言。

露蕾蘿小姐——來得有點晚。

我不知道狐面男子對露蕾蘿小姐下了什麼指示，可是，假如她再早一秒鐘到體育館，制止真心的行動——

真心就無法看見我。

只有我認出真心。

這八成才是——

狐面男子原本的目的。

那個人嘴裡雖然那樣講，其實鐵定無意——讓我和真心重逢。

那一天充其量只是——展示。

「露蕾蘿小姐……原本好像就已經身受重傷——她還好嗎？」

「唔……」

繪本小姐雙手抱胸沉思。

看樣子情況不妙。

「不過，那個人經常受傷，我想那種傷勢應該不會有事。就算沒辦法完全恢復成原來的模樣，露蕾蘿小姐大概也不會在意。」

「那個人經常受傷嗎……真是讓人倍感親切啊。」

「我喜歡她。」

「是嗎……」

因為她經常受傷？

還真是令人不敢恭維的喜歡理由。

「你從真心那裡得知多少？」

「不……我剛才也說過，她看起來很疲倦，我們甚至還沒機會好好說句話。」

「呃……那個，伊君。」繪本小姐說道：「奇野君、露蕾蘿小姐和時宮先生——他們分別用自己的能力控制真心，這我想你也猜到了——」

「嗯啊，大略上。」

「嗯，首先——奇野君控制真心的體力，露蕾蘿小姐控制真心的肉體，時宮先生則控制真心的意識——三人各自掌控不同部分。」

「……」

體力——

肉體——

意識。

「真心的力量甚至不及原本的一半，話雖如此，時宮先生才離開一下——她就逃走了。」

「……不過……我想還有其他原因。包括濡衣先生離開『十三階梯』，以及——澪標姊妹獨自行動，儘管兩人並未退出『十三階梯』，也算是脫離狐狸先生的指揮了。這兩件事相當重要。」

「……為什麼？」

「妳還不懂嗎——這麼一來，『十三階梯』之中不就完全沒有武鬥派了？完全沒有人能夠阻止真心暴走了。」

「啊……原來如此。」繪本小姐點頭同意。「說得也是，濡衣先生、深空和高海——假如他們三人有任何一個在場，再怎麼不是對手，至少可以阻止她——逃走。」

「對狐狸先生而言，算是倒楣透頂——對狐狸先生來說，現在這樣恐怕是最不樂見的情況。就像連續縫一百針那麼倒楣。我也算是運氣不好的人，不過——看樣子狐狸先生平常為人相當惡劣。」

他說過自己討厭十月。

原來如此，我終於明白了。

對狐面男子而言，十月肯定是——鬼月。

儘管這種說法太過命運化。

「呃……真心雖然是候補成員，也算是『十三階梯』之一——既然奇野先生和露蕾蘿小姐退出戰局……」

「啊，唔～～我想露蕾蘿小姐很快就會歸隊。她還不到三振出局、再起不能的程度，傷勢是很嚴重沒錯，可是……因為她的意志很堅強。」

「是嗎？那麼，所以說，就是真心和奇野先生退出『十三階梯』——」

我折指計算。

繪本園樹當然也得扣除——

「十三階梯」剩下七個人。

……一半——嗎？

即便如此，

七個人終究不是小數字。

「其他還有——一里塚木之實、宴九段、古槍頭巾、時宮時刻、右下露蕾蘿——澪標深空、澪標高海嗎？所以——接下來該怎麼辦呢？」

「我、我不知道、自己該不該說這種事——現在……正是好機會。因為狐狸先生忙於真心的事情，現在是大好良機——搞不好可以說，不可能有比現在更好的機會了。」

「我知道，可是，就算繪本小姐願意助我一臂之力——不過，其他七人……不可能輕易點頭，接下來的局勢……非常棘手。」

「……」

「就連見過面、說過話的繪本小姐，我都沒有自信可以說服，更何況是——其他七人，我真的一點把握也沒有。」

澪標姊妹對我懷恨在心。

露蕾蘿小姐見是見過，但——

對我而言，其餘四人都是未知數。

「最困難的也許是木之實——因為她對狐狸先生的心醉程度非同小可、難以置信。真的是迷得暈頭轉向。最困難的鐵定是她。如果是為了狐狸先生，我想——她大概連死都願意。」

「不過，現在的目標是『手足』。我想封鎖——『十三階梯』這群手足。另外，可以的話——」

「可以的話？」

「不，或者該說……我有想過——萬一真的無法說服繪本小姐，就其他管道來說，我一定要接觸奇野先生、露蕾蘿小姐和時宮時刻，唯獨這三人非見不可。因為我也猜到控制真心的是他們三人——就算不肯背叛狐狸先生，至少要請他們解除對真心的控制。」

「……你真的很替朋友著想。」

「不是的，完全不是這樣。可是，假如那傢伙受到『十三階梯』的『拘束』並非基於自身意志——我想助她掙脫那個束縛。」

因為，那樣的話——

就跟以前一模一樣。

那傢伙是我所認識的真心也好，

不是我所認識的真心也罷——

唯獨此事。

「唉，不過——根本不用我出手，那傢伙就憑自己的力量脫身了。」

「……話是這麼說。可是，雖然成功脫逃，咒語畢竟沒有解除——這樣不能算是掙脫鎖鏈或解除枷鎖。我先提醒你……奇野君雖然死了，他的『病毒』依然有效——露蕾蘿小姐的『人偶師』手法、時宮先生的『操想術』，基本上都無法解除——正如你的猜想……或者說正如萌太君那孩子的猜想，露蕾蘿小姐和時宮先生那一天在那間學校，的確是為了防止真心失控——可是，不是非得待在旁邊不可。靠近她的話，就能勒緊鎖鏈，不過——**就算離開，鎖鏈本身依舊存在**。所以，要真正解除控制，還是得說服露蕾蘿小姐和時宮先生。」

「嗯……」

「至於露蕾蘿小姐和時宮先生施加的鎖鏈，我也是外行，老實說並不清楚，不過……奇野君的『病毒』，我……這，呃，那個，我應該有辦法解除。」

「……我想也是，可以拜託妳嗎？」

「可以……但是，伊君。」繪本小姐神色不安地說道：「那個束縛——解開三人的束縛之後，你有自信能夠……控制真心嗎？」
「說什麼控制……」
「狐狸先生也不是憑個人喜好對真心施加那些鎖鏈……真的。你應該知道他不是那種人吧？他不喜歡用力量控制他人……是因為那孩子的力量太大——超出一般規格，迫於無奈才出此下策。」
「……話說回來，狐狸先生是從哪裡找到真心的？就我所知，真心早就死了。我記得狐狸先生曾經說過——因為他在ER3有舊識。」
「嗯，狐狸先生說過……自己的恩師還是遠親在ER3系統，可是我也不太清楚真相。關於真心，只聽說是狐狸先生創立的MS－2的『作品』……說不定奇野君、露蕾蘿小姐和時宮先生知道更多內情，不過，真心的事在『十三階梯』內部也被下封口令，狐狸先生規定我們絕對不能談論。」
「嗯——我想也是。」
狐面男子既然有意對我隱瞞真心——下封口令也很正常。萬一奇野先生說溜嘴，狐面男子的計畫就泡湯了。
唉——
就算我知道，也是無技可施。
就當時的情況而言。
「我、我在學園跟伊君交談時，明明知道真心的事，卻沒辦法告訴你……對不起。」

「沒關係，那是當然的——妳不必感到虧欠。不過，這麼一來……不向真心問清楚也不行。畢竟那傢伙是當事人——應該知道更多內情。」

「對呀。」

「這純粹是個人興趣——真心那傢伙在你們面前——是怎樣的人？」

「……狐狸先生和那三個人看得很緊，我很少有機會跟她說話……」繪本小姐謹慎地選擇詞彙。「……她是個好孩子。」

「……」

「我覺得她是個好孩子。」

「……原來如此。」

「我覺得自己沒辦法——討厭她。」

「我想也是。」我——點點頭。「我所認識的真心也是——這種人。明明很可惡、明明很可恨，不知為何就是令人無法討厭那傢伙……哪。」

「……是嗎？」

「可是——她卻殺死出夢。」

毫不留情地——殺死了。

不，不光是出夢。

萌太、崩子、哀川小姐——當時就算被她殺死，也沒什麼好奇怪。三人之所以沒死，純粹是運氣好而已。

「話說回來，那傢伙以前沒有那種駭人的戰鬥能力——也不是做得出那種事、會做那種事的人。」

「……」

「我原本以為是狐狸先生**做了什麼**——他卻告訴我『**應該是相反**』。妳又說他也不喜歡這樣，既然如此，對那傢伙動手腳的——」

「嗯。」她說道：「應該就是ER3系統的——MS-2。」

「……真叫人不爽。」

「對、對不起！」

「不，我不是說妳。」想說終於可以跟她正常交談，果然沒那麼簡單嗎？「我是指ER3。我從研究生時代開始，就覺得那裡的人都很討厭……居然把真心搞成**那種怪物**，真是無法無天。」

「……伊君你生氣了喔。」

「有一點點啦。」

要聯絡——心視老師嗎？

三好心視——

在MS-2的「苦橙之種」開發計畫擔任重要職務的她，計畫開始沒多久就離開ER3系統，退出該計畫，不過——真心這個名字，正是取自她的心視。

說不定她知道什麼。

我不知道老師目前在做什麼……我猜她有可能返回ER3系統……

我不太想見到她……

她是繼真姬小姐，令我窮於應付的第二名。

既然真姬小姐遇害，她就登上冠軍寶座了嗎？

「……我現在——該怎麼辦？要立刻替真心解除……奇野君的『病毒』嗎？」

「不……從剛才的話聽來，這方面最好還是不要輕舉妄動……我想再稍微觀察一下狀況，也得聽聽真心的說法才行……所以，我想拜託繪本小姐其他事情。」

「是什麼呢……只、只要是我辦得到的事。」

「所以——繪本小姐，請安排我和其他的『十三階梯』見面，請替我引見『十三階梯』。可以的話——一個一個來。」

「撐下——手足？」

「嗯，接下來就是最困難的部分——我還是希望和『十三階梯』的所有成員和平共處。我既不喜歡背叛他人，也不喜歡被人背叛，因此無法強迫他們——話雖如此，無論是狙擊我的澪標姊妹，還是迷戀狐狸先生的一里塚木之實——我都希望可以跟她們和平解決爭端。另外——」

可能的話，狐狸先生也是——

我最後終究沒有說出口。

我畢竟說不出這種話。

「但是……我和最近加入的『十三階梯』並不熟……所有成員大概沒辦法……」

「妳盡量就好。」

「……我明白了。」她從長椅站起，掀開雨衣的帽子。「那麼，首先──我想想……為了真心，好，那就先讓你和露蕾蘿小姐見面。」

露蕾蘿小姐。

右下──露蕾蘿。

「可以嗎？露蕾蘿小姐不是──最近剛加入的成員嗎？」

「初期成員只剩九段和木之實，一開始就找木之實難度太高，我又不知道九段現在在哪裡。而且露蕾蘿小姐受了傷，正在接受我的治療。她現在應該沒辦法使用『人偶師』的力量，見她比較容易。越快──越好。」

「露蕾蘿小姐正在住院嗎？」

「她不能住院，所以透過狐狸先生的門路，躲在──啊，現在暫時保密比較好吧？明天……你有空嗎？」

「有。」

「可是，你不是大學生？」

「目前暫時休學。」

「……認真上學比較好喔。」她一本正經地說。還真會轉移話題。「那……明天早上九點，我們再在這裡見面──好不好？我想辦法──讓你和露蕾蘿小姐兩人單獨見面。萬一狐狸先生介入，就麻煩了。」

「……沒錯。」

「狐狸先生應該還在忙著處理真心脫逃的事——我想不必太過擔心。」

「那麼——就拜託妳了。」

「嗯，包在……我身上。」

我也——從長椅站起。

明天……嗎？

所以——到明天為止。

我必須做該做之事。

真心。

想影——真心。

我……必須向妳。

我必須向妳道歉。

3

我返回公寓。

光小姐和真心都在。
兩人都穿女僕裝。
「…………」
這裡是什麼天堂啊？
我愣了一會兒。
「我找不到適合真心小姐的衣服……但也不能讓她一直穿那個像內衣一樣的緊身褲，主人您的衣服又太大了，而且她的身高跟我差不多。」
「……妳可以借她便服嘛。」
「哎呀。」光小姐嫣然一笑。「原來還有這種方法。」
「…………」
妳在笑什麼鬼？
妳知道現在是什麼狀況嗎？
居然如此悠哉。
……忽然。
就在此時——
「阿伊！」

就在此時，真心——

真心衝進我和光小姐之間。

「如何？俺這身衣服，適不適合？」

「……很適合。」

適合穿這種衣服才是個大問題。

我姑且如此回答，結果——

「真的嗎？俺好高興！」

真心雀躍不已地露出靦腆笑容。

緊緊擁住自己的身體。

「嘿嘿嘿！俺喜歡阿伊！」

「……啊啊，我也很喜歡妳，真心。」我說道：「所以說，妳別穿著那麼龐大的衣服在狹窄的室內亂跑，先到這裡坐下。」

「不要，坐著衣服會皺。」

「妳可以學光小姐那樣折好再坐嘛。」

「好，俺試試。」

真心說完——

靈巧地撥開裙襬坐下。

——一點都沒變。

這種凡事一學就會的地方——

一點都沒變。

簡直毫無改變。

沒有做不到之事——苦橙之種。

「好。」我也坐下，頓了一下。「妳昨天大概很累，一直昏睡不醒，所以沒機會好好說話……總之——好久不見，真心。」

「喲，好久不見。」

「呃……光小姐，妳們自我介紹過了嗎？」

「嗯，這位是想影真心小姐。」

「我知道。」

「這位是千賀光小姐喔。」

「我知道啦。」

妳們倆倒是合得很嘛。

為什麼這麼意氣相投？

我不在的時候發生了什麼事？

真心——從昨天的樣子來看，還有從上次的樣子來看——我原本有些替她擔心，不過現在看起來很有精神。

朝氣蓬勃，活力旺盛。

就像——

就像ER3時代。

彷彿回到那個時期。

彷彿回到那個時代。

昨天——離開醫院，見過小唄小姐，見過玖渚，返回公寓——真心就在室內。

正確地說，她在睡覺。

在室內沉睡。

期間雖然醒過來幾次，但一直迷迷糊糊的，幾乎沒說上幾句話——今天情況似乎好了一些。我到京都御苑見繪本小姐之前，總算跟她打過招呼，不過——現在這樣面對面交談，可以說是頭一遭。

「睡得好飽。」真心邊說邊伸懶腰。

我不想看穿女僕裝的人做那種粗魯動作，原本要出聲制止，最後還是決定強忍住。

「俺好久——沒有這麼輕鬆啦！一直被人束縛。」

「妳在狐狸先生那裡——看來待遇不太好哪，真心。」

「到哪都是這樣，俺倒是無所謂。而且多虧他，俺才能見到阿伊。」真心露出天真的笑容說道：「俺原本就是用這個條件跟那條狐狸勾搭上的呀。」

「這個條件？」

「讓俺跟阿伊見面。」

「……」

……原來如此。

所以——嗎？

既然如此，露蕾蘿小姐在那棟體育館果然是——**來得有點晚**。

「所以——妳就逃出來了？」

殺死奇野先生。

讓露蕾蘿小姐身受重傷。

掙脫——狐面男子的監視。

逃出來了。

「哦，那種傢伙隨時都有能一腳踢開，俺是想在見到阿伊前不要輕舉妄動，才一直忍耐。」

「……可是，我在城　的大樓地下停車場見過妳一次。」

「咦？……這俺倒不知道。」真心詫異地嘟起嘴巴。「也許那時睡著了吧？」

「……是哦？」

她在睡覺——嗎？

因為當時戴著面具，我無法確定，說不定是這樣。哎，我也不認為狐面男子會做出那種蠢事。

「嘿嘿，好高興耶。居然可以再見到阿伊，俺做夢都想不到。」

「我也是──做夢也想不到。」

然而──

這是現實。

眼前的真心是現實的存在。

看得到，聽得到，摸得到。

只要想摸──就摸得到。

這是現實。

「真心……妳在那之後──發生了什麼事？我還以為──妳鐵定死了。」

「什麼事都沒有發生吧？就一直──延續那個後續，那個要把俺變成『苦橙之種』的實驗。」

「……所以，完成了……嗎？」

驚世駭俗的嘗試。

神明為之恐懼的作為。

逾越人類領域的行為。

那個堪稱褻瀆神明的研究。

那個堪稱與惡魔結約的實驗。

真心說道：「不，俺不知道。」

「…………」

「你別露出那麼失望的表情，這又不是俺能判斷的事，不知道的事就是不知道，不明白的事就是不明白。俺還來不及確定自己是完成還是沒完成——不知何時就被那條狐狸誘拐了。」

「誘拐？」

「等俺回過神來，就剩俺和他兩個人。」

「……」

這多半是——一里塚木之實的傑作。

她的「技術」。

空間製作。

原來如此……所以，雖然當事人和繪本小姐說是有特殊門路，到頭來，真相似乎是——狐面男子從自己的舊巢「ER3系統」手裡搶走「苦橙之種」想影真心。

有必要如此不擇手段嗎，西東天？

如此不擇手段——

就為了與我為敵嗎？

……唉，對狐面男子而言，MS-2本來就是他創建的組織，主張真心的擁有權倒也並無不妥。

然而——事情還是很奇怪。

狐面男子無視——真心。

「真心……妳記得那一天的事嗎？」

「哪一天的事？」

「……妳和我在學校重逢哪一天的事。」

「俺只記得重逢的事，其他就不太清楚了。呃——俺覺得自己……好像有一點點抓狂，就只有這些。」

「是嗎？只有這些嗎？」

記憶——跳躍。

她應該不是在裝傻。

這個狀況。

反倒有其他可以想見的原因。

「嗯，呃——妳也挺辛苦的。總之，先好好休息一會兒，妳之前一直沒時間好好喘口氣吧？」

「嗯啊，就是說。俺被迫待在悶得不得了的地方，好辛苦哪。可是——俺以前也是這樣，倒也無所謂。」

「……」

以前也是這樣。

無所謂。

「俺習慣了。」

「是嗎……」

習慣了。

不憤慨。

苦橙——之種。

「對了——真心，妳接下來打算怎麼辦？」

「咦？」

「從狐狸先生那裡逃出來，跟我見面——接下來想做什麼？要是有什麼想做的事——我可以幫妳。」

「沒有……特別的目的。」真心傻頭傻腦地應道。

她好像不明白我想說什麼。

「沒有嗎？」

「俺有希望別人做和不希望別人做的事，不過沒有自己想做和自己不想做的事。俺希望阿伊對俺溫柔，也不希望再被別人當成實驗品……其他就沒了。俺從以前就是這樣。」

「……報仇之類的呢？」

「報仇？」

「對那些以前一直拘束妳的——ＥＲ３系統，還有對狐狸先生……報仇。」

我想——

這就是狐面男子此刻最戒慎恐懼之事。

他想必非常擔心。

所謂「處理」真心脫逃云云，除了物理方面的事務和露蕾蘿小姐的重傷之外——我想其中絕大部分是關於真心的今後對策。對敵人的威脅，反過來說，亦潛藏對自己的威脅。

尤其是單方面脅迫他人。而且束縛他人的情況。

只怕是——出乎意料。

「啊啊，不了。」然而，真心卻在臉孔前方輕輕揮手。「那好麻煩，不了。」

「……」

「既然見到阿伊，就原諒他們好了。」

對——

比出乎意料，更加出乎意料。

就算是狐面男子——就算是ＥＲ３系統，

唯獨此事無法改變。

這傢伙不是任何人的敵人——

無戰無敗——最後最終的一人。

人類最終，想影真心。

「——是嗎？」

……我吁了一口氣。
如果她有意報仇，我還想該如何是好。
那——不是我所認識的真心。
不過，如今總算可以確定。
這傢伙……不是別人，就是想影真心。
胸口的芥蒂——一掃而空。
「那麼——妳好好休息吧，真心。這裡沒有人會把妳當成玩具，當成實驗品。妳既不是道具，也不是白老鼠。妳——自由了。」
「自由？」
「意思就是妳想做什麼都可以。」
「……嘿嘿。」
真心靦腆微笑。
像以前那樣——靦腆微笑。
「好開心。」
「……嗯，我也——很開心。」
「是嗎？阿伊也很開心嗎？那俺就加倍開心了。」
「……對不起。」
我——颼的一聲對真心低頭。

向她道歉。

「對不起。」

「……什麼事？」真心蹙起粗眉，一臉詫異。

「……我以為妳死了……所以一直沒有替妳做任何事，對不起。」

「什麼呀，原來是這個——沒關係啦，你不必道歉。這也沒辦法呀，因為ER3那些傢伙和狐狸他們都瞞著阿伊嘛。」

「可是……」

不光是——這件事。

當時。

虧妳那麼相信我——

我卻無法回報妳——

背叛。

我明明不喜歡——背叛他人和被人背叛。

「妳——真堅強，真心。」

「咦？」

「妳很堅強，真心。」

猶如孩童般的身軀。

纖細的手臂，竹竿似的腿。

遭遇如此不幸。

承受凡人無法想像、難以言喻的痛苦——

居然說要原諒。

居然說無所謂。

真的——很堅強。

妳們——真的很堅強。

……回想起來，哀川小姐——亦是如此。

那個人的確正如光小姐某次所言，老是在生氣、在發怒，可是——正因為她的這種毫不留情，到頭來才能原諒一切。

正因如此——才是最強嗎？

原來就是這麼一回事嗎？

「不是的，最堅強的一定是阿伊。」真心說道：「因為俺喜歡阿伊。」

「……」

「有人喜歡的傢伙才堅強。」

「因為堅強——所以受人喜歡嗎？」

「不對不對，是因為有人喜歡，所以堅強。」真心喜孜孜地說：「喏，那個，有人喜歡的話，不就會想要努力？內心充滿感激，就想為了喜歡自己的人做些什麼，不是嗎？喏，光小姐也這麼覺得吧？」

「咦？啊，是的，的確如此。」一直被我們晾在一旁的光小姐，突然被真心點名，驚慌失措地應道：「我也覺得——主人很堅強。」

「……」

居然連光小姐都……

所以就叫妳們兩個別這麼意氣投合呀……

「俺。」真心——神色微露陰霾。「願意喜歡俺的人就只有阿伊——所以俺很軟弱。」

「……」

「軟弱得不得了。」

「……如果說只有我喜歡妳——那我會連其他所有人的份都一起喜歡。」

還少六十億人吧——

要是出夢在場，大概會這麼說。

「真的嗎？」

「真的。」

「好開心。」

——就在此時。

真心剛說完，下顎忽然**喀的一聲**鬆弛。身體差點就要倒下，但最後總算撐直腰骨。

「……怎麼了？」

「唔……沒有，有點想睡覺。」

「……？喂喂喂，妳昨天睡很久耶。」

「嗯……」這時下顎又喀的一聲鬆弛。「是……沒錯……可是就覺得——好想睡覺。」

「好想睡覺？」

就在此時。

我還想繼續對真心說話時，光小姐——靜靜地、無聲伸手制止了我。

「既然這樣——真心小姐，妳要不要先休息一下呢？這個房間小是有點小……對了，主人，不如讓真心小姐到紫木小姐的房間休息如何？」

「……也對，那個房間的床又大，很適合睡覺。」我——順著光小姐的話頭，對真心說道：「喂，真心，我先告訴妳，那是我徒弟以前住的房間，妳可別弄亂——」

我停了下來。

真心——

真心就這樣坐著睡著了。

已經睡著了。

「……」

「……光小姐，這是怎麼一回事？」

「我不知道。」她歉疚地搖搖頭。「不過，我從昨天就覺得——她的意識很淺。症狀有點類似——嗜睡症。」

「嗜睡症……」

我想起——理澄。

經常突然失去意識的理澄。那是她在性質上，身為「殺人奇術匂宮兄妹」這個雙重人格之一的性格上——不可避免的必然結果。

然而——目前的情況。

完全無須考量那種可能性——

「……時宮時刻……嗎？」

「『時宮』……那就是『咒之名』？」

「嗯啊，聽說那個人有『操想術』——一種類似催眠術的能力。而且——聽說那個時宮時刻是負責控制——真心的精神。」

「……利用睡眠嗎？」

「看來是——對意識施加限制。不過，似乎跟那一天在體育館倒下的法則不太一樣……」

那是——右下露蕾蘿的手法。

人偶師和操想術師。

逃離狐面男子那裡——

固然不能說是毫無改變。

然而，縱使無法勒緊鎖鏈。

鎖鏈本身依舊存在——嗎？

繪本小姐的形容還真傳神。

「她真是個——好孩子。」光小姐看著真心，說著跟繪本小姐相同的臺詞。「既不會鬧彆扭，又很坦率——說話雖然有些粗魯，卻也是她可愛之處——」

「嗯……是呀。」

「我還是——有些難以置信。這孩子居然對哀川大師——不，不光是哀川大師……」

「嗯——我也難以判斷——可是，假如不是當事人的意志——倒也不是無法理解，因為鎖鏈也可以變成——轀繩。」

仔細一想——

那個時候，真心也幾乎在**睡覺**。

一邊沉睡——同時做出那些事情。

換言之，那代表的意義——

可說是證據確鑿。

「既然如此——既然如此，不過……這種時候傾訴個人感想，或許太過抒情……可是對方居然把這麼可愛的孩子當成道具……五花大綁地加以控制，我覺得實在太……殘酷了。」

「……沒錯。」

正如繪本小姐不久前的發言，是否該輕易解除對真心施加的那些控制、鎖鏈——仍不無疑問。

那股力量。

輕易扳倒「殺之名」的三個人。

徹底擊潰——哀川潤。

那般驚人力量——還不及全部的五成。

那股狂野暴力——還不足真正的一半。

或許真的必須加以控制。

鎖鏈或許是必要手段。

狐面男子亦不是——

憑個人喜好對真心如此。

然而。

然而——即便明白這些道理。

「我就是——忍不住想替這傢伙做些什麼，就像小姬——還有玖渚一樣。」

「……想要——幫助她嗎？」

「這是我的缺點，老愛多管閒事。」

「呵呵。」光小姐輕笑。「您又——打算讓我說相同的話嗎？」

「不——昨天玖渚已經說過類似言論，妳就饒了我吧……那個，光小姐。」

「什麼事？」

「我可以拿比筷子重的東西嗎？」

光小姐一時間不明其意，但她畢竟不是遲鈍之人，立刻露出溫柔的微笑，「請。」
說完，輕輕移動身軀，打開房門。
我——
先褪下真心的衣服，
鬆開橙色的麻花辮，
雙手抱起真心嬌小的身子。
輕輕抱起。
接著穿過光小姐身旁——進入走廊。
輕盈。
彷彿沒有拿任何東西般地輕盈。
猶如羽毛。
猶如心靈般地輕盈。
光小姐關上房門，跟在後面。
她在樓梯間的平臺追過我，搶先走向小姬位於一樓的房間。
打開門，等待我。
「……咦？門沒鎖嗎？」
「嗯，主人您上次開了之後就一直沒鎖。」
「之後一直沒鎖嗎……」

這個人，除了自己的工作之外，沒想到這麼隨便。
唉，不過鑰匙在小姬死亡那時就不見了，開關門必須使用那個開鎖小刀，光小姐確實也只能放置不管。
總之。
我進入房間，將真心放在床鋪上。
替她蓋好被子，輕輕離開。
「晚安。」
現在——好好休息吧。
妳有這種資格。
出生迄今——
從未休息，從不被容許休息，
一直被人利用的妳有此資格。
「……剛才說了那麼多，其實一直到剛才為止，我想了很多事情——」
詭詐的事情，
狡猾的事情。
骯髒的事情，
齷齪的事情。
我想了許許多多的事情，但是——

決定統統放棄。

我在此立誓。

唯獨我——不利用妳。

我絕不利用妳。

我放棄把妳當成——

對付狐面男子的王牌。

我不知道狐面男子打算如何利用哀川小姐——紅色制裁這張王牌，但我決定保護苦橙之種這張王牌。

妳就在安全的地點觀看吧。

正如平常的我——當個旁觀者吧。

我要靠自己一決勝負。

首先——

我要讓妳自由。

成為真正的自由。

獲得真正的自由。

「光小姐。」

「什麼事？」

「我接下來可能要常常離開公寓……今後也請妳暫時照顧這傢伙。」

「……如您所願。」

兩人離開房間。

啊啊，我等一下要鎖門……

還是打一把備用鑰匙？

這種程度的房門，沒有母鑰匙也很容易重打。

我正想返回二樓，「啊啊。」忽然停下腳步。

對了，總之。

該說是以防萬一？還是什麼？

我走回去敲敲七七見房間的門。

無人應門。

不過，星期二這個時段她應該在家。

我又敲了一次，不等對方回應就說道：「隔壁，拜託了。」

還是沒有回應。

可是，她應該有聽見。

既然如此，就沒問題。

第十四幕——無銘

古槍頭巾
FURUYARI ZUKIN 刀匠。

0

做了會後悔和不做會後悔，我寧可選擇做了會後悔——那麼，做了不會後悔和不做不會後悔，又該如何選擇？

1

結果，我見到「十三階梯」的人偶師——右下露蕾蘿是在十五日星期六。

在那之後——情況急轉直下。

簡單說，她的病情陷入危篤狀態。

「對不起。」

十月十二日上午八點，比約定時間還早一個小時，跟昨天穿著相同雨衣的繪本小姐既已抵達御苑的建禮門，一開口就向我道歉。

「傷勢本身沒有嚴重到致命程度，可是……精神非常不穩定。我判斷是……經過一段時間，冷靜下來之後，恐懼重新浮現腦海所致。逆溯（backflush）這種說法，也許一般人比較容易理解……」

「是嗎……」

「露蕾蘿小姐畢竟不是普通人，我想過一陣子就會恢復正常，不過，現在禁止會客，連狐狸先生也不行。」

「……」

「對不起，因為我是……醫生。」

儘管略顯壓抑，雖然有些恭謹，這可算是繪本小姐首次向我展現自己的強硬意志。

我當然沒有異議。既然有生命危險，我也不能強迫對方，更何況見到無法正常交談的露蕾蘿小姐，對我而言也毫無意義。

「根據我的判斷……三天之內都沒辦法吧？我想她過三天就會恢復平靜。所以……呃，就是十五日。雖然這也無法確定，不能百分之百保證，不過，總之先請你等到十五日，請你等一下。」

「我明白了，就照妳說的……話說回來，繪本小姐，那個，左手腕的繃帶是怎麼一回事？」

「咦？這個？」她輕輕舉起自己的左手。「啊啊……這個，呃，這個呀。因為我承受不住背叛他人的精神壓力，稍微割了幾次腕。」

「…………」

仔細一想，我的確讓她從事猶如「木馬屠城記」的那種間諜工作……一邊協助我，卻又沒有正式脫離「十三階梯」。除非是根尾先生那種人，否則當然承受極大壓力。

「自、自殺未遂……」

「啊，你別誤會。自殺和割腕不一樣。這是具有即效性的減壓方式。」她羞澀地笑道。

令人聽了毛骨悚然的恐怖理論。

「割……割腕讓我心情舒暢。」

「……」

不但無聊，而且難笑。

但是，話說回來，讓這種不會說謊的人執行木馬屠城記的任務是否正確？我內心不禁湧起些許不安的陰霾。

「沒……沒問題，沒問題的，我真的沒問題。」

「不，可是……就算妳說沒問題。」

「我平常的行動就很古怪，就算再做什麼怪事，也沒有人會起疑。」

「原來如此……」

言之有理。

雖然不會說謊，可是說實話也沒有人會相信嗎……

而且她居然有此自覺。

這個人看來比想像中更惡質……

「請……請別在意，伊君，你不能在意喔。這不是伊君該擔心的事……呃，我是基於自己的意志，才決定這麼做，所以請別在意。」

「……說得也是。」

我——毫無置喙的餘地。

這已經超出我多嘴的範圍。

這是一開始就決定好的。

我不對任何人——強制任何事。

即便是對真心。

我絕不強迫任何人。

「那麼……呃，繪本小姐。十五日的同一時間，我們約在這裡——這樣好嗎？因為是星期六，御苑的遊客可能比較多，不過——大清早應該還好。」

「好，我知道了。」

「對了，繪本小姐——妳目前在『十三階梯』擔任什麼職務？關於其他人的動向，除了露蕾蘿小姐以外的『十三階梯』，妳知道他們的動向嗎？」

「唔……因為病情突然惡化，我目前都在照顧露蕾蘿小姐，不太清楚其他人的情況……」

仔細詢問之後發現，正如狐面男子上次「我們今後將地下化」的宣言，他和其他「十三階梯」目前兵分多路，沒有固定巢穴。我現在還不打算見狐面男子，倒也無所謂。

「是嗎？那麼——雖然壓力很大，還是請妳繼續潛伏在『十三階梯』。一旦對方展開任何大動作，希望妳可以告訴我。」

「嗯，我會的。」

「我最在意的就是對我懷有恨意的澪標姊妹——澪標深空和澪標高海……另外，也得留意尚未在我面前現身過的宴九段和古槍頭巾。」

「嗯，也對。」繪本小姐頷首。「那……對不起，我必須回露蕾蘿小姐那裡，不能讓她獨處太久。」

「……情況那麼嚴重嗎？」

真心——

想影真心造成的傷勢。

那麼嚴重嗎？

「唔……姑且不論傷勢如何，把精神衰弱的人丟著不管，不是很可憐嗎？總要有人握住她的手才行。」

「……」

性格再怎麼亂七八糟……

這個人終究是醫生啊。

關於此點亦有自覺。

呿……完全按中本人的死穴。

有夠惡質。

「那麼……妳可以先告訴我地點嗎？我和繪本小姐接下來都不曉得會遇上什麼事情，所以希望可以先取得這個資訊。」

「……」

「妳不必擔心，我不會隨便跑去找她。除非獲得妳這位醫生的許可，我保證絕對不會去見露蕾蘿小姐。」

「……就是你很熟悉的那個地方。」繪本小姐考慮片刻，開口說道：「高都大學木賀峰約副教授的研究室——以前叫西東診療所的那個地方。」

「西東——」

我——不禁愕然。

那裡是——終結的地點。

既已跟故事毫無關聯的地點。

園朽葉。

木賀峰約。

匂宮出夢和匂宮理澄。

以及紫木一姬——

死亡的地點。

被殺的地點。

原來如此……那個地方確實遠遠超出我的行動範圍，而且對狐面男子來說，如今亦是命運之輪外側的座標。可說是最適合傷患休息，療養身體的地方。

再加上，那裡原本是診療所。

儘管設備簡單，的的確確是醫療場所。至少具備足以「研究」朽葉身體的所有設備。

該怎麼說呢？總覺得選擇那裡當休養地點的手法很卑鄙——話雖如此，實在是令人惱恨的聰明策略。就算真心脫逃，情況一片混亂——不愧是人類最惡嗎？

無論如何。

跟露蕾蘿小姐的見面最後延至十五日。繪本小姐在十五日以前都分身不暇，我也無法跟其他「十三階梯」見面——

多了三天的緩刑期。

空檔時間。

忙得不可開交的時候，這種緩刑期其實挺傷腦筋的。

真心幾乎都在沉睡，沒辦法交談。

在那之後——真心就一直在睡覺。甚至懷疑她的眼睛是否爛掉，猶如爛泥般躺在小姬的床鋪上沉睡不醒。

奇野先生的「病毒」似乎對日常生活沒有影響，露蕾蘿小姐既然臥病在床，暫且無須擔心她的控制，可是——唯獨時宮時刻的「束縛」，必須及早找出解決之道。

「咒之名」嗎……

我聽萌太說過關於**那個世界**的許多內情，但是，當時還來不及聽他解釋「咒之名」，就被一里塚木之實的「空間製作」阻斷。

「十三階梯」裡的「咒之名」有奇野賴知和時宮時刻兩個人。奇野先生被真心——被真心殺死，因此剩下的「咒之名」就只有時宮時刻一個人。

除了繪本小姐替我引見的露蕾蘿小姐之外，我也打算跟其餘所有「十三階梯」見面

——

不能無所作為、不思對策。

否則不但沒說服對方，搞不好反而被對方說服。

這件事必須小心為上。

嗯，就目前情況判斷，見時宮時刻應該還要好一陣子，暫時靜觀其變。

如此這般，關於真心的未來，目前就是這樣。誠如繪本小姐所言，尚未看出一個端倪之前——或者說尚未聽過露蕾蘿小姐和時宮時刻的說法之前，不必急著解除施加於真心的鎖。一方面是對於釋放龐大力量採取謹慎態度，另一方面則是這三條鎖鏈有可能相互連接——呈現連鎖狀態。

是故——目前。

三天空檔的第一天。

我和光小姐——

再度來到新京極附近。

河原町通和四條通交叉口附近的購物中心。

把真心丟給七七見，

兩個人跑來購物。

當然不可能如此悠哉。

首先是——生活用品。

我們是來這裡買真心的衣物。

不能一直讓她穿女僕裝。

緊身衣更不行。

況且一個人在生活上，除了衣服以外，還有諸如：牙刷、毛巾等等許多必需品。

照理說這種事交給光小姐處理就綽綽有餘，可是，「我不知道真心小姐的喜好，如果您可以陪我，那就太好了。」因為她這樣說，我便陪同前來。

「頭髮——」

「咦？」

「真心小姐頭髮很顯眼，還有眼睛也是。」

「啊，對呀，說得也是。比玖渚的藍色好一點，不過橘色畢竟有些引人注目。」

「真心小姐也不可能一直沉睡——所以，不可能寸步不離那個房間，有時也得去洗澡之類的。」

「嗯，是啊。」

「既然這樣，要不要乾脆染一下頭髮？」
「染髮嗎……」
我雙手抱胸。
那個麻花辮。
陽光下閃閃動人的——橙色秀髮。
那是真心最喜歡的部分。
她說過那是身體之中，她最喜歡的零件。
「……我想她一定不願意。」
「是嗎……借問一下，友小姐平常是怎麼遮掩自己的頭髮和眼睛呢？」
「那丫頭向來不在意他人目光，而且本來就很少出門。」
「啊啊……的確。」
「非得遮掩不可的話——小時候會這樣做，如果是非得低調不可的時候，就戴帽子加太陽眼鏡。」
「嗯。」
「啊啊，這麼說來，真心一開始也是戴狐狸面具和棒球帽。」
「面具不太好——不過，帽子或許不錯，那我們就順便買帽子和太陽眼鏡吧。」
「好。」
嗯，狐面男子八成已經猜出真心在我這裡，話雖如此，我們也不必故意引人注目，這種程度的謹慎有其必要。

光小姐果然行事俐落，我只有在關鍵時刻提供兩、三個建議，連行李都沒拿，三小時左右就結束購物。

直接回去也有點可惜，我們於是把購買的物品暫時寄放在附近的投幣式置物櫃，在新京極附近散步。

嗯——

呃，該怎麼說呢？

雖然是誤解。

我也知道這是誤會。

不過，好久沒有享受這種——

寧靜、悠閒的時光。

「……真寧靜。」光小姐看著行人說道：「實在很難想像——居然有人大肆宣言要終結世界。」

「我完全同意妳的說法。」

「嗯，或者該說——問題不是有沒有那種人，而是我無法理解——為什麼有人會有那種想法。」

「……」

「這世上一定有悲慘、殘酷的事情——可是，這裡基本上是一個美好的世界，不是嗎？或許只有我和身邊的人如此認為，世界說不定是更悲慘、更殘酷的地方——但是，我實在想不出——世界有非結束不可的理由。」

「西東天期盼的或許不是理由——而是因素。不，與其說是期盼，他肯定正在尋找，正在摸索。真心和我多半也只是其中一環——就連敵視我這件事，也只是經過之一罷了。」

「世界的——終結。」

「嗯……對狐面男子而言，我和光小姐的看法應該是基於截然不同的論點。問題所在的論點並不一樣。對狐面男子而言——**有趣的小說想要讀到最後是再正常不過的反應**——我想就是這種心情。」

「……」

「不是一直閱讀同一頁，想要快點——讀完這本名為『這個世界』的故事。要說的話，他想做的——就是速讀。」

「速讀……」

對——

所以，這才叫加速。

「他說——世界很有趣。喏，光小姐，活在這世界上的人裡面，六十億人口裡面，究竟有多少人能夠說這種話呢？所以他才說了。什麼和平云云，這點程度的話，我和光小姐都能說。可是……世界有趣得不得了這種絕對肯定的訊息，就沒什麼人能夠向他人表明。」

「……確實，而且……」光小姐低下頭。「實在不像是西東天那種生活經歷奇特的人——該說的臺詞。就這個意義來說，幾乎脫離常軌。」

「而且——他還說自己不想死。這好像就是一切的開端。不想用草率的方式看完這個有趣至極的世界——想要活到世界終結為止。或許少年時期不該勉強投身ER3……當時是ER2嗎？因為求知欲太高——而且年紀太小，再加上偏偏又有那種資格。」

「可是……這不很矛盾嗎？想要讓世界終結的行為和不想死亡的願望。」

「兩者是一樣的。對西東天而言，兩者是可以一併討論的題材。能夠看見世界終結的話，死亦無憾——沒看見世界終結的話，死不甘願。不死或是世界終結，兩者選一——不，或者該說是兩者等於一嗎？」

「……」

光小姐罕見地露出帶有厭惡感的表情，彷彿在說真是夠了。

「真是亂七八糟。」

「或者該說，真不愧是哀川潤的父親嗎？」

「我——倒是不願意這樣想。哀川大師——不是那種人。」

「兩人在根本上有相同的絕對感。天下地上為我獨尊——就是這種感覺嗎？我也想過很多……如果那兩個人有什麼不同——大概就是有無明確目的這點。」

「什麼意思？」

「簡單說，嗯，兩人都在十年前——死了。哎，事實上當然不是像漫畫那樣死而復生，不過因為這樣，兩人都被**因果放逐**——西東天是這麼說的。雖然活著，但其實已經死了——我想就是這個意思。」

「啊？」

「問題是，兩人之後的行動不同。西東天仍然執著於自己的目的，選擇其他不同方式，嘗試許多錯誤。他說自己在這十年間試過許多方法。正因如此，他才——尋求手足。」

「手足——『十三階梯』嗎？」

「我不知道他是從何時開始使用這個名稱的——不過就是這麼一回事。他尋求其他可以接觸故事的手足。相對之下，哀川小姐——則選擇成為他人的手足。」

「——承包人。」

「嗯……這大概就是原本即具有目的的西東天，以及基於該目的而製造的哀川潤——兩人的差異所在。啊，不，對不起，並不是這樣如何的意思，只是我有這種感覺。」

「既然如此——不停止西東天的目的，不停止那個東西的話——事情就永遠無法結束。這種事情——永遠無法結束。」

「說得也是。我原本以為上個月被叫到澄百合學園時，西東天就打算跟我一決勝負

——但如今回想起來，或許只是為了找理由。」

「找理由？」

「狐面男子也許會選擇其他說法……總之，就跟把美衣子小姐捲入是一樣的意思，將跟我之間的連繫，將西東天跟我之間的因緣變成**清楚**的形式——我想就是這麼一回事。利用真心。可以視為——為了向我展示真心的活動。」

「……」

「他說過——出夢是必要的。照理說應該讓出夢就這樣隱居的，狐面男子卻硬生生地將他拉回舞臺。這只怕是為了……向我展示真心的力量，那股壓倒性的力量……真心改變的部分。不過，他似乎無意讓真心見到我，目前的情況對狐面男子而言，果然是預料之外的事情……」

「那麼——該怎麼做才能結束這一切？」光小姐困惑地道：「就算說停止目的……也太曖昧了。太過曖昧，簡直就像攪爛泥一般。不管失敗多少次，我想西東天一定會一直重新來過。」

「嗯，至少以前都是如此。所以——就算捨棄敵視我這種方法論，也會選擇其他手段才對。讓我說的話，這已經是一種惡性循環了。」

「讓我說的話，也是這樣。」

「可能的話，我想結束——這個惡性循環。」

「可是——你不會殺人吧？」光小姐說道：「如果重複你剛才的話，除非世界終結，或者自己死亡，否則西東天不會停止——就是這麼一回事吧？可是，你——應該不會殺人。」

「那妳就太不瞭解我了，光小姐。有必要的話，就連我也——」

「會殺人嗎？真的、絕對、百分之百說殺就能殺嗎？」

「不，對不起，我殺不下手。」

我屈服於她那緊迫盯人的質問方式。

以前——的話就不一定。

現在的我。

發現自己有想要守護的事物的我。

一定殺不下手吧。

一定殺不了人吧。

這件事——必須有所覺悟。

必須清楚地覺悟此事。

為了他人，

為了自己，

當初能夠殺人的我——

一定已經不在了。

消失不見了。

「那個……」光小姐忽地開口道：「我可以問您一件——私人的問題嗎？」

「妳隨便問。」

「這個問題有點逾越我身為僕役的範圍。」

「請不必在意，我和光小姐的交情不止如此吧？」

「您和真心小姐是怎麼相好的？」

「……」

若無其事的問法也很令我驚訝，但因為沒想到她會問這個問題，我一時啞然。

不過——倒也不是什麼需要隱瞞的事。

事到如今，也不必隱瞞了。

接下來還要麻煩光小姐照顧真心，反而應該告訴她才對。

「這個嘛……」我振奮精神開口道：「是很久以前的事，我也記不太清楚了——關於我到ＥＲ３的原因……妳或許知道，不過我還是說明一下好了。我國中的時候，跟玖渚機關發生衝突。」

「這跟友小姐——有關係嗎？」

「沒錯，玖渚和她哥哥玖渚直——這個人現在已經成為玖渚機關的機關長——還有直大哥的朋友霞丘道兒，這三人對我而言是主要登場人物。唉，那個衝突的結果，慘烈地叫人不忍目睹——慘兮兮的戲言玩家不得不逃亡海外。」

「……友小姐跟家裡斷絕關係，也是這個原因嗎？」

「差不多是這樣。不過那倒不是戰敗的結果——不，或許很類似嗎？最後，全身而退的就只有直大哥。霞丘先生——目前也行蹤不明。」

行蹤不明——我不知道這個形容詞的正確性如何，但還是這麼說了。直大哥成為機關長，玖渚重返機關，他的處境將變得如何——我對此也很在意，但我終究是外人。就算有機會得知，也是一切結束之後的結果——吧。

「逃亡海外——在直大哥的引導下。告別玖渚，一個人逃亡，參加ER3系統的ER計畫這個留學制度……」

「嗯，我知道。那麼，您就是在那裡——遇見真心小姐的嗎？」光小姐有些懷疑地問道：「可是……這樣的話，真心小姐的年紀不就應該跟主人相同，或是比主人年長？真心小姐看起來沒有那麼大呀。」

「……」

我實在很想叫她照照鏡子。

看起來只像國中生的光小姐。

二十七歲。

而且……

「玖渚——也一樣吧？」

「啊……也對，確實是，玖渚小姐說來——也跟您年紀相同。」

「嗯……呃，那麼，言歸正傳，我平安通過考試，名正言順地在那裡展開住宿生活

——當時的室友就是想影真心。」

「……我聽說ER計畫的考試內容相當困難。」

「嗯，好像是這樣。」

「主人很聰明嘛。」

「不，確實是很難的考試。可是——對我而言，很簡單。」

對，很簡單。

太過簡單。

對我而言。

跟生存相比。

「搞不好是直大哥事前替我打通關係。」我半開玩笑續道：「跟我同寢室——話雖如此，我後來才曉得，真心並不是——通過考試的日本留學生。」

「……苦橙之種。」

「嗯——是實驗品。」

MS－2。

西東天的——遺產部門。

昔日——創造哀川潤的場所。

人類最強誕生的聖地暨地獄。

「就算說是實驗品，並不是一年到頭都被監禁的小白鼠——反而更重視觀察她平常的生活情況、社會中的表現。或許主要是反應實驗狀況的實驗。」
「主人是什麼時候知道這件事的？」
「這件事是指？」
「真心是實驗品——這件事。」
正如朽葉——
或兔吊木一般。
「兩人熟絡之後，當事人自己告訴我的。」
「……沒有隱藏嗎？」
「或者該說，就像公開的祕密。不，除了真心以外，好像還有其他ＭＳ－２的實驗品混在計畫生裡面。這方面我也不太清楚……我想數量應該沒那麼多……可是，真心在那裡面——獨一無二。」
「獨一——無二。」
「那傢伙是人類的最終形態。」我一邊回想，一邊說道：「就這個意義來說，或許並不適合用實驗品這個形容詞。並不是實驗品和試驗品——那或許是完成品。」
「……」
「即使如此——就我所見，想影真心並不及哀川潤——」
當時的我當然無法理解——
現在則能夠明白。

整體來考量，ＭＳ－２——

應該是想用人為的方式製造哀川潤。

時間上的計算吻合。

那個時候是——哀川小姐和西東天，透過藍川純哉和架城明樂起衝突——的數年之後。

正如木賀峰副教授使用朽葉，繼續西東天的工作——ＭＳ－２使用真心，繼續西東天的計畫。

……

我的腦裡浮現「諸惡根源」這個詞彙。

大概正如這個形容詞所述。

那個人——西東天，在被因果放逐以前，留在這世界的因果太過殘酷。

嗯……正因如此。

正因如此，我相信西東天和零崎人識之間，也一定有一種明確的，一旦得知就能當成武器使用的因緣存在——

關於此事，就等小唄小姐的調查結果。

「想要製造……哀川大師嗎？可是，為什麼要做這種事——」

「就跟小孩子想做模型戰艦是相同的道理吧。沒有理由。ＥＲ３就是這種地方。」

我——進入內部之後，非常瞭解這點。非常清楚。他們沒有任何目的。就這個意義來說，可說是跟西東天截然不同的一群傢伙——」

沒有自尊。

沒有節操。

沒有眷戀。

絕不示弱。

令人懷念的——ER3系統四訓示。

他們跟「殺之名」、「咒之名」、四神一鏡、玖渚機關這類黑闇世界的居民們截然不同，充其量只是一般人的集團，然而——

正因為是一般人，所以沒有弱點。

萌太也說過，到頭來，他們才是力量最強的「普通世界」的居民。

普通這個形容詞的——可怕。

他們既沒有主義，亦沒有主張。

「正如同想要目睹世界終結這個目的——他們是毫無目的地想要製作哀川潤。一定是這樣。這種思想當然不是無法理解。例如想跑快一點，或是能夠計算困難的數學，就跟這種幼稚的願望相同——正因為欠缺具體性，所以才有跟目的等重的意義呀，光小姐。這就跟妳原本的主人伊梨亞小姐毫無意義地招攬天才，舉行沙龍是相同的理念。」

「您要這麼說明的話，我也無話可說。」她鼓起雙頰。「好狡猾。」

真可愛。

要是妳用這種表情看我，我也無話可說。

「總之——對ＥＲ３系統而言，真心是重要研究的一個過程——也是終點……嗯，再說得更深入一點嗎？」

「……？」

「我似乎是主動參與了ＭＳ－２研究的任務，包括監視和——照顧真心。」

「……你有自覺到嗎？」

「不，我並沒有自覺到這件事，只是跟真心混在一起而已。那時的我——與其說是活著，不如說是行屍走肉。**沒有做任何事的意識**。只不過——在真心身上看到了玖渚。」

「看到了玖渚——」

「我從小就是提得起放不下的男生。對任何人都以自己或玖渚為基準看待——」

這對玖渚——也一樣嗎？

妹妹。

最源頭就是——妹妹。

「不過，唉，正因如此——我們的交情才好起來的。雖然不知道是什麼時候好起來的，或者是因為哪件事好起來的——總之自然而然就變成這樣。」

「……人際關係或許就是這麼一回事。」

「可是——這並不好。」我說道：「能夠大刺刺地跟想影真心——『苦橙之種』相處融洽的，好像就只有我而已——所以我又被視為特殊人物了。」

「因為主人跟任何人都能相處融洽。」

「崩子也這麼說過……請別這樣，我不是這種人。單純只是——遲鈍而已。我只是跟不上進度的學生。完全跟不上課程內容。勉強應付一時而已。」

這種應付一時——是我的專長。

靠詭技和誇張演技來度過危機。

這是戲言玩家的本領。

學不會教訓——永不在乎。

「我這種落後生能夠在計畫裡求生，完全是真心的幫忙。只不過——一直被監視。」

「……」

「我啊——可是，雖然沒有自覺，但半途就發現了。這傢伙——**被某人動了手腳**，比她自己所說的更嚴重。幸好——我又有**以前的經驗**。」

玖渚友——

天生的天才。

被稱為藍色學者——

她從小就掌控玖渚機關。

「不過……我無能為力。不，我是——不為所動。因為我知道自己無能為力。只是……茫然地看著這一切。」
「這一點都——不像您。」光小姐道：「您雖然這樣說，但一定做了什麼吧？」
「……一點點。只有一點點——我做了相同的事。重複跟以前相同的事。」
「……」
「……可是，真的就只有一點點，而且只有在最後，再者——那種事畢竟一點用也沒有。」
是故——
就跟什麼都沒做是一樣的。
「我跟她一直相處到最後。最後的實驗失敗——想影真心被火燒死。」
「……難為您了。」
「不，可是——結果她還活著。」
「是啊……這是怎麼一回事呢？」
「我想——或許是我這個『朋友』已經失去必要性……造成麻煩，ER3系統、MS-2為了拆散我們，才故意讓我以為她『死亡』。」
然而——這實在難以置信。
我親眼目睹真心死亡。
我目睹——
燒死的橙色。

消失於橙色火焰的橘。

我是證人。

我是被害人。

我是加害人。

「……嗯，真心和我的關係——大略來說就是這樣。如何？光小姐，聽了之後，應該覺得很無聊，沒什麼大不了的吧？」

「不——果然是我太多管閒事了。」光小姐一本正經、語帶歉意地道：「如果我讓您感到不舒服，請您懲罰我吧，主人。」

「……」

總覺得……這個人偶爾就會說出這種聽起來只像在誘惑人的臺詞啊……

我總有一天會輸給這種誘惑。

出現這種想法，就已經輸了五成。

「這……沒什麼。我已經習慣這種糗態百出的人生了。只不過——」我轉開目光，喃喃自語道：「——一想到這可能是我的錯……就覺得——」

「……？」

「我好像是——專門破壞周圍的存在。根據某位年輕貌美的策師小姐的說法。專門招來——不幸和災禍，是事故頻發體質。」

「那種話是——找碴吧？」

「或許。」

「就算是這樣，那也不是你的責任。你根本不必為自己沒有責任的事感到羞愧。」

「……」

「不可以沉醉於這種英雄情緒，錯失現在該做的事，主人。」

「……也對。」

「目前——」

就在此時。

光小姐握住我的手臂。

將它拉至自己的左臂。

同時，輕輕地貼過來。

「……？」

「安靜。」

「什麼安靜——」

胸、胸部。

那絕對稱不上謙恭。

光小姐胸部的觸感。

不、不妙，冷靜呀。

不能混亂，心臟！

不能因為這種小事就驚慌！
這樣才真的是國中生……！
「主人。」
相對之下——
光小姐耳語般地低聲道。
語氣十分認真。
「請保持這個姿勢聽我說。」
「……」
「我們從剛才開始，好像就被跟蹤了。」

2

言談間走了蠻長的距離——
只見前方就是京都市公所。
我們穿過了御池通。
眼前是斑馬線。
信號是紅燈。
我和光小姐——總之就手挽著手，假裝在等紅綠燈。這附近的紅綠燈，南北向的紅燈特別久，至少暫時可以爭取一些時間想下一步的行動。

原來如此——

聽她這麼一說，確實沒錯。

我感到被人跟蹤的視線。

視覺這種東西充其量只是發生事故後的接受器，實際感受的並不是視線，而是——氣息，總之，我覺得——有人跟蹤。

仔細一想，有類似這種的氣息。

雖然不知是從何時開始，從哪裡開始的——

總之，目前有人跟在相隔不遠的後方。

「……光小姐是什麼時候發現的？」

「真正確定是——剛剛。」她用細若蚊蚋，一不注意就會漏聽的微聲道。那就像連發聲也需要技術似地說話方式。「不過……稱不上是高明的跟蹤。之前一直沒發現只是因為我專注於跟主人說話而已。只是粗心。」

「我——也是。」

也可說是出乎預料。

因為我以為對方現在正忙於真心不見這件事，應該沒時間理我，所以沒料到會有這種行為。

嗯……

可是……仔細觀察之下，還真是差勁的跟蹤方式啊。

真的很差勁。

是外行人。而且是超級外行。就算不停下腳步，就算不回頭，我也知道。或者是對方原本就覺得被發現也無所謂……不，實在沒有那種感覺。若是光明正大倒也罷了，對方那種不自然的東躲西藏，完全沒有那種感覺。

「……光小姐，差不多……再十秒左右就要變綠燈了，怎麼辦？」

「很難估計危險程度……總之，為了維持現狀，我們就自然地過紅綠燈吧。」

「好。」

紅燈變綠。

我和光小姐邁開腳步。

「比起這裡——我更擔心真心小姐。」

「……公寓那裡有七七見，沒問題的。她比我更值得信賴。」

「您還真是……信賴對方。」

「因為她是魔女，除了燒死以外，沒有其他毀滅方法。」我說道：「所以，我雖然也很擔心，不過目前更重要的是怎麼處理這個跟蹤者。」

「說得也是……」

「這種情況應該怎麼辦？」

我問道。無論這個人是光小姐還是明子小姐，既然是赤神伊梨亞的直屬女僕，就應該知道一定程度的對應法則。

「對應方法視狀況而有不同，不能一概而論——不過，主要選項可大略分為兩種。簡單來說，對，就是要甩開對方，或是被對方逮住。」

「要以哪個優先？」

「要說哪個的話，就是讓對方逮住。」

「那麼，我們就這樣做吧。」

我們穿越紅綠燈。

繼續在御池通往東走，

進入地鐵站。

地鐵——

地下鐵東西線，京都市公所前站。

買了兩張車票。

「……沒問題嗎？雖然說要讓對方逮住，但說不定是——危險分子喔。我記得『十三階梯』的澪標姊妹打算攻擊主人您——」

「現在尾隨我的好像只有一個人，我想應該不是。」

「可是，說不定其中一個是誘餌。」

「啊啊……我倒是沒想過這個可能性。不過……嗯，就算這樣——這個跟蹤也未免太明顯了。就算是誘餌，也太誇張了。」

「這個，確實……確實沒錯。」

光小姐同意我的看法。

雖然說要跟「隱身濡衣」相比太不公平——但就算如此，這個跟蹤者的手法實在太過粗糙。

「既然我們到剛才為止都沒發現，也不好說什麼大話——而且，就算真的是誘餌，反正對方一定有所設計吧？所以，我們就給對方一個機會好了。」

「……您還真是不怯場的人。」光小姐微笑。「那麼，我就陪您。」

「要是情況危急，妳要一個人逃走喔。」

「您別開笑了。」

我們穿過剪票口，筆直走向月臺。

排隊等待電車。

電車——

儘管不願意，我還是想起萌太的事，不知不覺在意自己的背後，可是，濡衣先生已經不在了，這次也不是排在第一個，這或許是杞人憂天。

電車駛入月臺。

停下。

車門開啟，乘客下車——

我和光小姐進入車內。

發車的廣播響起。
發車的鈴聲響起。
車門正要關閉時——我們躍下。
車門關閉。
電車駛出。
我轉頭一看。
有人跟我們一樣從電車躍下。
「啊。」
是女高中生。

時下流行的褐髮，短裙制服。
看起來很平易近人的紅框眼鏡。
整體看來很嬌小。
「……」
「……」
「——你挺行的嘛。」
我被對方誇獎了。
……不對，這又有什麼好高興的。

「……那個，主人……您認識這位嗎？」
「不，不認識……」
光小姐表情遲疑，我神色困惑。
我真的不認識。
女高中生等電車離開、下車的乘客也離去，在空盪盪的月臺，突然擺起架式。
「哼哼！你不認識我，我可認識你呀，阿伊！」
「……啊，是喔……」
啊，不。
她叫我阿伊。
換句話說——
「對！」女高中生尖聲道：「十三階梯第五階！古槍頭巾——正是我本人！」
我——
我，該怎麼說……呃……
並不是楞住……
並不是傻眼……
嗯。
不知該如何反應。
「……你也說句話嘛，這樣不是很難為情？」

「不……就覺得還真是平凡。」
「平凡？」
女高中生——頭巾瞠目結舌。
嗯呃……
白袍、泳裝、繃帶、「隱身濡衣」之後，只是褐髮女子高中生的話，實在是太缺乏個性了。
「不許你說我缺乏個性！」
「……」
平凡的吐嘈。
嗯。
勉強說的話，很接近奇野先生嗎……
可是，奇野先生是真的很厲害。
那麼，這個女生，其實也是真的很厲害嗎？
應該很厲害吧？
「哼！」
頭巾不知為何露出無畏的笑容。
平凡的無畏。
「雖然這次被你識破——下次可沒這麼容易喔！你給我記好了——」

「我不可能讓妳逃跑吧？」

我一把揪住轉身想要逃之夭夭的頭巾的制服領口。

「嗚！」

她的脖子似乎被勒住了，但連反應都很平凡。

這丫頭在搞什麼……

就連下一步行動都很容易解讀。

「放手！喂！要殺就殺！」

「我知道了。」

我順手將她推下月臺。

「哇——」平凡的慘叫。

「喏，走吧，光小姐。」

「咦？可是……」

「什麼？眼睛的錯覺而已。」

「不，可是……」

「眼睛的錯覺、眼睛的錯覺。」

我們爬上樓梯，向站員出示車票，取回還款，循著剛才走來的路線返回，到了路面。

哦——

這麼一看，市公所還真雄偉哪……
好像城池。
「你是想殺死我呀——」
呿！
居然追來了。
或者該說，呃，就連我也知道距下一班電車抵達還有很久的一段時間。
我心情鬱卒地轉向她。
「呃……古槍小姐？古槍……頭巾小姐？」
「沒錯。」
她不知為何顯得洋洋得意。
一副盛氣凌人的態度。
「那個刀匠？」
「嗯，對呀。你知道嘛。呵呵呵，還算你識趣。」
「……我給妳糖糖，妳在那邊等一下，頭巾小妹妹。」
「哇——糖糖耶……你以為我會這樣說嗎！」
「……」
平凡的反諷吐嘈。
我有點吃驚。

我把口袋裡優格口味的糖果遞給她，向光小姐招招手，兩人一起走到大約距她十公尺左右的位置。

「……妳覺得如何？」

「我……沒辦法判斷。」

「嗯……我也沒辦法判斷……」

「跟其他的『十三階梯』相比，如何？」

「也不是如何……哎……我也還沒見過所有成員，倒也不敢妄下斷語……」

我悄悄轉頭偷看她。

只見她乖巧地舔著糖果。

嗯……這個新京極一帶因為有大量畢業旅行的高中生群集徘徊，無論是任何高中生在這裡都顯得很自然，話雖如此，頭巾小妹妹她實在太過自然。

簡直可以說是沒有存在感。

總覺得盪漾著一股路人甲的氛圍啊。

「如果容我勉強表達意見，她看起來就只像是普通女高中生……」

「我也是這麼覺得……可是，對方自稱是『十三階梯』，而且又叫我『阿伊』。」

「不過——那麼普通的人也能加入『十三階梯』嗎？」

「問題就是這個……」

對狐面男子而言，「十三階梯」既是手足，同時也是怪人集團。儘管從上上個月起，該方針改成專門對付我的集團，可是應該不是完全推翻、消除基本理念。基本上，從言談間聽來，狐面男子對刀匠——古槍頭巾也是非常推崇……

……咦？

不，等一下。

我記得古槍頭巾是……

「不要在那裡偷偷摸摸交談！一點都不像男人！」

頭巾小妹妹氣急敗壞地咬碎糖果，迅速走到我們身邊。

「喏，頭巾小妹妹。」我說道：「我聽說古槍頭巾是老人耶。」

「……」

「聽說是這個業界有名的老人。」

「……」

「妳在看哪裡啦？」

「誰？」

「什麼？」

「你聽誰說的？一味斷定我說謊！搞不好是那傢伙在騙人也不一定呀！回答我，你是聽誰說的？」

「狐狸先生。」

「那傢伙！那傢伙在說謊！」

「妳還敢用那傢伙稱呼他呀。」

「哼。」

頭巾小妹妹又露出無畏的笑容。

態度有夠囂張。

我猜想她接下來一定會說出某種重要的事實，站直身子準備接招，可是她就這麼用手指指著我一語不發，最後連那手指都無力垂下。

「……？」

「……那、那個。」突然間自信全失。「那個……因為我是第十二代。」

「啥？」

「狐狸先生說的是第十一代。」

「……呃……換句話說，」我思忖片刻。「……妳是第十二代的——刀匠古槍頭巾？」

「嗯。」

分明在裝天真。

雖然可愛，正因為可愛，一點都不可愛。

可是——第十二代？

這個女高中生在說什麼？

「……這是怎麼一回事？」

我只能開口問她。

頭巾忽地垂下目光，說道：「你是守得住祕密的人嗎？」

這種假惺惺的演技就不必了，快點說！

唉，不過我還是給她面子，裝嚴肅地點點頭。這一次，她說出了驚人的事實。

「**我是爺爺的代理。**」

「……代理？」

代理——代理品？

替代品（Alternative）嗎？

「爺爺是第十一代，上個月……呃，應該是上上個月吧，加入了『十三階梯』。受狐狸先生邀請。」

「啊。」

呃……古槍頭巾是第五階——應該很早就跟狐狸先生接觸。當然狐狸先生也不是臨時決定「十三階梯」的後期成員，應該從以前就有交集……

「可是，爺爺最近身子不好，是由我照顧的。」

「照顧？妳？頭巾小妹妹？」

「沒辦法呀，我們又沒有其他親戚，也不能把傳說的刀匠送進老人院。」

「……」

我對羞澀解釋的她有些改觀。

原來是一個愛爺爺的好孩子。

覺得她開始有點像主要角色了。

「基本上是幕後成員所以也沒關係……可是，這個月開始，身體情況惡化。」

「惡化？」

「死掉了。」

「……」

好沉重……

居然冷不防來了一個沉重的話題。

這真是出乎意料。

「所以，我是代理。」

「……喔。」

「因為我是第十二代。」

「……喔。」

「嘿嘿。」

「……」

這個……我該說些什麼才好呢？

要說像狐狸先生，也很像……

雖然是像狐狸先生的隨便……

「如果讓繪本小姐看診就好了，可是爺爺討厭醫生。不過，活了九十八歲，也算是壽終正寢了。」

「……這還是平凡的結論。」

我說完，決定先問她疑問點。要是問太批判性的問題，搞不好會自掘墳墓，可是，唉，這個小妹妹的腦袋瓜不太靈光，應該不會有什麼問題。

「那個，呃，頭巾小妹妹和妳爺爺交換的事情，其他『十三階梯』知道嗎？」

「咦？不，我也還沒跟其他人見過。繪本小姐的事也只是聽狐狸先生說的。聽說是品格高尚、態度凜然帥氣，非常了不起的醫生。」

「……」

那個人為什麼要騙她？

老是說一些無謂的謊言，唉。

「狐狸先生原本應該會視時機向大家介紹，不過聽說發生了某種問題，情況亂成一團。所以狐狸先生沒有說的話，大家就不曉得吧？」

「嗯……」

既然如此——繪本小姐在御苑談話時，之所以一句都沒提及，也是理所當然的了。

關於那個「問題」，我想就是真心逃走事件……莫非頭巾不知道這件事？不，就連她知不知道真心的存在都是一個問題。

狐面男子——隱瞞她嗎？

姑且不管——有無意義。

所以，不要隨便提及比較好。
替代品……嗎？
也許真的只是湊人數，狐面男子恐怕無意——讓這個第十二代古槍頭巾參加這場戰爭。出夢也一定只知道第十一代。
「……唉，也罷。」
我吁了一口氣。
總覺得怎樣都無所謂了。
就像毫無利益地被迫神經緊繃。
「那麼，我們回去吧，光小姐。」
「咦……啊，可是，不問她跟蹤您的理由行嗎？」
「啊，說得也是。喂，頭巾小妹妹，為什麼？」
「不要問得一副無關緊要的樣子！」
她又平凡地吐嘈。
一點殺傷力都沒有啊……
「是狐狸先生的命令？」
「不是！是我自己的意志！」
「呦……」
她好像在生氣。

或許只是精神過盛。

頭巾幹勁十足地續道：「我好久沒到都市，所以就去買東西，結果偶然就發現你了，阿伊。」

「……」

真是討厭的偶然……

可是，我覺得不可能是從骨董公寓一路跟來，或許真的是偶然吧。

傷腦筋。

既然「十三階梯」現在分散各處，唉，偶然遇上這個算是最幸運的……能夠碰上這種無害者，或許可以說是某種救贖嗎？

「所以——既然發現『敵人』，身為『十三階梯』，當然不能放過……就是這麼一回事嗎？」

京都市公所前。

要進行戰鬥——往來行人過多。

耳目過多。

我想不太可能。

然而，這個狀況。

這個情況。

對方是闖入醫院的一群人。

不是無法想像。
「我怎麼可能做那種事！」
「……」
嚴肅的思想被對方吐嘈。
雖然沒有受傷，不過有些受驚。
「……不是嗎？」
「嗯！狐狸先生說我什麼都不必做，所以我才答應加入『十三階梯』的呀！」
「啊……果然是這樣。」
從常理來想確實是如此。
畢竟是女高中生。
又不是澄百合學園的學生。
看起來也不像不死之身。
「那——所以說，為什麼？」
「我有事相求嘛！」
「……」
我想回她說「這是有事相求的態度嗎？」可又覺得很平凡，於是作罷。
頭巾趾高氣揚地湊近我。
「刀子，給我！」

「……咦？」

「你有吧？刀子！」

「那當然有不少……」

是指哪一把？

呃，根據我的推測……

「啊啊，古槍頭巾——妳爺爺做的那個開鎖小刀嗎？妳的意思是要我還給製作者——交還至你們古槍頭巾的名下？」

「不是啦！別裝傻！」

「……呃，我哪有裝傻？」

「不是在你那裡嗎——『無銘』！」

「無銘……？」

唔……

突然亮出專有名詞，我也沒轍。

「主人主人。」光小姐拉拉我的衣袖。「應該是那個吧？哀川大師給您的刀子。」

「對，就是那個！」明明不可能知道，頭巾卻大叫道。

真的是有夠吵的丫頭。

「我記得……哀川大師說過。」光小姐似乎已經掌握要領，完全不理會頭巾，向我解釋道：「那把刀……的確叫那個名字。因為哀川大師有借我們看過，我想不會錯的。」

「哦……我倒是不知道名字。只聽說是像怪醫黑傑克的手術刀。」

「就是那個啦！」頭巾說道。

仔細一看——她的眼神頗為認真。

甚至足以讓人害怕。

「那、那個——給我！」

「什麼給妳……就像妳聽見的，我也是別人給的，怎麼可能隨便轉送他人。這種道理妳應該……——」

「我什麼都肯做！什麼條件都答應你！我非得把『無銘』帶回去不可啦！」

「……第一，請不要再這樣大呼小叫。妳答應的話，我們再好好談，頭巾小妹妹。」

我覺得——不能敷衍了事。

想的話就可以，然而，這個情況下，恐怕不能如此。

不過，即便現在不會發展至戰鬥，再怎麼說耳目都太多了，不能算是適合談正事的場所。

「光小姐，這附近有可以談話的地方嗎？」

「我想這附近的環境應該是主人比我清楚才對……」

「是沒錯——可是，因為住在這裡，有時候反而當局者迷。我想聽從光小姐身為專家的意見。」

「嗯……那麼，我們到那裡。」

光小姐指定的地點是從這裡再往東走，下了御池大橋之後的——鴨川。

關於鴨川，我想已無須贅述。

我們到鴨川稍微靠南方的位置。

順道一提，鴨川這個時間到處都是情侶。

所以。

光小姐的點子。

左擁光小姐，右摟頭巾妹。

名為兩手懷春大作戰。

「……」

「……」

「……怎麼了？啊——您在害羞呀。」

光小姐顯得很開心。

我看著她也開心起來。

這方面的感性不知該說是天真，還是世故；不知是一如外表的中學生，還是一如年紀的二十七歲，總之，就是這種感覺。

可是，嗯，的確……混入鴨川的情侶裡是不錯的點子……不過，這沒有倫理上的問題嗎？這附近沒有警察局吧……

「原本呀，」頭巾率先說道：「爺爺加入『十三階梯』的條件就是——取回『無銘』。」

「狐狸先生——這樣答應的嗎？」

「嗯，他是這麼說的。」

「原來如此……」

我持有那把刀，從哀川小姐那裡取得那把叫「無名」的刀，只要調查就能得知……

又開了一張大膽的空頭支票啊。

「可是，爺爺取回『無銘』前就死了……死前對我說他很掛念這件事。」

「他這麼說的嗎？」

「嗯。」

總覺得——

頭巾，突然變大人了。

該說是成熟，還是溫順呢？

剛才為止還覺得她非常聒噪、非常胡鬧，一副得意忘形的樣子。

「所以，給我。」

即使如此。

頭巾明白表示。

並未意志消沉，向我提出要求。

「我想至少供在——墓前。」

「……頭巾小妹妹加入『十三階梯』的理由——也一樣嗎？」

「對呀，不行嗎？」

「不是不行。」

狐面男子究竟有多認真——無法確定。

就算不是因為真心的事情，我也覺得狐面男子打從一開始就無意向其他「十三階梯」介紹頭巾。

心血來潮？一時好玩？意想天開？

替代品……第十一代的替代品。

「不過，既然發現你了……我想乾脆直接拜託你比較快……」

「確實——是這樣沒錯。」

「那、那麼！」

頭巾喜形於色。

似乎是真的很開心。

可是，我搖搖頭。

「等一下……我還沒說完。而且，妳不是答應我不大呼小叫了嗎，頭巾小妹妹？」

「……是喔。」

她哼的一聲別開頭去。

看來是不會道歉的年輕人。

唉，也罷。

「我雖然知道妳的理由了……不過，還不知道妳爺爺的理由。第十一代的古槍頭巾，為什麼想要那把刀子——『無銘』？甚至不惜歸於狐面男子麾下。」

「這……」頭巾欲言又止。「呃……該怎麼說才好呢……因為原本就是爺爺的東西——吧？」

「那把刀子跟開鎖小刀一樣，都是妳爺爺的作品？」

「不是——『無銘』不是爺爺的作品。」

「那是什麼意思……」

「……」

頭巾沉默不語。

我不知如何是好。

「是難以啟齒的事情嗎？」光小姐從旁不知是替我，還是替頭巾解圍。

結果是頭巾接受她的解圍。

「不是——能夠向他人宣揚的事情。」

「……可是。」

「我知道啦、我知道啦，你們只是第三者，沒有必要聽從我的要求——要你交出『無銘』的話，至少要解釋事情原委，是吧？」

「……呃，差不多就是這樣。」

「可是，就算我說了，你也不一定會把『無銘』給我不是嗎？你根本無法保證這件事。如果你保證一定會把『無銘』給我——我就說。」

「……這條件對我很不利，一點都不公平。對我而言，聽了妳的說明再進行判斷，我想這才是目前刀子所有者當然的權利。」

「所以說——這種事我知道啦。可是，不過——對我來說，要是說出原委，就沒有其他辦法了……」

王牌不能隨便出手——嗎？

嗯。

是怎麼——一回事呢？

這是出乎意料的情況。

不過，嗳，可是也可以說是正好。在沒有期待、沒有安排的情況下，能夠順利跟「十三階梯」之一接觸，而且還是如此和平的方式——對我而言，絕對不是壞事。

除此之外，從對方的談話判斷——我方占上風，因為她是替代品——不知道她爺爺是怎麼樣的人物，不過古槍頭巾小妹妹本身極為平凡。

這種狀況、這種條件下，順利的話——雖然是順利的話，搞不好能夠不費任何勞力，輕鬆消除「十三階梯」的一階。既然加入「十三階梯」的目的是那把刀，只要我讓出刀子，頭巾就再無待在「十三階梯」的理由。頭巾離開「十三階梯」的話，對狐面男而言或許沒有任何損失，不痛不癢，不過一階就是一階。

當然——我也必須考量這件事本身就是虛偽的可能性。認同她是「十三階梯」的成員之一這件事也無妨——可是必須考量這個狀況、這個條件可能是她或狐面男子設計的巧妙謊言。

然而——既然如此，那個謊言代表什麼意義，簡直無法判斷。

從我這裡搶走一把刀子，情況也不會有什麼明顯變化。我這點技倆，不管使用什麼名刀，無論使用什麼蝴蝶刀，成效都大同小異，再怎樣都一樣。

——就在此時。

我陷入思考，頭巾神色不安地靜靜凝視我。這個時候——我褲子口袋裡的手機響起。

「啊……對不起。」

總覺得像是讓對方中了空城計，緊張的氣氛頓時鬆散，但我還是取出手機。因為目前正在談論要事，我打算關掉電源。

然而，我無法關掉。

因為顯示的是小唄小姐的號碼。

既然如此——就只得接聽。

「妳等一下。」我說完，站起身，拍掉沾在褲子上的雜草，離開光小姐和頭巾小妹妹，聽著頭巾小妹妹從背後傳來的抱怨聲，接聽手機。

「吾友，向你報告一聲。」
小唄小姐的報告極其簡潔。
「零崎一賊看來全滅了。」

MIGISHITA RURERO 人偶師。

右下露蕾蘿

第十五幕——意外的結果

0

材料不足的判斷不合邏輯。

宛如炸彈一般。

1

十月十五日——星期六。

跟繪本小姐約定的日子。

跟人偶師右下露蕾蘿的——會面日。

我在京都御苑等待繪本小姐。

因為聽說情況不是很好，原本想說有五成可能今天也無法見面，「沒問題。」可是繪本小姐說道：「總算……恢復……恢復至可以說話的程度了。心情也大致冷靜下來了。雖然還不能動……這是我身為醫生的判斷。我、我沒有說謊，是真的。是、是真的嘛……已經可以……非、非常可以，說話了。」

「是嗎——既然如此。」

既然如此，目前的問題就是其他了。

目前的問題。

極其現實的問題。

該如何前往露蕾蘿小姐休養的地點——木賀峰副教授的研究室，前西東診療所，也就是——交通工具的問題。

這種情況，偉士牌和飛雅特都不行。

這兩種都太顯眼。

如果顯眼也沒關係的話，倒也無妨——但可能的話我希望不要讓他人知道我和露蕾蘿交談，而且狐狸先生應該也知道偉士牌和飛雅特是我經常利用的交通工具。特別是他親眼看過我騎偉士牌。姑且不管顯眼不顯眼，車牌號碼就已經曝光了。

繪本小姐聞言道：「你、你坐我……我的車子，不就好……了嗎？」

仔細一想，她既然要片刻不離地照顧露蕾蘿小姐，之前一直要從那裡，從那麼偏僻的郊外到御苑，想當然是自己開車，可是，繪本小姐的汽車對我而言完全是盲點。總覺得……繪本小姐和汽車就像水和油，形象差太多。不知不覺認為她應該是坐計程車的人……原來竟是自己開車嗎？

嗯——

「這樣的話，回程又得請妳送我……」

「好的，沒關係。」

「既然這樣……」

就麻煩她好了。

是故——就請繪本小姐帶我前往在御苑旁違法停車的汽車。

白色賓士。

當然是S級。

「……」

「怎麼了?快上車呀。露蕾蘿小姐……一個人獨處終、終究不好，那個……我也很擔心。」

「啊……好。」我坐進副駕駛座。「那個……呃，這不是什麼重要的問題，不過，這是繪本小姐自己的車子嗎?」

「嗯……是呀。」

「……」

密醫果然很賺錢哪……

怪醫黑傑克。

不，應該是文化震撼。

「唔……冷氣太強了嗎?有一點點冷呢。」

「……是啊。」

原本有些擔心她的駕駛技術，不過雖然稱不上高明，倒也不是差勁到極點。該說是容許範圍，或是勉強及格嗎?跟無照駕駛的光小姐相比，儘管有些生疏，不過只要出了市區，剩下就是山路，嗯，應該沒問題吧。

「啊啊……繪本小姐。」

「什……什、什麼事呢？我、我，我做了什麼不對的事嗎？呃、那個，雨刷沒有開……車檔也對。」

「不……」

她還是一樣精神不穩定嗎？

不要跟她說話比較好吧？

可是，該說的話還是得說。

「那個，星期三——我見過頭巾小妹妹了。」

「咦……啊？頭巾**小妹妹**？」

「啊，呃……」

她不知道嗎？

我簡單向她說明刀匠古槍頭巾第十一代和第十二代的關係——十一代的古槍頭巾這個月初過世，由頭巾繼承該名諱，同時也由她頂替「十三階梯」的第五階。還包括——她加入的目的。

「哦——」她欽佩不已地說道：「我一點都……不曉得。」

「繪本小姐有見過第十一代的古槍頭巾嗎？」

「有的……是很硬朗的老先生。」

「這是醫生的見解嗎？」

「唔……我畢竟沒有替他看過診，只是個人感想。我又不是福爾摩斯，不可能看一眼就瞭解一切。關於外科以外的範圍，不仔細進行觸診等等，就沒辦法確定。而且也不能妄下斷語。」

「是嗎？她說過自己的爺爺已經九十八歲了，也許只是單純壽終正寢。」

「嗯……身體狀況似乎也到了那個年紀。因為偶爾看見他在咳嗽，我也問過『要不要替您看看』……可是被他拒絕了。他一……一定是，討、討厭我……嗚、嗚嗚。」

「開車時請不要哭……」

唉，不過他好像的確很討厭醫生。

不要告訴她比較好吧。

「可是……那個，狐狸先生的行事也真是……難以預料。那個女生……真的是高中生嗎？」

「嗯，她有拿學生手冊。不過——好像並沒有真的去上學。」況且那天也不是假日。

「她是——很照顧爺爺的孩子。從懂事開始，就一直在照顧第十一代。該怎麼說？那個叫看護嗎？」

「老人看護……很不簡單喔。頭巾先生看起來很健康……可是，那也不是……普通孩子能做的工作。」

「——或許是吧。」

關於這一點，我確實小覷她了。

小看了頭巾。

嗯，這點就承認了吧。

「可是——那個，她本身好像完全沒有刀匠的能力。就算不是零，當事人也說自己還只是學徒。」

「……原來如此。」

「從她的話聽來，好像是有這方面的才能——不過要成大器，還要二、三十年吧。這或許算是很厲害，可是——就目前來說，我認為她就是沒有任何能力，非常普通的女高中生。」

「我真的……不明白。狐狸先生……為什麼要、做出把那種女生……捲入、的行為呢？該說是一點都……不像狐狸先生嗎？如果是把敵人捲入……那就算了……那也罷了，可是居然把同伴捲入——很奇怪。」

「既然他沒有告訴其他『十三階梯』——我倒是認為只是湊人數、湊數目而已。他總是這樣隨性吧？恐怕——沒有任何意義。」

「……」

「說不定是被糾纏——因為她很拚命。她說——為了取回『無銘』，什麼都肯做。本來——不是這樣嗎？形式上來說，『請求』身為敵人的我這種行為應該是不能做的吧。就算是不知道這種事情，那個真誠的態度——或許並不平凡。」

「但是……狐狸先生不是那麼容易被糾纏的人唷。他不像你這麼溫柔，也不是……好人。」

「我不溫柔，也不是好人——不過，繪本小姐沒有聽過什麼嗎？關於第十一代的古槍頭巾為什麼想要『無銘』。」

「我連他想要這件事都是現在才初次耳聞……嗯，我一直不知道頭巾先生到底為什麼要加入『十三階梯』……原來真的有目的。」

「不知道可不可以說是……目的。繪本小姐是『為了治療傷者』吧？出夢——理澄是因為迷戀狐狸先生嗎？奇野先生也是對狐狸先生有興趣……濡衣先生則是基於主人的命令……對了，妳知道濡衣先生的主人是誰嗎？」

「不知道耶……我想應該是狐狸先生的朋友——不過這也只是猜測。」

「是嗎？嗯，反正已經沒關係了……澪標姊妹從行動判斷，應該跟理澄一樣是迷戀——狐狸先生。聽出夢說，一里塚木之實也是如此；假如露蕾蘿小姐也跟濡衣先生說得是那樣……他自己也說過，不過那個人還真是受女性歡迎……」

「十三階梯」簡直就像他的後宮。

雖然我無意對他的個人興趣置喙。

「這麼說來，繪本小姐雖然是女性，卻沒有像她們那樣，對狐狸先生迷戀、心醉那些。」

「……」

繪本小姐陷入沉默。

對連朋友都交不到的人而言，這種說法太殘酷了嗎？

我拉回話題。

「真心——不能算是正規的『十三階梯』吧？因為狐狸先生也說是十二人加一。勉強說的話，就是——**為了見我**嗎？這麼一來，剩下的——」

呃，是有幾個人？

人數太多，無法掌握。

「啊，宴九段、諾伊茲和時宮時刻嗎？」

「對。」

「嗯，初期成員的宴九段倒也不是不能理解……可是諾伊茲和時宮時刻就完全無法預料。是像頭巾小妹妹——像頭巾小姐那樣有具體目的嗎？」

「我不知道。不過你在說話時，那或許就會變成問題……可是——目前的問題是露蕾蘿小姐吧？」

「……也對。」

「現在由我來說也很那個……雖然不及木之實，不過要讓她背叛也很困難唷。」

「嗯……濡衣先生也是這麼說的。」

「不過你的話——應該會有辦法的。」

「為什麼？」

「因為你是狐狸先生的敵人呀。」繪本小姐說完，閉上嘴。

儘管不知她那句話的意思為何——但就是不敢開口問她。

就是這種氛圍。

我也陷入沉默。

……順道一提——頭巾小妹妹。

我跟第十二代古槍頭巾約好了。

說得誇張一點，就是停戰條約嗎？

或者該說是不可侵犯條約。

「無銘」。

我最後把那把刀讓給了頭巾。雖然還不知道頭巾背後隱藏什麼內情，可是對我而言，那把叫做「無銘」的刀子，畢竟不是那麼重要的凶器。

我認為讓想要的人擁有即可。

套用狐面男子的話，優秀的武器會選擇主人。既然如此，再怎麼想配得上那個「無銘」的都不是我才對。

我根本不需要刀。

要是容本人擺擺架子的話，那種東西只要心裡有一把就夠了。

不過——當然不可能是無條件。因為我不能毫無警戒地相信她的說法，這是我當然的責任。

是故——信用交易。

到本月底為止，如**果頭巾小妹妹沒有對我出手的話**——那時，以告訴我第十一代持有的內情為絕對條件，我就答應把「無銘」讓給她——不管那是否是我所能接受的內情。前提當然是脫離「十三階梯」。關於此事，頭巾原本就是為了「無銘」才加入「十三階梯」，似乎並無不滿——但好像不知為何我要拖到本月底。

如果是這個條件，希望現在就能交給她——因為年輕人的急性子，她向我要「無銘」，可是，本月底對我也是一項妥協點。

我本來是想說等事情結束之後。等事情全部結束之後，如果屆時頭巾小妹妹沒有對我進行敵對行動的話——這是我的期望。

然而，不能如此。

對頭巾而言，因為「無銘」這件事拜託狐狸先生也無所謂。總之她只是想取得「無銘」，沒有任何主義或主張，拜託狐面男子也好、或是我也好，意義幾乎是等價的。

若然——我也不能不妥協。

妥協點。

那就是——本月底。

現在因為真心到了我們這方，情勢變混亂——從他在澄百合學園的言談間判斷，狐面男子應該是將上個月的戰鬥當成前戲——這個月才打算一決勝負。

九月不會死人——

十月會死人。
喜歡九月。
討厭十月。
他是這麼說的。
如果相信他的這番言論——重點果然是這個月。
對狐面男而言，正因為十月是鬼門——
他才選擇十月當決戰之時。
若然——
至少讓頭巾這個月保持乖巧的話，一切就沒問題了。
就算這是某種陷阱，如果能夠封鎖她這段期間的行動，付出某種等價的物品也為不足惜。不過，前提是——如果她是能夠設計陷阱的巧妙人才。
總之——今天是月中。
還有一半，應該可以度過。
儘管有許多擔心和掛念——**但既然保險沒效**，就只能選擇手法了。
「……」
保險啊……
就連我也因為那個——因為接到小唄小姐的電話，計畫全亂了。雖然原本並沒有那麼深的期待……

攻擊、防禦和保險。

姑且不管防禦——重點是攻擊。

嗯，就算頭巾遵守和我的約定——既然跟其他的「十三階梯」沒有任何連繫，頭巾脫離「十三階梯」之後，與其幫助我，再怎麼說乖乖回故鄉都比較好。既然如此，今後我該採取什麼行動呢……為了真心，我想早點去見時宮時刻……

不，這是多此一舉。

目前的階段——這是多此一舉。

不要想多此一舉的事。

現在要專心對付——右下露蕾蘿。

人偶師右下露蕾蘿——

不用別人說，我也知道這次不會像繪本小姐和頭巾那樣順利。受到狐狸先生的魅力、那種魔力吸引的人物——

異能者。

然而，只能放手一搏。

反過來說，因為對方受重傷，無法對我出手——把只能說話的她當成第一個目標，也算是對接下來的一里塚木之實和澪標姊妹的事情演習。因為這終究是正式的，並不符合演習這種形容詞——但比起一里塚木之實和澪標姊妹，露蕾蘿小姐的難度至少比較低。

嗯，就算無法成為幫手——最低限度必須請她解除對真心設下的鎖鏈。唯獨此事。

「……真心怎麼樣了？」繪本小姐忽地問道。

大概——一直很在意吧。身為醫生。

「還是那個樣子——一會兒睡，一會兒醒，不斷反覆。好的時候，一天大概可以醒個三小時。」

「是嗎……」

「我這幾天證實過了——總之那好像是意識密度的問題。」

「密度？」

「嗯啊，呃，雖然有點像在醫生面前大放厥詞，總之——將意識處於緊張狀態時視為『高密度』，弛緩狀態時視為『低密度』的話——例如生氣、胡鬧，意識興奮的話，活動時間就反比例地縮短——相反的，要是在陽臺喝茶休息，就能夠長時間活動——就是這種感覺。」

「喔……」

「一天能夠使用的『意識』有固定額度——或許應該這樣說嗎。哀川小姐告訴我，時宮時刻的操想術——『時宮』是主掌『恐怖』……原來如此，確實有恐怖的感覺。我不知道她做了什麼夢，可是真心那傢伙睡覺時——看起來非常安穩。」

「……這是最想替她解開的鎖鏈啊。」

「嗯啊——雖然不知道露蕾蘿身為『人偶師』的力量，束縛真心的程度有多大——不過，這是束縛『肉體』嗎？換句話說——可以想成是封印她的活動本身嗎？」

「大概就是這種感覺吧……詳情直接問露蘿蘿小姐吧？**操縱人類的能力**——我是這麼聽說的……但也不清楚詳情。」

「『右下』這個姓氏，既不是『殺之名』，也不是『咒之名』吧？或者是像『澪標』之於『匂宮』，是某種分家的關係嗎？」

「不知道……但我想不是。」

不是——操縱人偶。

而是將人類變成人偶——嗎？

不是人偶士，而是人偶師。

總覺得——十分複雜。

「……呃，伊君。那、那個，這、這或許是我多管閒事，你大概覺得很煩……那個、該說是、忠告、忠告？還是建議嗎……」

「妳說吧。」

「嗯、嗯。那個呀，露蕾蘿小姐……受了那麼重的傷，我想什麼事都不能做——應該是什麼事都不能做，可是，雖然如此，考量萬一的情況，我想還是小心一點比較好。」

「……什麼意思？」

「**小心——不要被變成人偶。**」

我聽見繪本小姐的提醒——點點頭。

人偶——

沒有心靈的人偶。

這——太殘酷。

是令我胸口一緊的話語。

「我不是人偶。」

小心不讓繪本小姐聽見——

我用連自己都聽不見的聲音低語。

2

木賀峰副教授的研究室——仔細一想，目前應該換成過去式的說法比較適當，可是因為她的死亡並未向世人公開，形式上仍是如此——露蕾蘿小姐就躺在研究室二樓，靠近樓梯的房間裡。

明顯是從外部帶來的機械、器具等，幾乎將不算寬敞的室內掩埋，連接至露蕾蘿小姐全身各處。不過，我不知道那是這間研究室原本的治療器材用於治療她的傷勢有些不足，還是繪本小姐的個人堅持。

不過哪種都無所謂。

房間——嗯，原本似乎是病房的房間，也可說是恢復本來的功能——不過室內除了床上的露蕾蘿小姐之外，就只有我而已。

繪本小姐並未陪同。

我原本希望身為醫生的她可以在場，而她本人一定也有相同的想法，可是如果她在場的話——露蕾蘿小姐當然就會知道繪本園樹是背叛者。

這就有點不妙了。

所以，形式上就是本人乘繪本小姐不在的空檔，悄悄溜進建築物中——由本人差勁的演技演出。請繪本小姐在附近讓我下賓士車，徒步走到研究室，繪本小姐出門時當然有鎖門，我習以為常地從包包取出早已用順手的開鎖工具。

她說——一個小時。

她說禁止超過一個小時的會面。

一個小時後，她就會回來。

到那時為止。

然而……

右下露蕾蘿——人偶師。

「怎麼了……真是的，哎呀呀，居然是你呀——阿伊。」

她——

彷彿早已預料到我的來訪，注視走入視野的我——如此說道。

繃帶、石膏、矯正衣、點滴等的治療器材，露蕾蘿宛如被束縛在床鋪的狀態，甚至無法獨力翻身，連轉動脖子都辦不到——所以只好由我主動走入她的視野裡。

就連那個視野——也只有一半。

只有左眼。

「抱歉這個樣子見你——我就連下半身都必須麻煩他人之手哪——阿伊。在你這種長相可愛的少年眼裡，我現在恐怕是看起來非常悲慘——慘不忍睹吧。」

「沒有——這種事的。」我邊說邊推測她的視野中央，主動移至那個位置，靠著牆壁說道：「我並不討厭女性受傷的樣子。我覺得——很美。」

「呦——嘴巴真甜。」露蕾蘿小姐避重就輕地道。

態度剛強，一點都不像是重傷患者。

「就算不是這樣，我也是三五不時受傷的人。對妳相當有——親切感。」

「隨便被人同情很噁心哪——有事快說。」

感覺爽朗——

也可說是態度隨便的露蕾蘿。

「平常就不得而知——現在的我確實是綁手綁腳。要殺我比扭斷嬰兒的手還容易——不，就連嬰兒的手都有可能殺死現在的我。要殺快殺。或者你喜歡敲詐？你看起來不像那種人——不過真要敲詐的話也無所謂。你愛怎樣都好。」

「……我有話想對妳說。」

我一邊小心不要被露蕾蘿小姐的氣勢壓倒，一邊說道。不愧是「十三階梯」，就連在這種狀態下——都能憑精神力壓倒本人。

有一種——想要拔腿就跑的氛圍。

尤其是在面對她以前，先遇上頭巾那種天真普通的女高中生，兩者差異更為顯著。

然而——

確實是**平常就不得而知**。

如果是言語上的勝負。

我就讓那個勝負失效。

就讓它化為烏有。

「我想聽——妳說話。」

「……啥？什麼？我還以為你想幹麼——原來是來勸我背叛的嗎？無聊——快滾。」

「……」

無法——接近嗎？

雖然一如預料。

「妳——」我說道：「妳願不願意背叛——不是我所能決定的。不過，要跟妳說什麼，還有，我要不要離開這裡——是由我來決定。沒有——受妳命令的必要。」

「既然如此——你要說什麼就快點說。」她冷淡地道：「反正我是沒辦法讓你閉嘴的——但是，你可別誤會。我雖然不是什麼有名的壞蛋——不過，江湖道義還是懂得的。」

「真是了不起的忠誠心。我真是羨慕。我這十九年完全跟忠誠心這東西無緣——不，我也覺得那一定是很舒服的感覺喔。無條件、無作為地相信他人。」

「……」

「信賴這東西，是信賴他人那方感到舒服——這我也能想像。只是——一味單向的信賴，就太沉重。」

「……你想說什麼？在那裡故弄玄虛。」

「不，這只是個人經驗談。想說這樣也許可以拉近感情，所以就說說看，我沒有什麼想要說的。因為我們沒辦法交談太久——還是快點進入正題嗎？對了，妳渴不渴？那個吸管是潤喉用的吧？要不要我——」

「不必。我的嘴巴可以動——還是可以咬你的。」

「是嗎？那就這樣好了。」

一點都不——好說話啊。

可以感受到排山倒海的敵意。要是妄自接近她，搞不好身體哪個部分會被她咬掉。

「首先，我希望妳告訴我，露蕾蘿小姐的人偶師能力——到底是什麼？我也推測到其中一部分——但仍然無法掌握全部真相。」

「真心——」

「……」

「真心在——你那裡吧？」她無視我的提問，搶先似的說道：「硬生生逃出我們設下的鎖鏈，逃亡的目的地，除了你那裡，別無他處了——」

「……啊，姑且就算妳猜得正確吧。」我同意她的說法。「嗯，目前我已經知道奇野先生、時宮時刻和妳對真心施加某種束縛。所以——我想要解開它。我絕對不會要妳背叛，如何？關於這方面，可不可以幫個忙？」

既然被搶得先機——我就開門見山說了。

直接請求。

彷彿無技可施般直接說出來意。

「……哈！」

聽見我過度直接的要求——露蕾蘿小姐先是愕然一陣，接著，哼笑一聲。

「的確——你說的我也能理解——可是啊，鎖鏈這東西是用來束縛人的——可是啊，要是你忘了那同樣也是用來保護人的東西，我就很困擾。要是動物園的老虎從籠子逃走，跑到大街上會怎樣？一定是——被射殺的啊。」

「……這是詭辯。」

「這不僅限於我們的世界——就算是普通社會，要是沒有『法律』這道鎖鏈，也沒辦法維持和平狀態吧？常識是必須的——」

「常識？這種話——一點都不適合妳這種人。」

「別一副很瞭解我的口吻，小夥子——不，**這才是狐狸先生的敵人**——或許我應該接受才對。」

「妳——對真心做了什麼？」

那一天。

在澄百合學園無法問的事——

想問，但無法問的事。

我開口問她。

「無聊。」她說道：「不要把別人說得像魔女一樣——阿伊。我們的做法，不過是基於最平凡的常識所為的非常識——要說怪物，那孩子才是真正的怪物。」

「……我沒辦法——否定。」

這跟卿壹郎博士叫玖渚怪物是完全不同次元的事情。真心在那座體育館所展現的動作——確實符合那個稱呼。

就跟玖渚叫哀川小姐人類是相同次元的事情。

非常可惜。

然而——

就連此事，都不是真心的責任。

「可是，既然妳的名字能夠跟『咒之名』的『時宮』和『奇野』並列——也算是那一類角色吧？」

「你可不可以別這麼說呢——跟『咒之名』並列也非我所願……哎，要說的話，我的做法比起賴知的『毒』，或許更接近時刻老爺的『術』——喂，喏喏，阿伊。」

「什麼事？」

「我啊——真心就算在我的調教之下，結果還是那個樣子——那也不是她的全力。話說回來，你不是也見識到——那孩子不費吹灰之力就扳倒人類最強嗎？」

「……」

「即使如此——依舊堅持解開鎖鏈，就我來看，不過是你的自大。為了一匹羊要犧牲九十九匹羊，這可不是正確的選擇。就算美麗——也不正確。」

「事實上……的確如此。可是——我實在看不下去。那傢伙被別人用鎖鏈束縛的景象——我已經不想再看下去了。因為那傢伙——從以前就是如此。正因為這樣，以前還死過一次。現在差不多是——應該解放真心的時候了。她應該可以逃離苦橙之種這個被加諸的咒語。你們——」

我說道：

「包括狐狸先生在內……你們沒有限制真心的權利。」

「孤狸先生——要說的話，不就像是那孩子的親生父親嗎？不過當事人說是『孫子』——」

「父親也好、祖父也好，有些事就是不能做。這種事——再怎麼想都是不對的。」

「這可不是該對人類最惡說的臺詞。」露蕾蘿輕輕一笑。「例如……或者該說是假設、萬一……阿伊，如果我──時刻老爺，還有賴知三人的限制消失──你能夠控制真心嗎？」

「我什麼都沒考慮，關於這件事──不過，姑且不管我能不能控制──姑且不管我能不能擔任那種狀態下的真心的劍鞘──可是，就算這樣，你們控制苦橙之種想影真心的這個狀況，再怎麼想都不是一件好事。與其讓你們控制真心──再怎麼想，倒不如所有人都無法控制來得好。」

「……這種正義之士還真不適合你。」

「不是這樣……控制真心的不應該是你們，也不應該是我，而是真心自己才對，我只是說這種天經地義的事而已。」

「你那是理想論。過於龐大的力量將招致災難也是天經地義的事。」

「喏──露蕾蘿小姐。」

我轉變話題。

現在差不多是轉換的時候吧。

真心的事留到最後。

「露蕾蘿小姐究竟是怎麼加入『十三階梯』的呢？」

「……」

她緊閉雙脣，一副拒絕回答的模樣。

我還是繼續提問。

「老實說，對我而言，這不是什麼有趣的事——這跟這才是如此是一樣的。但即使如此，我想要知道——妳是不是期望見到世界的終結，故事的終局。」

「這就跟人生一樣——」露蕾蘿小姐說道：「——與其一直拖著不死，像煙火那樣瞬間散去也不壞啊。」

「就連那個煙火都要捲入——這我實在受不了。」我說道：「煙火不能對著別人放——注意事項上不是也有寫嗎？連小朋友都知道。妳說自己是幕後人員，或許以為自己做的只有調教真心而已——但不是這樣。我的周圍，我那些重要朋友之所以受傷——**全部都是妳的責任。**」

「……」

「淺野美衣子、闇口崩子、石凪萌太、匂宮出夢和匂宮理澄。哀川潤——想影真心，還有我。啊，當然也不能忘記真姬小姐。所有人——都是因為妳，深深、深深受傷。不但有再也無法癒合的傷——也有再也無法回來的人。」

「……真遺憾，我對那種老套的刺激——完全沒有感到心痛的良心。事到如此啊。十年前的話——那種幼稚的說教，或許還有一點效果——我現在已經是大人了。」右下露蕾蘿如此說道：「有如自己是加害者一般——非常明白。人活著，就不免要傷害他人——既然如此，至少我想要為了某人、某事——傷害某人。」

「……就大人來說，還真是自以為是的意見。」

「任何人或多或少都是如此——就連你也是。為了人而傷害人，為了人而被人傷，總之一天到晚，從頭到尾，都在傷人，被人傷。既然如此，最後都是一樣的。反正這世界就是在某處合乎邏輯、加減為零——」

時間收斂。

替代可能（Jail Alternative）。

世界的——法則。

「世界這東西啊，一開始就是零。」

「……」

「所以說，結束——也沒什麼不可以。」

嗯……

這個是有點——估計錯誤啊。

估計錯誤。

露蕾蘿小姐原來並非一味單純地迷戀狐面男子嗎……迷戀固然是最後推動她的原因，但並不是前提。是因為有確切的前提，她才會肯定狐面男子。若然——對露蕾蘿小姐的攻擊方式就必須稍加改變。

「我是一個人。」她說道。

還是一副隨便的感覺。

「不像『時宮』或『奇野』成群結黨——跟什麼『殺之名』、『咒之名』完全不一樣

——從出生開始就一直是一個人。」

「……露蕾蘿小姐。」

「人偶師這個稱號，是為了求生而取得的——是利用人、傷害人，才活到現在。並不是為了任何人，而是為了自己。就只是為了自己……這是多麼空虛的人生，你能瞭解嗎？」

露蕾蘿小姐——

用左眼瞪視我。

「我聽狐狸先生說過你以前過著怎麼樣的人生。那或許是很辛苦的人生。玖渚機關——加上ER3系統。玖渚友，加上想影真心。或許很辛苦——可是，你就算這樣——還是為了他人行動，對吧？還是能夠為了某人而活，是吧？」

「……」

「你也許確實和忠誠心無緣——可是，你周圍還是有人。你周圍的人——只有敵人而已。」

「——敵人。」

「你要面對的——就只有敵人。」

只有敵人——全部是敵人。

倒也不是無法理解。

究竟是多麼空虛的人生——

我也覺得能夠明白。

儘管露蕾蘿小姐應該會否定——

因為我在周圍的，確實是人類。

即使如此，我還是明白她的心情。

正因為如此，所以明白。

「不知道是生還是死——這種平衡狀態，保持平衡的感覺，堅強而無法崩塌的均衡總是存在。可是——狐狸先生破壞了這個均衡。非常容易地、輕而易舉地。」

「雖然妳加入『十三階梯』是最近的事——不過跟狐狸先生認識時間沒那麼短——沒錯吧？」

「正是。」

「原來如此。」

「我想為了狐狸先生——而存在。那個人替我這種小壞蛋找到活下去的理由。只要是為了那個人——要我傷害任何人都行。」

「……就連自己也可以？」

「就連自己也可以。」她斬釘截鐵地答道。

身受如此重傷，這般嚴重的傷勢——

仍舊如此回答。

毫無猶豫。

全無——動搖。

「露蕾蘿小姐……從妳來看——狐狸先生是怎麼樣的人？」

「所以說——就是最惡。」她說道：「那麼為所欲為、積極樂觀的人——非常少見。更何況是表裡合一——」

「妳好像是把人類變成人偶——既然如此，就不能把狐狸先生變成人偶嗎？」

「就算可以，我也不會做那種事。活著的姿態才是最美的，就算把野生動物製成標本——也沒有意義。」

「……」

「或、或者該說——**我覺得那是不能做的事**。不，也不是這樣……甚至不是這樣。因為就算就那種事——或者不做，大概也沒有差別。」

「唉……我也知道妳想說的事，可是——我很害怕那個人。」

「害怕。」

「嗯啊，害怕——真的很害怕。妳——你們就不害怕狐狸先生嗎？那個宛如將世界放在手掌心玩弄的人。雖然那個人說自己謙虛地隨命運流動，但我只覺得那個人把命運當玩具。所以——我很害怕。我的這種見解，對露蕾蘿小姐而言，又有多少意外性呢？」

「……至少我一點都不害怕狐狸先生。待在他身邊——就能感到安心。」

「安心——」

近似——害怕的相反詞。

「正是。」她續道：「『十三階梯』之中，或許也有人害怕狐狸先生——」

「是誰？」

「宴九段。」

她說了一個出乎意料的名字。

我原以為鐵定是諾衣茲君，要不就是繪本小姐之類的，結果大出意料。

「這是主掌恐懼的『時宮』，時刻老爺說的，嗯，所以應該相當值得信賴——宴非常害怕狐狸先生。」

「宴——九段。」

這麼說來——

出夢說過。

宴九段**跟我很相似**。

這——這是什麼意思？

多次背叛，可是如今仍待在「十三階梯」，目前尚未在我面前現身的謎樣人物——不過，從露蕾蘿小姐的形容聽來，我對宴九段抱持的感覺，相當不同。

「那傢伙，**正因為害怕**——所以才對狐狸先生若即若離——好像是這樣。不過我倒是完全看不出來。可是，嗯……那種感覺也不是無法理解。那啊，就是看到可怕東西——的人。」

「的確是看到——可怕的東西。」

「一知半解的恐懼，想要確認到最後，**知道那其實並不恐怖**——就是如此。**不過，要是真的害怕**——會變成怎樣則是無法預料。」

「背叛是——確認作業嗎？」

「時刻老爺說宴是『膽小鬼』——就算是當面用這種形容詞，宴那傢伙還是一臉無所謂的表情……要說可怕的話，我更害怕宴。」

「是嗎？」

「宴九段。話說回來，那傢伙才是狐狸先生的第一『敵人』候選人——啊。就這個意義而言，老實說——我也覺得你很可怕。並不是完全沒有感覺。正因如此——我非常明白狐狸先生選你當『敵人』的理由。有切身的——體會。」

「——如果害怕的話，能不能請妳就不要跟我為敵？我原本——就不喜歡爭鬥。暴力就不用說了，就連口頭之爭——我都不喜歡。我也希望能跟他人和平共處。其實真實的我是個膽小鬼。」

「比起對你的恐懼——對狐狸先生的忠誠心更強。」

「我想也是。」我點點頭。「可是，唉，姑且不管我的事，首先——」

就在此時。

當我正想將話題轉回真心時——

正想將話題轉回加諸於真心的鎖鏈那時，忽然不由自主地朝窗邊瞥了一眼——

我毛骨悚然。

「咦……？」

忍不住發出驚訝之聲。

窗外——從這個角度可以看見停車場。

那個停車場，

停了一輛汽車。

我見過那輛車。

雙人座的純白保時捷。

而駕駛座——

在駕駛座操控方向盤的人是——

「……西東天。」

狐面——男子。

豈有此理……他為什麼在這裡？

一瞬間，我完全陷入混亂狀態。

「咦？怎麼了？」

從露蕾蘿小姐的位置——從露蕾蘿小姐的姿勢，不可能看見他，因此對我突然停止發言、表情驟變感到詫異。然而——即使如此，我也無法解釋。

為什麼……？

這樣——不就糟了？

這樣很糟糕……怎麼想——現在都不能跟狐面男子面對面。就算加上露蕾蘿小姐，我目前跟「十三階梯」也只接觸到三個人而已。在這種不上不下的階段，我不能跟狐面男子見面。

繪本小姐——不在。

從窗戶能夠辨識的範圍內，看不見繪本小姐的白色賓士。

狐面男子並未發現她嗎？

那麼，只是偶然？

偶然——在這個時間，到這裡？

宛如識破一切？

宛如計算好似的？

猶如策劃好似的？

……彷彿命運。

彷彿——故事。

「……」

八月也是——跟狐面男子在這間研究室「見面」——可是，那時狐面男子只是對我稍有興趣，並未到敵視的地步。

不——

將我定義成敵人，是在這裡。
既然如此——更是如此。
我不能在這裡跟那個人見面。
唯獨目前在這裡。
目前——還不行。
然而，話雖如此……該怎麼辦？
出口——就只有前門玄關。
就算有後門——建築結構上，不可能沒有後門，但我不知道在哪裡。現在開始找，狐面男子也會進入這間研究室。
窗外。
狐面男子停好車，正從保時捷下來。
狐狸面具——便裝木屐。
看起來很涼爽——瘦削的外形。
副駕駛座似乎沒有人——
他是一個人。
他是獨自前來。
狐面男子沒有繞道，筆直朝建築大門走來。不行。已經來不及了。
已經無法——逃出建築外。

我也不可能跳窗……該怎麼辦？要躲到淋浴室之類的地方嗎？

……不行。

太愚蠢了。就算躲得了一時——露蕾蘿小姐不是在這裡？狐面男子不知道我來這裡——若站在這個前提來想，狐面男子來這裡，就是有來見露蕾蘿小姐的——目的。或者他是為了來見繪本小姐……既然如此，無論是要見誰，倘若在淋浴室，就算一時不會被狐面男子發現——只要露蕾蘿小姐告訴他，結果還是一樣。就算真的跳窗，結果也是相同。

假如只是我的問題就算了。

可是——

處理不好的話，將會連累繪本小姐。

這件事——必須避免。

「……」

我無視露蕾蘿小姐不解的眼神，伸手搜索放在地上的包包。包包裡除了開鎖小刀之外，還有那天帶去澄百合學園的各種工具。儘管狀況跟那天不同，就我而言，還是理所當然的準備。當然，我上衣內的那把薄刃小刀「無銘」，也放在背帶裡。

我也沒忘記帶 JERICO 941。

我向她展示——手槍。

「……什麼？結果——最後要訴諸暴力？」她語氣輕蔑地說道：「好呀，你開槍吧

——可是你就算殺了我的肉體——也無法殺死我的精神。」

即便肉體屈服，心靈亦不妥協。

露蕾蘿小姐大下豪語。

「……請不要誤會——這真是太超過。我本來也無意拿出這種東西，現在可能的話還是不想使用。所以——我想拜託妳。」

「啥？你說什麼——」

「請絕對不要說出我在這裡，除此之外——妳要說什麼都可以。」

我說完——以迅雷不及掩耳的速度，毫無半分猶豫地鑽入她橫躺的床鋪下。

勉強能夠容納一個人，真的可以稱為空隙的空間——灰塵撲臉呼吸困難。因為整個人伏貼在地板，所以整個建築的聲音都聽得很清楚。

嘎吱、嘎吱。

有人——走過來。

想當然是狐面男子。

爬樓梯的聲音。

接近這個房間——的聲音。

露蕾蘿小姐想必也察覺到了。

「……你。」

「我從下面瞄準妳——可是，請不要讓我開槍。拜託——不要說我在這裡。」

「……」

沒有回應。

而我在床底也無法窺知她的眼色。

我很不安。

要說躲避一時的話——

這肯定就是躲避一時。

我正想再提醒她一句。

可是，為時已晚。

房門——開啟。

嘎吱。

地板——嘎吱作響。

聲音傳來。

「呦——露蕾蘿。」

第一聲——

那是狐面男子發出的第一聲。

我可以聽見露蕾蘿小姐的吸氣聲。

那聲音透床傳來。

我自然而然地壓低呼吸。

冷靜——不可能被發現。

姑且不管狐面男子其存在及性格，就能力來說，關於肉體能力、戰鬥方面，哀川小姐不是說他跟外行人一樣嗎——不可能發現像我這樣躲在意外地點的人。

即使這樣安慰自己——

心臟還是越跳越快。

就算再如何壓抑呼吸，

彷彿心跳會傳到對方耳裡——

「……你好哪，狐狸先生——」

儘管露蕾蘿小姐在那個體育館面對狐狸先生時還是一副輕佻的態度——仔細一想，這是我第一次聆聽她和狐面男子單獨交談嗎？不——不僅是她，狐面男子是如何面對「十三階梯」——我現在是第一次得知。

床鋪底下。

從床鋪底下的角度——只能看見狐面男子的腳。和服的下襬和腳而已。可是，即使如此，也不可能錯看成他人。在這裡的人是狐面男子——我基於直覺能夠斷言。

「呵，我實在沒想到會再來這裡——唉，這也是沒辦法的。朽葉不在了——停滯的時間也終於開始啟動，看起來像預定調和崩塌——不，這種事怎樣都無所謂嗎？情況如何，露蕾蘿？」

「……一如所見。」她回答狐面男子。「真是——醜態畢露。」

「有什麼醜的？這是為我而受的傷吧？這要是不美，那美又是什麼？妳現在的模樣是最——崇高的。」

「……嘴巴真甜。」

露蕾蘿小姐——暫時沒有要供出我的樣子，我暗自吁了口氣。

露蕾蘿小姐……

「露蕾蘿，要以自己為榮。妳不是盡了自己的任務嗎……關於此，不必對任何人感到羞愧。為我受越多傷，妳就變得越美。」

……呃。

儘管跟我說相同的話，不愧是狐狸先生，該怎麼說呢？還真是有一手。雖然不知道這是年齡的關係？還是從以前就是如此？

「我想妳的傷勢也差不多好得可以說話了——不過我並沒有問園樹，只是我自己隨意的猜測。話說回來，園樹也不在，到哪裡去了嗎？」

「嗯——聽說是有私事。」

「『聽說是有私事』，呵。對那傢伙的私事，我也不太想插嘴，可是要說一點興趣也沒有，就是謊言了。是嗎，原來如此——大門沒有鎖喔。那個超級神經質的繪本，想不到這麼大意。明明有傷患在此，卻這麼不小心。」

「對呀——正是如此。我連動都不能動哪——」

「哎，那個大夫總是這樣。在意也好，不在意也罷——都是一樣的。」

「你還是老樣子哪——**明明發生過那種事。**」

「妳是指真心嗎……哼。」

狐面男子住口不語。

似乎若有所思。

「那件事發生已經五天了嗎……一直躺著的妳或許一點實際感覺也沒有，我可是相當慌張哪。我就稍微說明一下近況吧。」

「不……那種事沒必要說的。」露蕾蘿小姐明顯是顧忌我在才有此發言。「我並沒有——擔心。反正有你在，一定處理得很好——既然有空到這裡來探病，我想一定很順利。」

「……妳這樣說的話，確實是如此。或許是這樣。可是——既然發生不能不處理的狀況，對我而言，就是相當決定性的事情。我真是壓根都沒想到——真心會在那麼唐突的時間點脫逃。」

「這是——我的錯。」她說道：「要是我力有所逮——就算時刻老爺離開一會兒，也不會讓她有脫逃的機會。」

「就算時刻在場，恐怕也未必守得住。要說的話，問題還是那個體育館。如果妳按照預定時間出現，真心就無法辨識——我的敵人。根本的問題，根本的計算失誤就是妳的不守時。」

「……抱歉。」

「無所謂。反正這種事——無論怎樣都一樣。就算那時沒有逃走，就算真心沒有辦識我的敵人——最後終究會發生相同的事情。既然如此，早點發生，也比較容易採取對策。就讓問題表面化的意味而言。」

他還是一樣——樂觀。

莫名其妙地樂觀。

「那麼，就讓我報告一下現狀吧，露蕾蘿。」狐面男子說道。

那語氣彷彿根本沒聽見露蕾蘿小姐剛才說的那句「沒有必要」。

可怕的自我中心主義。

嗯——不過對我而言，當然是非常感謝。

能夠得知狐面男子如何看待現狀。

心跳——漸漸平靜下來。

冷靜。

冷靜地——等待狐面男子的話語。

「妳知道了多少呢——妳知道濡衣離開『十三階梯』了嗎？那麼——如何？妳知道賴知死掉的事嗎？」

「……！」

露蕾蘿小姐——無聲的震驚化為震動，傳到床底的我。

看來她並不知道。

大概是考量病患……露蕾蘿小姐的精神狀態，繪本小姐才特意隱瞞。

「什麼？原來妳不知道啊。」

「我聽說——他在其他地方接受治療。」

「是嗎——嗯，很可惜。」

「……」

奇野賴知之死。

面對若無其事地告知此事的狐面男子——

露蕾蘿小姐再度陷入沉默。

我無法得知兩人的內心世界。

究竟在想什麼呢？

「失去一名可惜的人哪。因為『殺之名』和『咒之名』那群傢伙在人前現身就很罕見，我是真的這麼想。」

「賴知——有受苦嗎？」

「大概有吧。他跟出夢一樣——肚子被打穿了。真心那傢伙在搞什麼？莫非是有心靈創傷嗎——她好像特別喜歡打穿別人的肚子。」

「……」

「別那麼沮喪嘛。這不是妳的責任。而且，面對那個真心，妳還能平安無事就已經像是奇蹟了。首先該為這件事高興才對。」

「……我倒不覺得——是這樣。」

「嗯，或許吧……唉，這也算是我的失誤。太小看——真心了。澄百合學園的體育館，那傢伙不是四個人裡面只有——一個被殺死？老實說，我那時覺得就算四個人都被殺死也是可能的。可是——死的只有匂宮出夢，闇口崩子、石凪萌太、哀川潤——都活了下來。而且幾乎沒受重傷。出夢是八月就應該死掉的傢伙，這次只是彌補而已**所以死得如此容易**——結果，沒有一個人是真心憑自己的力量殺死。」

「……」

「可是——那並不是真心的力量不足，也不是因為真心剛醒——或許應該判斷成單純只是**因為我的敵人在場**。要是我知道這件事——賴知或許就不必死了。」狐面男子淡淡地說道：「可是——就算這樣，還是超出常識。『奇野』和『時宮』，最重要的是加上妳的技術——即使如此，還沒有失去自由意志、自由行動的存在，本來應該絕對沒有才對。絕對沒有，完全沒有。恐怕就連我女兒，人類最強的哀川潤——若是同時受你們三人的鎖鏈控制，一定也無法動彈。」

「嗯——至少這點自信我還有。」

「我可以確信。不過，早知如此，或許應該再找一個有咒語技術的人取代諾伊茲啊——我太重視三枝箭的傳說了。不，就算再找一個人，事情還是一樣。」

「現在——」露蕾蘿小姐下定決心似的說道。

彷彿要牽制我。

彷彿要牽制我的臺詞。

「——現在苦橙之種——在哪裡?」

「……嗯。」

狐面男子——若有深意地吁了口氣。

不妙……被發現了嗎?

不,冷靜。

狐面男子無論何時都若有深意。

要是每次都當真誰受得了。

「露蕾蘿——妳應該也差不多猜到了吧,畢竟妳是真心的『保母』。真心目前恐怕是在我的敵人那棟破爛公寓——雖然還沒確認,但我想不會錯。」

「還沒確認……是為什麼呢?」

「因為沒有必要確認,所以就不去確認。也可以說是避免輕舉妄動。而且——這件事還沒跟『十三階梯』的任何人說過。」狐面男子道:「頭巾老爺子死了。」

「……頭巾先生?」

露蕾蘿小姐這次似乎也很驚訝——可是,還不至於到動搖的程度。「這是怎麼一回事?」甚至還有餘力立刻主動反問。「頭巾先生——被殺?這也是、這也是真心下的手嗎?」

「別妄下斷語,露蕾蘿——頭巾老爺子死亡純粹是天命到了,跟真心沒關係。正式來說，大概是心臟如何如何、大動脈如何如何——哎，說是壽終正寢也不為過吧。」

「……是嗎。」

「就某種意義來說，算是幸福的老爺爺哪——能夠在我舉辦的這場大戰之中安享天年。」

「是什麼時候發生的？」

「這個月初，真心還沒逃走以前。」

「你一直——保密是吧？」

「算是這樣。我需要一點時間來判斷頭巾的代理是否夠格——雖然是直接繼承老爺子的位子，直接成為第五階，不過我還是需要時間看清能力——判斷那個替代品是否**夠格**當『十三階梯』。」

「……繼承，呃……是——第十二代嗎？我聽頭巾先生說過——可是，我記得他好像說過對方只是單純的高中生？」

「還真是老實的老爺子啊。妳的記憶力真好，這種事一般早就忘了——嗯啊，第十二代的古槍頭巾，無論是心靈、身體、技巧、頭腦，都是還在發育中的可愛小姑娘。一般來說，補充失去的階梯是從後面向前推進一級——不過，唉，反正那個小丫頭也算是『古槍頭巾』，這次才允許這種例外。」

「所以——你判斷之後，如何？」

「**非常好哪。**」狐面男子——如此說道：「**那個小丫頭——最棒。**」

我以為……自己聽錯了。

古槍頭巾。

頭巾小妹妹——女子高中生。

他指著那個小丫頭——說她最棒嗎？

狐面男子當然無視我的疑惑——繼續評論頭巾小妹妹。

「也是因為真心的事，沒辦法向你們——其他『十三階梯』介紹，總有一天會給你們看……就算是在我迄今發掘的人才之中，她也可以排前五名。足以排在萩原子荻之後。當『敵人』有些乏味，不過可算是最棒的夥伴。」

「……你並不是全面肯定她呀。」

「嗯啊，畢竟她還沒發展完全——可是還沒發展完全也是理由之一。至少就目前來說，當作古槍頭巾的替代品——應該非常夠格了。」狐面男子下結論。

並不像在——開玩笑。

……我還以為頭巾鐵定是用來湊人數、補人頭——是狐面男子的心血來潮，鬧著玩而加入『十三階梯』的——結果不是嗎？

原來是有——意義的嗎？

她這種存在。

那種普通的——少女。

具有並不普通的意義。

「就跟老爺爺的時候一樣——把『無銘』當餌嗎?」

「餌這種說法不太好——哎,不過,正是如此。那丫頭自己對『無銘』並不執著,算是——繼承爺爺的遺志。現在來說相當罕見,非常重視家人的小鬼哪。讓我稍微想起——理澄那傢伙。」

「……」

「啊啊,妳沒見過理澄嘛——那就別在意我剛才說的話。純粹是無謂的感傷。」

「我就當——沒聽見了。我對你的感傷——沒興趣。」露蕾蘿小姐說道:「所以——頭巾的位子,只是第十一代和第十二代交接,『十三階梯』的人數最後只減少三個人——真心、濡衣老爺和賴知囉。」

「不,諾衣茲也出局了,是少四個人。諾衣茲的傷勢比妳嚴重——雖然只是被車子碾過,開車的畢竟是我女兒。哎,諾衣茲沒有經歷過肉體上的武打場面,只能說是無可奈何。」

「所以……扣除架城先生,剩下——八個人嗎?」

「是這樣吧。不過,我就不會扣除架城。」狐面男子若無其事地說道。

事實上——繪本小姐答應助我一臂之力,頭巾小妹妹又和我締結不可侵犯條約,所以是剩下六個人。不過,從狐面男子剛才的言談聽來,繪本小姐和頭巾小妹妹的事情尚未敗露。嗯,她們兩搞不好是演戲天才,這算是有意義、有價值的資訊,然而——

「可是,」狐面男子——續道:「**這八個人——也不是沒有問題。**」

「咦……？」露蕾蘿發出疑惑的聲音。

我想不可能如此，但她卻像是忘記我就在床鋪底下，就在她的正下方似的，自行主動發問。

「問題是——什麼？八個人的話，就是包括我在內嗎？」

「嗯啊——我到這裡來，就是為了說這件事，露蕾蘿。」

「這件事是指——」

「真心。」不理會因自己的發言而慌亂的露蕾蘿小姐，狐面男子依然故我，維持原先那種口吻說：「真心轉移至對方那裡——交給我的敵人之後，我原本的計畫，預定的今後發展，全都泡湯了。」

「……抱歉。」

「所以，我就說這無所謂了——妳別再道歉了。這聽起來就像在指責我很無能。哼，唉，就算被這樣指責，或許我也無法——否定。畢竟全都泡湯了。」

「……」

「可以說全部心血都化為烏有。」

從床底下吐嘈也挺失禮的，不過我覺得這種說法不太好。

「我事後忙著處理狀況，不得不停止思考我和我的敵人之間的戰爭——不過是幾天前的事，現在已經有種懷念的感覺了。悠哉等待敵人的傷勢恢復，或許是一大敗筆。」

「……」

「沒錯——所以，我目前認為的問題就是，就算我處於停滯狀態——我的敵人恐怕還是會對我進攻。」

「……我不知道。你——狐狸先生，是覺得對付『阿伊』，『十三階梯』八個人不夠嗎？」

「不是——我委婉地傳達，或許可能有這種事，要我的敵人等待我的出擊——嗯，不過，那傢伙一定不會乖乖聽話。」

……

咦……那個可以稱為委婉嗎？

我覺得根本就是直接下令吧。

「所以——是啊，露蕾蘿，換成妳會怎麼做？妳一個人，沒有任何武器或特技，不想造成周圍的損害——又想獲得勝利的話，妳有什麼手段？」

「……這樣能贏的話，就是最強了。」

「不，不對——被稱為最強的是我女兒，不過那傢伙一旦有所行動，反而常常造成更大的損害。露蕾蘿，關鍵是——重點是『不想造成周圍的損害』這個部分。」

「擒賊先擒王——這個情況就是狐狸先生。」

「也不是——這也是錯誤的。」狐面男子興致昂然地說道：「因為這個情況的『周圍』，在定義上也包括敵人在內——希望能夠避免敵人有所損害。」

「……？不可能……有人這樣想吧？」

「就是有。那就是我的敵人。」狐面男子——加重語氣道：「雖然可怕——雖然愚蠢，那個男人，那個戲言玩家，就連對本人我——都不想傷害。」

「……你在說什麼？一點都不像你——這再怎麼說，都對那個——那個『阿伊』評價過高了。」

「不是這樣。我並不是憑印象如此斷言。就連闇口濡衣——貼身跟蹤我的敵人一定期間，一直監視那傢伙——調查我的敵人的過去，乃至於未來——都如此說。」

「濡衣——老爺嗎？」

「正因如此，濡衣才早早脫離『十三階梯』——**甚至請主子變更命令哪**。原本說好到我實現願望為止，都要待在我身旁的——哼。哎，不過當事人有沒有自覺就不得而知了。」

「當事人——是指『阿伊』嗎？」

「嗯啊，那傢伙或許心想——**要殺死我**。無所謂。這種事怎樣都一樣。可是，從這種觀點考量，妳說的『擒賊先擒王』這種戰法也有可能。不過，至少——這件事沒那麼容易。」

「嗯啊——因為有我們在。」

「正是。所以，問題就是該怎麼辦——裝模作樣也沒用。我啊，大概可以預料到——我的敵人會如何攻擊我們——換言之，就是游擊戰。」

「……？」

「那傢伙應該是打算讓『十三階梯』所有成員一個一個依序——背叛我。」

「……！」

露蕾蘿的意識——對著床底。

床舖發出這種嘎吱聲。

背叛。

先說出這個詞彙的是——露蕾蘿小姐。可是，就連她自己都沒想過——對象竟包括自己在內的所有成員。

不過……

真不愧是狐面男子。

儘管沒有察覺繪本小姐和頭巾小妹妹的異狀——憑第六感就預料到這個地步嗎？

「被因果放逐的我，『十三階梯』就是和故事連接的生命線——可說是『Life Line』。截斷這條線，就等於是斷糧。我方一旦受到這種攻擊，就只能固守城池，可是——幾乎找不到固守城池最後獲勝的例子。哼，搞不好已經有好幾人——被對方收買了也說不定。那傢伙出院那一天——同時也是真心從我們這裡逃走的那一天——到現在也有一陣子了。」

「這……怎麼可能？」

露蕾蘿小姐似乎不敢置信，可是，我既然這樣造訪——她大概也無從否認狐面男子的說法。

「那傢伙的最終目的就是——讓本人都背叛——成功的話，就是滿分一百分。**如果可以讓我背叛我**，對那傢伙而言，就是最佳結果吧。」

「……」

「關於這件事，也可能一開始就決定放棄——因為那傢伙似乎很怕我。」

「看起來——是這樣。」露蕾蘿小姐應道。

或許是想起剛才的對話。

「狐狸先生——你認為，」她接著又說：「你認為——那個戰法的成功機率多少？」

「如果扣除——讓我背叛我這件事，嗯，並不是完全不可能。」狐面男子想也不想就回答她。「成功機率——有八成吧。」

「八成……這麼高？」

「八成這個數字絕對不算高。以戰略來說，反而算是成功機率低。不過——話雖如此，或許是值得一賭的數字。」

「我——我不會背叛。絕對不會背叛你——我向你效忠。我發誓過，為了達成你的目的，自己什麼都做。確實如你所言——這個身體的傷，是我的驕傲。」露蕾蘿小姐抗議似的說道：「我不會——背叛你。」

「不，妳會背叛我。」狐面男子乾脆——自在地如此說道：「妳別小看戲言玩家——別輕視戲言玩家。那可是我選的敵人哪。妳不是也認同我的選擇？」

「……」露蕾蘿小姐——沉默不語。

我當然也不可能說話，可是——

對狐面男子的言論也不予置評。

我覺得很棘手。

真的——很棘手。

「假設——我的敵人接觸剩下的八個人——選擇不背叛我，留在我身邊的恐怕就只有木之實。其他人大概一個接一個——被他接收。就連現在極度憎恨他的澪漂姊妹——正因為憎恨，肯定很容易就被說服，我可以保證。」

「再怎麼說——這也太誇張了。」露蕾蘿小姐遲疑一下子說道：「宴或是時刻老爺要說有這種個可能性的話，或許如此，可是澪標深空和澪標高海絕對不會背叛。她們向你效忠，而本人——右下露蕾蘿也是。」

「這種情況，這種忠誠才是枷鎖——不過，嗯，話雖如此——呃，說太久的話，對傷勢不好吧？」

「無所謂。」

「我有所謂啊。算了，前面說的都是前提，是我的前提。妳怎麼想是妳的自由，我要基於以剛才那些前提，繼續說下去——可以吧？」

略帶強迫式的——說法。

甚至讓人感到壓力。

露蕾蘿小姐尋思數秒之後，說道：「……好。」

有一種——極不情願的感覺。

「呵。」狐面男子卻是毫不在意，呼喚她的名字道：「右下露蕾蘿，如果我是我的敵人——第一個想要接觸的就是妳。」

「……」

雖然——不可能知道我目前正在接觸半途，但狐面男子的言論實在太接近核心。

「嗯，怎麼了？妳的反應很奇怪哪。莫非——我的敵人已經跟妳接觸過了嗎，露蕾蘿？」

「……不。」她否定——狐面男子的問題。「那倒沒有——沒有那種事。」

「…………」

露蕾蘿小姐應該不是——因為我隔著床板，用手槍指著她的背。

多半是剛才的話生效之故。

狐面男子的那句——不，妳會背叛我。

因為那句話，她的忠誠——些微搖晃。

僅是些微。

然而，確實搖晃了。

所以——露蕾蘿小姐，決定保留。

對我來說，真是幫了一個大忙。

「呵。」狐面男子說道：「哎，不過這種事——其實都一樣。總之，問題就是——我的敵人首先在想什麼。如果真心在我手裡，一般的想法就是先取回真心——取回這種說法好嗎？總之，他就想從我手裡奪走真心。可是，出乎我和我的敵人的預料，真心自行回到他那裡了。所以，我的敵人接下來想的就是——解除你們對真心施加的鎖鏈。」

實在令人讚佩——完全猜中我方的行動。

該說他解讀命運……

還是說解讀故事呢？

「所以，『十三階梯』之中，應該就會先從——時刻、賴知或妳這方面下手吧？因為從誰開始都一樣，選擇一舉兩得、一石二鳥的人是最自然的結果。」

「當然——是這樣。」

「這三人之中，最容易接觸的就是身受重傷，無法行動的妳。聽過真心的描述，我的敵人肯定會如此判斷。對於賴知的死——妳的重傷，雖然不知道真心有多少自覺，就算她不記得當時的事，可是我的敵人在那座體育館也看到妳滿目瘡痍的身體了。」

「……」

「賴知一死，如今可以解除『病毒』的就是園樹，不過——園樹和時刻都不容易接觸。相較之下，如果是受傷的妳，只要我的敵人有意，應該就能得手。所以——『十三階梯』之中，妳是最容易被鎖定的目標。」

「……」

嗯——我其實是從繪本小姐下手，但這是因為我偶然在狐面男子不察的情況下，得知她的手機號碼……不過如此而已。如果我不知道她的手機號碼，以最初的目標……標的來說，確實會選擇露蕾蘿小姐。見到頭巾小妹妹也是偶然……

真的很可怕。

宛如——在掌上。

玩弄——命運。

「我的敵人——無論多遠，都會前來與妳接觸。然後會要求——第一是解除真心的鎖，第二則是背叛。」

「……」

正是如此。

我獨自在床底下點頭。

「從他的性格考量，當然不會強迫妳。**大概會引導妳——要妳基於妳的意志——解除真心的咒語，並且背叛我。**」

「……」

這方面也——正是如此。

我更加點頭不迭。

這般如在股掌，反而有些愉快。

問題是——

狐面男子**要如何應付**。

對於我的對策，他會如何應付——這才是問題所在。

「我，」露蕾蘿小姐——聲音顫抖地說道：「**就算真的發生這種事**……到那個時候——人偶師右下露蕾蘿本人，難道就會聽從阿伊的指示嗎？」

「沒錯。」狐面男子簡短應道：「就憑那三寸不爛之舌——站著是說謊家、坐著是詐欺師、行走是誑騙主義……不是挺可愛的傢伙嗎？那個男人——比我想像得還要惡質。」

「……你這又太瞧得起——」

「我就算瞧得起他，還是太小覷他了——喏，露蕾蘿。不管妳怎麼想，我都認為妳絕對會背叛我的——我可以掛保證哪。」

「……那你打算怎麼做？」她沉著臉說道：「現在——先把我解決嗎？」

「別說這種危險的話，要是這樣，我也不會親自過來。」狐面男子勸解道：「妳別誤會——我不是來找妳商量的，當然也不是來探病的。我是來命令妳的——露蕾蘿。」

「……」

「『十三階梯』，右下露蕾蘿——不久的將來，那個戲言玩家，我的敵人——出現在妳面前時，以下是我的指示。」

「……是。」露蕾蘿小姐——低聲應道。

氣氛緊張。

狐面男子——下令。

「**背叛我。**」

「……」

令人傻眼的——一句話。

面對恐怕和我一樣，不，多半比我更加吃驚的露蕾蘿小姐，狐面男子對那令人傻眼的一句話——補充解釋道：「換句話說……不是基於妳的意志，而是基於我的意志背叛我——就是這個意思。如果他要妳解除真心的鎖，那就替他解除；如果要妳不要幫我，那這次的戰爭妳就不要幫我；如果他要妳退出『十三階梯』——妳就退出。」

「……可、可是。」

這也很正常——露蕾蘿小姐有些慌張。

一頭霧水的反應。

「這、這樣的話，結果不就一樣——」

「只要妳的心底沒有失去對我的忠誠心——這樣就好。妳不必頑固抵抗。越是抵抗——越是反對，就越陷入那小子的戲言裡。越來越難分辨界線。那小子究竟知道多少，從濡衣的調查也無從判斷——至少那小子至今一直都是這樣——存活下來的。」

「……」

「被動物咬住的時候，不可以硬拔，反而要伸入動物的嘴裡——他就是這種人。這樣的話，妳就不會失去——妳的意志、妳的忠誠。」

「可是，真心——」

「啊啊，那不是意志或心情的問題，而是實際的問題，這也沒辦法——不過，無所謂。只要妳的意志沒事就好。」

「可是——狐狸先生。」露蕾蘿小姐無法理解似的對他說道：「如果我遵從你的指示——就無法成為你的力量了。這樣子，或許不會失去意志或忠誠，但——」

「這樣就好。」

「什麼這樣就好——」她非常錯愕。「狐狸先生——你是說就算沒有我也無所謂嗎？你的意思是『十三階梯』不需要我嗎？這換言之，不就等於——解聘嗎？」

「解聘——不管這個說法正不正確，嗯，或許很接近這種感覺。」

「你要我——退出『十三階梯』？」

「妳別急著下結論——聽我說完。我更不可能有放棄妳的念頭。妳的技術很了不起。只有妳才有的力量——『時宮』、『奇野』，或是『澪標』、『匂宮』、『闇口』都比不上，我對妳的評價很高」

「……」

該說的時候就說這種——逗弄露蕾蘿小姐的矜持的言論。開什麼玩笑！你自己還不是三寸不爛之舌。

可是……不妙了。

我的心跳再度加速。

狐面男子——西東天。
果然不好對付——
封鎖了我的行動。
戲言殺手。
這和兔吊木的手法不同，但——
不，冷靜。
光是這樣還不夠。
如果只有這樣——結果還是一樣。
就算內容不同——結果還是一樣。
有無意志——都一樣。
只要露蕾蘿小姐肯背叛他——
「呵。」狐面男子語氣不變地續道：「所以——就算妳退出『十三階梯』，『十三階梯』的第七階永遠都是妳的。我永遠都會為妳空下。就算妳被戲言玩家的甜言蜜語要求退出『十三階梯』，離開我的麾下——只要妳的意志還在，隨時都能回來。」
「……」
「等事件平息之後，妳再回來就好。」
等事件——平息？
我對那句話感到突兀。

因為——對狐面男子而言，『事件』平息這句話的意義，和我平常的用法完全不同。

「這結果還是解聘啊——」露蕾蘿小姐似乎也有相同疑問，說道：「而且，就算——戲言玩家『阿伊』第一個目標是我，就算——『阿伊』到這裡要求我背叛你，就算——我用你說的方法迴避了。你接下來到底打算如何？對於其他『十三階梯』——你打算下什麼指示？」

「相同的指示。」面對露蕾蘿小姐不顧一切的逼問，狐面男子輕描淡寫地應道：「除了木之實以外——都是這樣。從木之實的能力性質來看，我不必要求她背叛。除了木之實以外的七名成員，包括妳在內的七名成員——我要你們統統背叛。如果戲言玩家如此期望的話。」

「……我摸不清你的意圖。」露蕾蘿小姐——靜靜說道：「這樣的話——你幾乎等於是孤立狀態。」

「相對的，我也不必失去大部分的『十三階梯』。妳也站在我的立場想想啊。諾衣茲、濡衣、賴知、真心——啊，之前還有理澄和出夢兩個人。我辛辛苦苦找來的手足，戲言玩家就拿走了六隻，六個階梯哪——我無論如何都不希望損失再增加下去了。」

「可是……」

「除了木之實以外的七個人，戲言玩家應該都會讓他們背叛。這是既已決定之事。無法避免。已經——變成這種狀況了。對我方而言，也只能搶先出招，讓他的計畫慢一步，可是——在一切都泡湯的現在，說這種話也只是放馬後炮。所以——」狐面男子毫不遲疑地說道：「同樣是背叛，我希望是可以事後修復、事後恢復的背叛。除了妳以外的六個人，我當然也會對他們說相同的話。園樹、九段、頭巾、時刻、深空、高海都一樣。如果戲言玩家要他們背叛——我就要他們別反抗，乖乖遵從。」

「可是——所以說！」露蕾蘿小姐終於嘶聲道：「要是做這種事，你就孤立無援……哼！」

「喂喂，妳別亂動啊——重傷病患。要是今後無法當我的手足，那可就傷腦筋了。」

「所……所以說！這樣的話，你還有勝算嗎？面對那種——能夠讓我們所有人背叛的超級戲言玩家！你打算自己一個人對付嗎？」

「我不是一個人，有木之實，而且還有明樂。」

「這樣也只有兩個人！」

「是三個人吧？」

「別開玩笑了！你應該知道——我有多麼替你擔心！」

「『你應該知道我有多麼替你擔心』，呵，擔心啊。我倒是希望妳可以信賴我。」

「你、你給我正經一點——」露蕾蘿小姐怒上心頭，反而不知該說什麼才好。

「——！你簡直是瘋了！既然你這樣說，那就隨便你好了！不過，接下來會發生什麼事我可不管！是你贏還是他贏，反正到時候我該回去的地方大概也不存在了！」

「妳是沒在聽我說的話嗎？妳該回去的地方，就只有我這裡，『十三階梯』的第七階。嗯，數字或許會有些變化。」

「可是——『阿伊』打敗你的話就不用說了！就算你和木之實、架城明樂打敗『阿伊』——那時世界不就終結了？或者說——你說的『世界終結』、故事終局，永劫終章，之後還有後續嗎？」

「沒有。」他說道：「沒有後續，才叫終結，這是非常明白的道理。」

「那到底是怎麼一回事？」露蕾蘿小姐的話語——宛若悲鳴。

猶如求助的悲鳴一般。

我的胸口一陣刺痛。

光是聽那聲音——就刺痛不已。

然而，狐面男子卻若無其事。

「呵。」態度依舊地應道：「妳聽我說，露蕾蘿。」

「說什麼！」

「我決定不再對我的敵人出手。」

我差點——

忍不住驚叫出聲。

情急下伸手捂住嘴。

停止呼吸。

心跳——瞬間達到極速。

就算有一段距離，

露蕾蘿小姐，

狐面男子——說不定都能聽見。

「你……說什麼？」

露蕾蘿小姐——

對狐面男子突如其來、難以置信的言論，

勉勉強強——反問。

「你……剛才說什麼，狐狸先生。」

「妳應該聽見了吧。我今後不再對——那個戲言玩家出手。今後不再對那小子出手。我放棄——把那小子當敵人。」

「放、放棄——」露蕾蘿小姐支支吾吾道：「豈、豈是如此簡單——」

「不簡單，這可是我深思熟慮的結論。本人非常罕見地深思熟慮，這幾天——哪。換成日本象棋術語的話，就是認輸。」

「……」

「真心被搶這件事是——關鍵。那步棋是我們下錯了。等於一次被對方拿下飛車、角行、金將和銀將。不，不光是飛角金銀——就連桂馬和香車都被搶走了。步兵也折損一半，就是這種狀況。呵，為了對付他才找來的諾衣茲，早早就從『十三階梯』出局，說意外也很意外啊。總之——正因為如此，我已經無技可施了。」

「可、可是——」

「我當然沒有放棄我的目的。我一定要看看世界終結，也會讓妳目睹。這個名為世界的故事，在名為命運的作者手中，將如何迎接終局——我會依約向妳展示。不過，我決定放棄與那個戲言玩家為敵的途徑。」狐面男子說道。

他似乎——在笑。

「對我的手來說，那小子太大了。看來這似乎是不能碰的棋子。」

「……」

「妳雖然那樣說，可是——我還是小看他了。評價過高其實是評價過低，我太輕視那小子的無為式。」

「無——無謂？無謂式？」

「不，漢字——算了算了，哎，怎樣都無所謂嗎？總之啊——在那小子周圍的話，什麼事都不順利——沒有人能達成目的。當事人什麼都沒做，周圍就自行發起瘋來。只為隨便、只為不存在而存在的公式。面對這個公式，渴望、期望、希望、盼望——都毫無意義。」

「……這太亂七八糟了。」

「他就是這種亂七八糟的存在——就是破壞故事的存在。正因如此——那小子才有加速故事的資格。這就跟第十二代頭巾相反——身為夥伴，沒有人比那小子更麻煩，不過，變成敵人的話，就找不到比他更有趣的人——本來應該是這樣。」

「……本來。」

「嗯啊——可是，連我都沒想到那小子連變成敵人都這麼麻煩。不，我有想過。畢竟是敵人，是我的敵人，不可能不麻煩。所以我想過，我知道——不過，我並不理解。對——正如剛才所言。就算是敵人——存在於周圍的事實還是一樣。所以，我也要——瘋狂。我的渴望、期望、希望、盼望——都不可能實現。」

「不可能……實現。」

「我當然也是抱持覺悟面對戰鬥——我並不認為『十三階梯』可以全身而退。可是，真心脫離我，是原本的劇本上絕對不能發生的事情。這種——絕對不能發生的事情，還是發生了。而且——輕而易舉，非常輕而易舉地發生了。就因為時刻剛好不在場這種無聊的理由。」

無聊的——理由。

的確是很無聊的理由。

沒有任何伏筆，唐突的事件。

反過來說——很不合理。

非常不合邏輯。

硬生生地——扭曲道理。

「恐怕——我要是繼續堅持，將失去『十三階梯』的大半——不，是幾乎所有的成員。就連木之實，雖然不會答應對方的籠絡——既然真心變成對方的牌，就不是絕對。單憑『空間製作』，無法對敵人造成損害。我——除了明樂以外，事實上等於失去所有手足。」

沒錯——

這就是我的戰法。

目前實行中的戰略。

摔下手足——最後是首腦。

擊碎首腦。

擊碎——首腦的目的。

「我不想讓損失繼續擴大。」狐面男子下結語似的說完——沉默。

露蕾蘿小姐也沉默片刻，才問道：「……你這是認輸嗎？」

那是責備的語氣。

「對，就是認輸，就是投降。」他輕輕應道。

那是曉諭的語氣。

「就結論來說，挑戰他就是為了品嘗敗北的滋味。那種——不會拳腳相向的傢伙。」

「……」

「所以你們——手足們也不必出場。別反抗他。順意吧。阿諛吧。就只能如此。要求對方積極使用戲言的是我們，先下手戲弄對方的也是我們，不過——實在沒想到對方如此厲害。根本沒得比。完全跌破我的眼鏡哪。我找錯——敵人了。」

「但是——他是你的敵人。」

「嗯啊，我現在也是這麼認為。那小子是我的敵人，是我的天敵。不過——我的力量完全不是敵手。這是初期階段就忽視的問題。事到如此，我沒有足以對抗對方的手段。單方面地將對方視為敵人太過二百五，但這就是鐵一般的事實。所以——我要退出戰局。」

「是一時撤退嗎？現在暫時退出，等時機成熟再挑戰『阿伊』——」

「不是，我不會再對那小子出手了。不再跟他保持關聯。斬斷——跟那小子的因緣。」

「斬斷——因緣。」

「這當然不容易——可是，比起跟他作戰，這要好太多了。為了目睹故事終局，我要採取其他手段。這條門路已經結束了。」

「結束——」

「這是第幾次失敗呢？我也感到厭倦了啊……不過，我還有下次機會。這條門路失敗，並不代表一切都要失敗。」

「……狐先生。」

「並不代表一切都要泡湯。」
「不、不必重複說。」
「幸運的是，不幸中的大幸是，這次跟我的敵人作戰的戰果，就是舊型號回到我手裡——關於那個舊型號，原本是想盡快還給我的敵人，讓他好好使用。結果卻把新型號交給了對方，就以物易物而言，算是破格交易，對方不可能有怨言。」
「這倒是。」
「嗯啊，所以露蕾蘿，如果我的敵人來這裡——不是這裡也沒關係，總之，如果我的敵人出現在妳面前——無論對方說什麼，妳都要像奴隸般遵從。不能反抗。替他解除真心的鎖，如果對方如此要求的話。這樣的話，無論事情如何發展，都是他的責任，與我無關。」
「…………」
「妳的回答呢？不聽——我的令命嗎？」
「不——」露蕾蘿小姐——毅然絕然地回答狐狸先生：「——我知道了，就如狐狸先生——所願。」
「呵、呵、呵。」狐面男子笑道：「多謝啦。」
他聽起來——很愉快。
就像是——非常享受這種發展。
對自己的敗北。

對自己認輸的喜悅。

「啊啊，還有，這件事應該不用我提醒——因為我不想跟我的敵人有任何關係——妳就把我剛才說的那些全部告訴我的敵人。過去一切也全部向他道歉——謝罪。嗯，雙方出戰的死亡人數應該是不相上下，不過——畢竟是我們先出手的。」

「你不打算——見他？」

「『你不打算見他』，呵，我也打算這樣告訴妳呢，露蕾蘿。我也算是見過不少角色，可是——那一型的人，除了鏡以外，還是第一次見到。」

「……」

「如何，露蕾蘿？這純粹是基於好奇心的問題——我和我的敵人，從妳的角度來看——誰才是最惡？」

「那當然是——狐狸先生。」她答道：「無論怎麼想——都沒有比你更惡的人了。這種狀況下，在這個階段退出——除了最惡的你以外，沒有人說得出口。」

「呵，這算是誇耀我吧？這個手法只是模仿——我不是原創者。」

「……？」

「**無戰無敗，是故最終**——有時候也能從後輩身上學到東西啊。這不是最惡的手法，而是最終的手法。就是所謂的最終手段。如果舊型號也能如此應變，十年前說不定早就有結果了。」

「接下來——你打算怎麼辦？」

「說得也是。總之，先在一樓等園樹回來。我也必須對園樹說相同的話。由妳轉告也一樣，可是，這種事是誠意問題，不能由他人轉達。園樹之後是──時刻吧。接著是九段、頭巾、深空和高海──呵。深空和高海，澪標姊妹很麻煩啊。目前總算是封鎖她們的行動，可是──要是告訴她們這件事，搞不好會發飆。還是找人幫忙比較好嗎……而且我也想趕快補齊缺少的階梯。」

「不、不是，不是這件事──我是說更後面的事。」

「我不是說了？就是故事終局、故事終局、故事終局──囉。具體的點子也不是沒有，已經有一些了。要發揮舊型號的最大力量……那時妳當然會幫我的忙吧？」

「……當然。」

「還有──這次原本是想單純探病，不過我接下來就要離開這片土地。偶然也好、必然也罷，我絕對不想見到我的敵人。所以，首先就要完全阻絕物理上的接觸機會。咦──」

狐面男子冷不防住口。

他似乎在看──窗外。

窗外的──停車場。

換句話說。

「……園樹大概回來了。呵，居然明目張膽地開那種好車，真叫人生氣……停車技術真爛啊。喂喂喂，那麼爛的技術別停在我的保時捷旁邊哪。而且幹麼特地停得那麼近……喂……等等、妳！豬頭！妳想幹麼？」

他非常慌亂。

繪本小姐看來很不會停車。

「哼……好，嗯，大概就是這樣。」

最後總算沒有發生擦撞。

狐面男子──移動腳步。

「那我現在就去跟園樹說──把她弄哭就麻煩了，必須比對妳更小心。還好妳很懂事。那我走了──露蕾蘿。」

「呵──」

「唉──這種姿勢送客真抱歉。」

「替我向我的敵人打聲招呼哪。」

然後──

狐面男子離開房間。

真的離開了。

我──

一時搞不清楚狀況，一動也不動。

真的不知道該怎麼辦。

不敢動。

「你出來啊。」最後，露蕾蘿小姐主動說道。

我聽從指示。

從床鋪底下——爬出來。

「……謝謝。」

不知道該說什麼才好——我首先向她道謝。「哼——」露蕾蘿小姐用鼻子哼笑一聲。「我沒理由接受你的道謝——因為我是被迫的。」

「這種不識趣的手段——我向妳道歉。」

「我也沒理由接受你的道歉——沒裝子彈的手槍，完全不構成威脅。」

「……妳——發現了嗎？」

「你可別小看我，小弟弟——有沒有裝子彈這種事，從手槍的形狀、握手槍的方法大概就能看出來。我可是專業玩家哪。」

「小弟真是有眼不識泰山。」

「很有趣——不是不識趣。明明帶了手槍，還特地取出子彈。」

「這種事——只是一時粗心。因為以前發射過，一直忘了補充子彈而已。」

「就當你——是這樣吧？」露蕾蘿小姐如此說完——陷入沉默。

我還是不知道該說什麼。

狐面男子——居然說出那番言論——實在是出乎預料。我原本還想，說不定是識破我躲在床底下，才故意那樣牽制我，可是——看來又不是如此。

那是認真的。

他是真的決定——不再對我出手。

然而……豈有此理。

那般固執的狐面男子。

為了達成目的，任何犧牲都在所不惜的西東天——居然如此乾脆放棄打敗我。把真心讓給我，對狐面男子的優越地位明明毫無影響，他卻——

太沒勁了。

實在是，太沒勁了。

不……

仔細一想，或許不是這樣嗎？

狐面男子的確很固執、很偏執，可是——這僅限於他的目的。至於目的之外的一切事物，那個男人極度淡泊。

既淡泊，又無情。

而且——對狐面男子而言，我充其量只是敵人。

不過是敵人。

不是——目的。

狐面男子的目的，絕對不是我。

世界終結。

故事——終局。

沒有執著於我的必要。

八月。

在這個木賀峰約副教授的研究室。

狐面男子手舞足蹈——欣喜萬分。

對跟我邂逅一事。

對跟自己的敵人——相遇一事。

那種欣喜是出自真心。

然而——

那種事才是其實都一樣。

那種程度的欣喜——對狐面男子而言，是隨時都能取代的。我這種角色不過是經過、不就是經過——如果有替代品，當然就選別的。

所以——不是我也無所謂。

是我也沒關係，但——

不是我也無所謂。

然而。

「正如你剛才聽見的——」露蕾蘿小姐說道：「其他解說都是畫蛇添足，我應該不必再說什麼吧？因為你是親耳聽見的。這種機緣——確實很了不起……你應該感到開心。這場勝負——是你贏了。」

「就算說是我贏——」

我根本什麼都還沒做。

八月也是，九月也是。

而就連十月也是。

結果，我不是什麼都沒做嗎？

我沒有做任何具體的事。

「這不是不戰而勝嗎——不，不對，因為狐狸先生是——認輸嘛。你比狐狸先生了不起。雖然我一點都不覺得，可是——既然狐狸先生這樣說，那就不會錯。」

「可、可是、可是我——」

「我——我怎樣？我不想聽。」

「……如果我不阻止——狐狸先生，如果我不阻止期望終結世界的那個人達成目的——」

「哈！」露蕾蘿小姐——發出譏諷的笑聲。「你夠了吧——你可以閉嘴了吧，阿伊。狐狸先生都說不會對你出手了——不再傷害你周圍的人。既然這樣——不就好了嗎？」

「可、可是——」

我陷入混亂。

混亂——向我撲來。

翻攪我的內心。

我說不出——一個所以然來。

甚至想不出任何戲言。

「你別再裝什麼好孩子了——你原本行動的理由，不就是自己珍視的人受傷了嗎？你剛才不是說過這種話？狐狸先生都說不會再做這種事了。你也沒有行動的理由。你自己應該最清楚——現在已經沒有你出頭的理由了。」

「……」

的確——如她所言。

狐面男子既然不再對我出手——『十三階梯』既然不再對我的言語有任何反應——完全出局。

可說是束手無策。

什麼跟什麼……被擺了一道。

這不是戲言殺手——而是徹底封鎖我的行動。繪本小姐、頭巾小妹妹，因為我已經跟這兩個人接觸，儘管出招有點慢——可是，狐面男子對我的這一手高招，也真的夠快了。

什麼認輸——簡直就是將軍。

這種狀況，根本就是不分勝負嘛。

甚至拒絕曖昧不清。

不明的狀況繼續維持不明。

真是悲慘的——結局。

事到如今，居然說要退出——

西東天。

你開什麼——玩笑。

「……所以呢？我解除真心的鎖比較好吧——阿伊？你怎麼說，我就怎麼做。」

「那……請妳解除。」

唯獨此事。

必須請她解除。

露蕾蘿小姐嗤嗤笑道：「你可以放心——這件事狐狸先生也不曉得，知道的就只有時刻老爺、賴知和我三個人——要解除施加在真心身上的三道鎖，其實很簡單。」

「簡單……？」

「今天是幾號？我對時間比較遲鈍——對日期沒什麼感覺，你告訴我吧。」

「十五號。」

「是十月的十五號吧？」

「嗯。這種事，這點事，不用說也知道吧？我再順便告訴妳，今天是星期六。什麼事？妳有什麼想看的電視節目嗎？」

「別這麼怒氣沖沖的嘛——哪。既然如此，阿伊，再忍耐半個月就好。」

「半個月？」

「就算什麼都不做，到十一月以後，我的『人偶』、時刻老爺的『操想術』、賴知的『病毒』——統統都會像大夢初醒一樣消失無蹤。」

「……就算什麼都不做？」

露蕾蘿小姐的那番話相當震撼。

她見我擠不出第二句話，就說道：「沒錯。如果你肯帶她到這裡，我也可以更早替她解除——不過，考量真心的身體狀況，讓她靜養是最好的。我和時刻老爺的『術』、『技術』是精神、內部的——只要不和我見面，不和我接觸，一段時間之後就會自然風化。至於賴知的『病毒』，簡單說就是利用藥物抑制真心的體力，所以——新陳代謝之後，就會恢復正常。」

「……居然——這樣簡單。」

啊啊——

不過，有暗示。

關於美衣子小姐的症狀，狐面男子說過：「生命力強的人，一星期就能排除那種毒。」

他當時是說——排除。

所以兩者是一樣的道理。

右下露蕾蘿。

時宮時刻。

奇野賴知。

只要——等待就好嗎？

「只有賴知的『病毒』，我不知道裡面有什麼，請大夫代為清除或許比較好——我和時刻老爺的鎖，交給當事人的精神治療能力即可。」

「這個解除法——連狐狸先生都不知道嗎？」

如果知道，就不會那樣說。

她點點頭。

「因為他說——我不想聽，不用告訴我。嗯，對於想要一直控制真心的那個大人物，知道解除法也好，不知道也好，應該都沒差吧——不知道反而不必為此煩惱，或許比較好。」

「……」

不必為此煩惱——嗎？

「所以，你要怎麼辦？」她不懷好意地問道：「接下來——你打算怎麼辦，阿伊？」

「……首先，我不能——全盤相信你們說的話。你們也可能是為了讓我鬆懈，故意騙我。」

「我倒是完全沒有這種意圖。」

「可是，不必冒險去見『十三階梯』的所有成員這件事——很可惜確實如此。」我說道：「正如狐狸先生所言——我原本是如此打算。是如此計畫。而這個計畫的第一彈，就是說服妳背叛他。當然是請妳基於自己的意志背叛。」

為了不讓繪本小姐和頭巾小妹妹的事情曝光，我多少在其中摻雜一些謊言，繼續說道：「可是，事情變成這樣——這個戰術已經失去意義了，就算擰下手足——事後還能接回去、黏回去的話，不就像是塑膠模型一樣嗎？這不就像是可動模型嗎？就算擰下這種東西的手足，也毫無效果。況且首腦不對著我的話——根本不痛不癢。」

「正是如此。」她笑道：「就算背叛、背叛、背叛——我們的忠誠都堅定不移，就像真渦蟲（Planarian）一樣。你的戲言——已經失效了。」

露蕾蘿小姐說完，閉上眼睛。

彷彿在宣示自己的勝利。

這確實，是我敗北。

先輸後贏——就是這種情況嗎？

「……如果解除方法就像妳說的那樣，與時宮時刻見面也完全沒有意義——真的束手無策。不，這根本就——根本就是散會。」

這樣就——結束了嗎？

八月開始算起，前後大約三個月，狐面男子和我的因緣之戰，這樣就結束了嗎？

這未免太過簡單。

正因為簡單，所以才是結束嗎？

既沒有高潮，

也沒有熱情，

更沒有投入，

沒有解謎，

沒有關鍵臺詞，

沒有精彩的動作場面——就結束了。

這當然不是所有事物的結局。

既不是世界的終結，亦不是故事的終局。

返回平凡生活。

不過是回歸平凡。

不過是回歸和平世界。

結束之後——等待的是一如往常的生活。

自然地。

過於自然地。

返回——出發點。

「總之……還是不能鬆懈。我會留意你們的動靜。可是——事情變成這樣，我已經沒辦法出手了。我向妳保證，不會侵犯你們。我今後也是——再也不干涉你們的作為。請妳這樣告訴……狐狸先生。」我對露蕾蘿小姐說道。

不認輸地說道。

「這場勝負——是我贏了。」

既漫長，又短暫。

既短暫，又漫長。

永遠的剎那。

永不結束的瞬間。

然而——已經結束了。

這樣就結束了。

朽葉。

小姬。

真姬小姐。

理澄。

出夢。

萌太——

各位。

看來一切都結束了喔。

「……啊。」

窗戶——外面的停車場。

保時捷發動油門。

他雖然那樣說，可是跟繪本小姐的談話，似乎不像露蕾蘿小姐那麼費時就結束了。反正一定又是簡短告知要件，簡短結束對話。

他走了。

狐面男子，離開了。

他離開了。

斬斷與我之間的因果。

斬斷與我之間的因緣。

宣告跟我——絕交。

就此離開。

不會再見面——

不會再見到他。

無論有緣與否。

我們不會再見面。

我當時如此認為。

第十六幕——前夜

濡標深空
MIOTSUKUSHI MISORA

濡標高海
MIOTSUKUSHI TAKAMI

殺手。

0

無秩序的順序。

由右向左排列。

1

京都的十月，嚴格來講還是夏天。

好熱。

讓人難以忍受的熱。

然而，儘管如此——

隨著時間流逝。

隨著時間的流逝，漸漸變得緩和起來。讓人即使走在路上都會感到要被晒昏般的暑氣，漸漸地，變得薄弱。

就連僅存的疑問也是——

隨著時間的流逝，漸漸地，變得薄弱。

西東天。

狐面男子——如他所宣告的，從那天之後，對我——真的，再也沒有出過手。而我這邊，自那件事之後，經過與繪本小姐的討論，也作出了將與「十三階梯」間的聯繫中斷——暫停一切活動的決定。

所以——什麼事也沒有發生。

什麼也。

什麼也沒有，發生。

「嗯……」

繪本小姐，

明顯十分不安的樣子。

「今後……我、我該怎麼辦才好呢？」

「就算妳這樣問，我也——」

「狐狸先生要我們背叛就好，可是，我，我已經背叛了。之後……該怎麼辦呢。」

「即使放棄與我為敵——這也不代表說，狐狸先生失去了他自身的目的。妳如果和當初所說的一樣，是打從心底不想讓世界終結的話——那麼就應該以自己的意志，確實地、堅定地以自己的意志，脫離『十三階梯』才對。」

「……說的也是。」

「但是——當然，雖然話是這麼說，但總不能留下露蕾蘿小姐一個人，就這樣離開。至少在她恢復到可以靠自己步行的狀態前，還要拜託繪本小姐一陣子了。」

「嗯。我原本……就是這麼打算的。畢竟我是醫生。右下露蕾蘿在這幾個禮拜之內，仍不能離開我的，我想。」

「那麼——就先這樣吧。」

「……那個，這，不算是分別對吧。」

繪本小姐膽顫心驚地問。

「還，還會——再聯絡我對吧？今，今後，我們還會，繼續好好相處對吧？我，我們是，朋友對吧？今，今後也會，一直做我的朋友對吧，阿——阿伊？」

「當然了。約定好的法蘭奇，還沒有請妳吃呢。」

聽到我的回答，繪本小姐——露出了無力，但看起來又十分快樂的，微笑。

總之——原本我打算先發制人的戰略，被狐面男子給反將一軍。

我，什麼也沒能做成。

什麼也沒有做——

只有，時間不斷經過。

疑念變得稀薄，疑惑逐漸消失，緊張慢慢散去。

剩下的只有，日常生活。

充滿平凡與普通。

奇異的事情，什麼也沒有。

不。

雖然只是漸漸的——

各種各樣的事情，都變回了原樣。

回到了，原來的樣子。

首先，是真心。

苦橙之種，想影真心。

若露蕾蘿小姐所言的確屬實，真心的睡眠時間……雖然只是稍微縮短了一些——這也代表之後的活動時間將有可能越來越長。

雖然必定會演變成在途中耗盡體力的結果，但在光小姐的幫助下，偶爾以帽子和墨鏡進行變裝後，三人會一起去新京極看個電影什麼的。

對於真心來說，一切都很新鮮的樣子。

那是當然——至今為止的經歷都太奇怪了。

都太瘋狂了。

映入眼簾的全都未曾見過，

一切都是，充滿娛樂的對象。

真心興奮地——

「好棒——！」

不停發出讚歎的臺詞。

對此，

我十分欣慰——

十分，

悲傷。

雖然我一直掛念著——施加在真心身上的三道鎖全部解開後可能會暴走，情況變得難以控制——變得讓我無法駕馭，然而對這件事的擔心，完全是多餘的。

真心控制得相當好。

公寓附近的小朋友們前來探望美衣子小姐，真心和他們一起在附近的公園玩相撲遊戲，還能故意打輸。已經保持著這種程度的餘裕。

順便一提——真心在小朋友間，特別是女孩子之間很受歡迎的樣子。並非單純只是因為她的外表像個孩子般令人產生親切感而已。

無邪。

天真爛漫。

而且還有——健全的身體。

關於健康方面。

鎖，雖然並未全部解開——恐怕，已經解開了一半左右。一半——說是這個分量，我想應該沒有任何問題。到最後，不只是時宮時刻和露蕾蘿小姐，連奇野的「毒」也可以不必借助繪本小姐的幫忙，順其自然就可以治癒了，這個判斷是沒有錯的，我想。

「那麼——真心。今後，有什麼打算？」

看準時機，我問道。

狐面男子，已經放棄了以我為目標的事，那麼，今後的進退也要重新考慮。

真心她，

「嗯——」地說了一句。

「隨阿伊喜歡就好。」

然後這麼說道：

「雖然俺只要待在阿伊身邊就足夠了，但是，要是太過黏人，阿伊也會很困擾吧？何況也不能一直占用那個房間。」

「那倒是無所謂啦。」

「那怎麼行，俺身上可是一點也沒有錢呢。靠自己的身體賺錢那種事俺也不擅長，雖然體力還是夠啦。之前說過的，叫什麼來著……鴉濡羽島那裡，光小姐工作的地方。住到那裡去好了。既然那裡的大小姐，那麼喜歡天才，俺一定會超——受歡迎的。」

「那裡可是海上孤島喲——」

而且一定不是一般的受歡迎吧。

肯定是喜歡喜歡超喜歡的狀態。

感覺像是場悲劇吶。

「那麼，就在附近找住處好了。幹一點體力活……嗯——等等……俺有戶籍什麼的嗎？」

「應該有吧？雖然不是很清楚，有機會我會調查一下。那種東西，沒有的話做一個就好。」

「阿伊呢？」

「嗯？」

「阿伊，想要俺怎麼做呢？」

「可以的話——一直待在我身邊最好。整天被纏著的確會有些困擾，不過，好不容易知道妳還活著，還想和妳像從前一樣快樂的生活呢。」

「嘿嘿嘿。」

「不過，我們，都不能再和以前一樣了——要把握好分寸哦。」

「也對哦。」

——這時。

在談話即將全部結束的時候，迎來了當日活動時間的界限，真心睡了過去——談話只好中途結束。

那些還是——之後的事情。

現在，還是先等待完全復原吧。

這就是，現在的打算。

說到恢復——

美衣子小姐和，崩子。

她們，果然不是普通人。

十月二十日。

狐面男子發表宣言的五天之後。

兩人一起，出院了。

「害你擔心了。」

「……你好。」

美衣子小姐，飄飄然的樣子。

崩子，則有些羞澀。

這麼說來，在那次以後，我就再也沒有去探望過崩子。對此道歉後「……在病床上的樣子，並不是很想讓人看到」的崩子，看起來更加羞澀了。

「美衣子小姐。」

「怎麼了？」

「啊，那個，真是辛苦你了。」

「嗯。」

美衣子小姐大方地點了點頭。

彷彿什麼也沒發生一般大方。

可以感覺到她的個人風格。

「醫院這東西真是麻煩。」

「哈……」

「虧你能常住在裏面。」

「不，我也不是因為喜歡才住進去的……」

「我可是再也不想住了。」

雖然是一個不善於使用表情的人，美衣子小姐對叫做醫院的場所，似乎打從心底厭惡著。雖然毫無根據的任性偏見也不是沒有，多數，還是應該歸因於樂芙蜜小姐吧。那個人，真的有些超越職責的，過度的影響了整個故事。

「那麼，明天起，必須開始特訓了。要把灌了鉛一般遲鈍的身體，鍛鍊回去。」

幹勁十足。

雖說如此，兩人，尚未完全恢復。

那也是當然的。

美衣子小姐是在十分勉強的情況下出的院，而關於崩子，似乎處於一旦發生什麼事情，那一次的體驗就會發生故障反射，使她失去冷靜陷入混亂狀態的樣子。

美衣子小姐關於肉體上的問題暫且不論，為什麼會批准處於這種狀態崩子出院這謎團，在我日後偷偷潛入醫院調查後，

「樂芙蜜姊姊大人！人家真的好好想家哦！繼續這樣待在醫院裏，人家會變得怪怪

的啦！如果能幫助我出院的話我一生都不會忘記您的恩情所以拜託您了！」

查出似乎是這樣的事件。

…………

決定不去調查了。

總之，兩人都是，回到了公寓。

那麼理所當然的——

「…………」

「…………」

「嗯？誰啊？你們兩個。」

會和，真心見面。

雖然對美衣子小姐來說是初次見面，但問題在於崩子。

說實話，發生了一點爭執。

將整個公寓都捲了進來的，爭執。

不過，崩子其實清楚殺死萌太的是濡衣先生。況且崩子也不是那種不明世理的少女——

最終，還是和解了。

真心是被害者和犧牲者這一點。

並沒有發展到需要向崩子說明這一點的地步。真心的經歷，對崩子來說也可以找到與自己的相似之處——似乎是這樣。
「既然大哥哥這麼說——」
「跟我沒有關係，這要靠崩子自己的意志決定。啊，對了，這是作為主人的命令，所以拜託妳好好聽從哦。」
「…………」
因此。
真心和崩子，握手言和。
真心好像很中意崩子的樣子。
對曾經踢過她一腿的事，似乎沒有印象。
先不管那個記憶的真偽，因為關於那件事我是重要證人之一，所以，最後以真心吃了一計崩子飛踢做為結果，雙方扯平了。
總之，全員，都回來了。
活著的人。
除了死去的人以外。
除了萌太，以外。
「戲言大哥哥。」
「嗯？」
「率直的說有些少許寂寞呢。」

因為被這樣率直的告知，所以我也無可奈何，此後，崩子便住進了我的房間。
我和光小姐和崩子。
在四疊榻榻米的房間，住三個人的確有些吃不消。
前面也說過了，十月的京都還是夏天。
如果是冬天的話還可以相擁在一起取暖，但在這種氣溫下取暖，不知會有多大的意義。
即使不擁在一起，也很暖和。
感到，很溫暖。
但是。
又過了五天後。
「給您，添麻煩了。」
這樣。
十月二十五日。
千賀光。
光小姐——決定回到島上去了。
回到鴉濡羽島，赤神伊梨亞的手下。
「因為發生了很多事情，比預定滯留了更長一段時間——但是實在不能再讓島空下去了。彩和明子，還有鈴小姐——不能把大小姐的事全部交給她們去照顧。」

「……是這樣嗎。」

雖然很遺憾——但也是沒有辦法的事。

已經，沒有挽留的理由了。

如今狐面男子的威脅已經消失。

我沒有能夠挽留住她的理由。

希望留下這種話，說不出口。

「我才是——給你添了很多麻煩。真的，無論道謝多少遍，都不足以表達我的感激之情。」

「請不要那麼說——能為您派上用場，是我們最大的喜悅。」

「但是——感謝的話還是要說的。」

謝謝你，我對她說。

無數次。

無數次。

不斷的重複著。

重複夠，受到照顧的份。

已經與光小姐相處甚久的真心，為此，卻並沒有表現出不捨的樣子，

「還會再見面吧。」

這麼說。

已經開始考慮下次的事情了。

的確是真心的風格，我想。

光小姐，愉快地回答：「一定。」回答。

「只要能來到島上——無論何時。大小姐，一定會歡迎真心小姐的。當然了，我也是。」

惡作劇般的，看向了我。

啊，說起來，最初就是這麼一回事。

一直處於——試用期間嗎。

的確是，很有吸引力的話題。

「請替我向伊梨亞小姐和玲小姐，彩小姐和明子小姐，還有，春日井小姐和……對了，那位料理達人的小姐，問好。」

「當然。」

說完。

光小姐。

悄悄的，靠近我。

「再見了，只屬於我的主人。」

這樣話雖然絕對不可能說，反正，在無傷大雅地問候完我之後，我們一起，目送光小姐離去。

因為不知不覺間她已經成為了古董公寓的一份子，之後的數日，像失去了什麼重要的東西一樣，我們都品嘗著一種，心中出現黑洞般的空虛。

千賀光。

或者是——千賀明子。

在這種，曖昧的狀態下，結束了。

覺得這樣就好。

下次再到那個島上去好了。

這一次，下定決心。

也想再見到——春日井小姐。

……那麼就要儘快了，那個漂泊者，說不定又準備要到什麼別的地方去了……

嗯，不過。

房間，變得寬敞一些了。

稍微的，寬敞了——很多。

「大哥哥你，喜歡那種衣服嗎？」

「哎，不，沒有這回事。」

「既然總是對我的穿著說這說那的萌太已經不在了，我也作為大哥哥的隨從，今後換上那種感覺的衣服好了。」

「嗯——」

「怎麼了？」
「崩子。」
「什麼事。」
「還早了十年。」
「………」
發生了許多諸如此類的事情。
又過了三天。
十月，二十八日。
玖渚友——回歸機關這件事，正式決定了。
從電話裏被告知這件事。
「再次——雖然不知道合不合適，不過，這種場合下還是應該說，祝賀你——比較好吧。」
「唔咿，不是什麼壞事啦。」
「最近，有什麼安排嗎？」
「唔——下個月底，好像有什麼盛大的儀式，簡單的說，就是見面會吧。雖然有那種東西，不過工作還是儘快，從下個月就開始好了。」
「哦。」
「整理，或者說事前準備也已經完成了。好像是擺好了起跑姿勢，正在等待槍聲的感覺一樣。有點緊張咩。」
「這樣啊，我也為你感到高興呢。那麼，對了，近期，我會去為你慶祝的。」
「今天？明天？」
「別那麼急嘛。當然不可能那麼快。還需要準備不是嗎？也包括心理準備在內。而且，現在公寓裏，還有你過去的夥伴在對吧？」
「嗯。雖然不是全部，但來了五個人。和氣藹藹，有點同窗會的氛圍呢。」
「到那種地方去需要一定勇氣呢。」
「明明是阿伊讓我叫來的。」
玖渚很不滿的樣子。
其實，我這邊可是想去的不得了，但是，畢竟，還需要準備。
再怎麼說，都已經求婚了。
今後希望來的浪漫一些。
我想。
明明是十分白痴的想法。
「實在是白痴。」
掛掉電話後，發現背後站著美衣子小姐。
她身上穿著甚平。
「…………」

「真是和平。」

「……是的，真是和平呢。」

「和平到，不用擔心搞錯場合的地步。」

「這是好事吧。」

「當然是好事，毫無疑問。」美衣子小姐說「那麼，今後有什麼打算？」

「打算是指？」

「真的，準備就這樣結束嗎。」

美衣子小姐，認真的問道。

雖然面無表情，所以不能確定——但看起來十分嚴肅的樣子。

對美衣子小姐，雖然還什麼也沒有對她說，但作為劍士，這種程度的事情還是理所當然般的讀了出來。

不知如何回答。

「因為對方已經決定收手了——從這邊，很難下手。原本就只是單純的自衛，只是用手撥開了迎風而來的火星——而已。如果對方都已宣稱什麼都不做我們卻還執意出手，那樣的話，就只能算是復仇而已。」

「復仇所招來的報復——似乎會令人更加恐懼。」

「我並沒有考慮到那種地步。」

沒有。

對現在的我來說。

「正是如此。」

美衣子小姐將鐵扇，「啪」的一聲打開了。

「再怎麼說，和平也是最好的。」

「……是呢。」

「再怎麼說，結婚典禮也不能把我漏下哦。」

像是從黑暗中浮現出來一般的臺詞。

看來已經站在後面很久了。

「…………」

「…………」

哇——氣氛不妙。

雖說是作為被甩的一方……

一直還沒有將希望全部放棄的說。

「不必擺出那種表情啊，伊字訣。」

「……不，可是。」

「不過，有點，寂寞呢。」

「…………」

「有點，受傷也說不定。」

美衣子小姐說。

「很想用竹刀把你砍倒的感覺。」

「…………」

好恐怖……

「不，那個，美衣子小姐……」

「那麼，怎麼樣？覺得會很幸福嗎？」

「……我不清楚。但是——」

我答道。

「習慣了就好，我想。」

「不錯的臺詞。」

「這是傾心於你的，男人的臺詞。」

「真是，很漂亮的話呢。」

「即使現在我也仍然還喜歡著妳。」

「就知道，會是這樣。」

美衣子小姐輕微，但又勉強可以察覺的微笑後，背對著我。

走出了，我的房間。

「……哎。」

總之——就這樣。

我對美衣子小姐所抱有的愛慕之情，

也算是我的初戀，

在不為人知的情況下，

靜靜的，結束了。

「大哥哥真是個玩世不恭的花花公子呢。」

從天花板上傳來了崩子的聲音。

……為什麼她會在天花板上？

一想到這裡。

「啊，難道說妳把樓上地板和天花板打穿了？」

「忍～忍～」

「原來真的是忍者啊……」

確定朝著古怪的角色發展了。

真可憐。

荒唐丸先生一如往常，偶爾鍛鍊肌肉，偶爾與伴天連老先生聊些關於興趣的話題，和美衣子小姐拌個嘴什麼的——七七見那傢伙，有時候會去大學上課又時而不去的……

十月二十九日。

和沙　小姐約會。

十月三十日。

和數一先生約會。

然後——

十月三十一日。

十月的終結。

晚上九點。

來到了——京都御苑。

和繪本小姐，約定過三次會面的地方。

但是——

這次並不是為了與繪本小姐見面。

古槍頭巾。

而是為了兌現——與頭巾妹妹的約定。

為了將她想要得到，以至於做到明明並不心醉於狐面男子卻決定加入『十三階梯』程度的——「無銘」，交給她。

雖然作為代價，頭巾妹妹會告訴我關於這把刀的情報——先代古槍頭巾渴望得到這把刀具的理由——但那種東西，說實話，對我來說已經無所謂了。

對頭巾妹妹，理所當然的，狐面男子，一定也將對右下露蕾蘿所說的事情——全部告知了。那麼，這已經不能算作是兌換、交易、不可侵條約之類的東西了。

已經沒有，需要對她警戒的理由了。

畏懼陷阱和企圖的理由，完全沒有。

我，取出了放在上衣下兜中的刀鞘裏的那把刀具，打量一番後，又放了回去。

這種東西——送給她就好。

對我並沒有多大意義。

可以說，這種事情，原本就無所謂。反正，過分銳利的刃物，在我看來，用起來不一定就十分順手。無論是有什麼正當的理由，還是說頭巾妹妹只是打算拿這把刀具去換錢，那種事，都與我無關。

隨她喜歡就好。

這麼想。

雖然這麼想——

「……到底是怎麼回事呢。」

仍有若干不捨。

不，說是不捨到底合不合適呢？

不，甚至說——是感到可惜，嗎？

建禮門前——

坐在可以看到椋樹的長椅上，我深深的嘆了一口氣。

半個月。

那次之後，什麼也沒發生——

回到日常生活後，已經過了十五天。

什麼也沒發生。

只有，時間不斷的流失。

這麼一來，無論怎樣，無論換誰來想，即是那人並不是我，也不得不認同這一點。

狐面男子——

西東天，真的從我身上收手了。

與我敵對這件事，已經放棄了。

「這種簡潔——也是預料之外呢。」

不過——

他是一個懂得放棄的人這件事，也是事實。

回憶起，大學課程中學到的東西。

前段時間頻發的邊緣犯罪，即所謂「跟蹤狂」現象，雖然主要是由變質性，偏執性的精神狀態所引發，但最終，一直跟蹤到對方目的地的案例卻極為罕見，而且，大抵都是在某一天，突然的，沒有任何原因的告終——

重點在於，目的發生了變化，這件事。
像是對遊戲失去興趣一樣。
像是對小說感到厭倦一樣。
少女心和秋之空——
不就是這種多愁善感的東西嗎。
那場派對。
在澄百合學院舉辦的派對，就是最後的派對。
真心的脫出劇是——致命的。
壞棋。
然後投了——
最終那個男人——
也沒有，報上姓名。
沒有將西東天這個自己的姓名，公之於眾。
結局，說白了，結束的只是狐面男子的單人相撲而已。我幾乎等同於什麼也沒做。只是，對他們的行為做出反應而已。做了的，也儘是些無意義的事。
殘留的，只有空虛感。
「……然後。」
「無銘」。

今日，稍後，把這把匕首，交給頭巾妹妹——然後，就真的是全部都結束了。

和狐面男子之間也是。

和『十三階梯』之間也是。

緣分會被切斷。

不會再有任何聯繫。

當然，並不是全部都會消失。

和無法治癒的傷一樣，

無法忘卻的記憶也有很多。

而且——

真的這樣就好嗎，這樣的，想法。

的確存在。

把試圖讓一切終結的狐面男子，人類最惡就這樣置之不理的這種事，到底會不會被允許——明明知道一切卻又假裝沒有看到這種行為，到底能否被人允許——

右下露蕾蘿用鼻音笑了。

正是如此。

只有如此。

我不是正義的夥伴。

為世界和平而戰這種事——我做不到。

只要知道今日和明日都是和平的，只要自己的周圍是穩定的——我是一個，只需這樣便會滿足的，器量很小的人。

是個小不點而已。既不是最強，也不是最惡。

更不用說最終了。

什麼也不是。

只是，戲言玩家而已。

只要沒有火星吹來，就不會行動。

但是，即使如此——也會在意。

狐面男子，下一次會用什麼樣的手段，用什麼樣的方法，去迎接「世界的終結」，去目睹「物語的終結」，然後，到最後也沒有見過面的「十三階梯」們——今後會怎麼樣。

十分在意。

一旦開始考慮就難以自拔。

但，這一切已經是——毫無關係的事。

跟我沒有關係。

就算關係還存在——也沒有興趣。

「……只是戲言罷了。」

啊，不過——還有一點。

不能說是，沒有關係的人。

哀川——潤。

人類最強的，承包人。

一切，都在漸漸的復原，從與最惡相關聯的狀態中恢復過來——恢復到日常之中。

只有哀川小姐，沒有回來。

沒有回來的只有哀川小姐。

保持著那一天——被狐面男子，帶走的狀態。

被父親帶走後，再也沒有回來。

因為被真心一擊打倒而造成心理陰影——這種事，是不可能發生的，她並不是那麼容易放棄的人。甚至說她不因此而奮起，開始自己的武者修行之旅本身都是一件奇怪的事。

但是，沒有回來。

小唄小姐的調查也，一無所獲。

沒有任何線索。

我的女兒。

舊式。

狐面男子——要在下一個舞臺上，使用哀川小姐之類的，說過這樣的話——那麼，

恐怕，哀川小姐，現在仍然還在狐面男子手上吧。

到底想要幹什麼？

像對待真心一樣——束縛起來嗎？

體力和，

肉體和，

意識。

要對其——加以制約嗎？

不，應該不是這樣吧……那個人，狐面男子——並不是會重複犯下同樣錯誤的人。不管對於什麼，只要是同一件事情，無論結果成功或是失敗，都沒有重複第二遍的意思。因為受到過哀川小姐教訓所以才給真心上鎖的狐面男子，難以想像他會再對哀川小姐做出同樣的事。與我敵對所嘗到的敗北，大概，只會被認為是為了下次行動而準備的食糧而已吧。

那麼——到底想要怎麼做？

使用著，哀川小姐。

鎖。

解開鎖，嗎……

「承包人——對了……」

的確，要說手足——世界上有著最強承包人稱號的，哀川潤——對西東天來講，用來做手足或許是最佳選擇也說不定。即使只是舊式——對於西東天來說，比起想影真心，哀川潤這邊一定更容易駕馭。

那麼——狐面男子果然，準備將在與我的戰鬥中造成空缺的，「十三階梯」其中一席，交給哀川小姐嗎。但是，就算狐面男子決定這麼做——哀川小姐會接受這種事，難以想像。關於這一點，狐面男子，到底有什麼打算呢——

不行，完全搞不懂。

仔細想來，哀川小姐，當時在那個體育館裏，被真心奪去心神——連自己的父親就在附近這件事，都沒能注意到。

父親。

在西東天，架城明樂，藍川純哉之中——

只有對西東天，以父親相稱。

露出憎惡的眼神，揚言這次一定要殺死你——這樣的哀川小姐的內心想法，又怎會是我可以推測出來的。

如果有所擔心。

如果有所在意。

既然對哀川小姐的事情——

放心不下，想要知道更多的話。

勉強的說——

「不，連勉強都稱不上嗎。」

反正。

已經沒有，我能做到的事情了。

光小姐，雖然對哀川小姐沒有回來這件事也感到心痛——畢竟，那個人，存在的次元本身就和我們不同。為之擔心的行為，幾乎可以與不遜匹敵。

已經結束了。

全部都結束了。

我，將在這半個月裏——像咒文一般，無數次說給自己聽的話，再次，重複了一遍。

已經結束了哦。

和平的。

以最小限度的被害。

像什麼也沒發生一般。

真的……結束了——

「……但是。」

頭巾妹妹——好慢啊。

約定時間明明是晚上九點。

像繪本小姐一樣，患有強迫症般提前一小時來這裡這種，不像是那個開朗活潑的女高中生能做出來的事情。看了看手錶，已經過九點十五分了。難道說頭巾妹妹，和右下露蕾蘿一樣，屬於對時間較為遲鈍的類型？在漆黑的御苑中，從長椅上站起，眯著眼睛，環視起四周來。這個時段，遊客的數量應該遠不如白天，周圍有誰在的話，應該不難發現——

難道把約定的日期忘記了嗎？

不，明明說的很清楚……

傷腦筋，她的聯絡方式，我可不知道……既然看起來是個普通的女高中生，手機之類的應該有才對，當時問一下就好了——

「『阿伊』。」

「『阿伊』。」

有人在呼喚我的名字——

以為是頭巾妹妹，便朝著傳來聲音的方向看去。

不要叫我兩遍嘛，一邊這麼想著。

太慢了——一邊準備這麼抱怨。

轉了過去。

轉過去後，頭巾妹妹，確實在那裡。

但是，只有一半。

只有上半身。

內臟，散亂的掉落出來。

咕嘟咕嘟的，毫無節制的，鮮血。

鮮血，撒落出來。

默默地垂下頭。

血色那種東西，自然沒有。

明顯的，生命活動已經停止了。

兩隻手腕——

將僅僅只是屬於柔弱女孩的，兩隻手腕。

向著左右。

一邊一條。

從左右兩邊。

像萬歲的姿勢一般、

被抓著、

被支撐著、

在離地十公分左右的高度、

像標本一樣、

像被晒起來一般、

拎了起來，

身體，被人拎了起來。

「什……什，什麼?·頭，頭巾——」

「『十三階梯』第九段——澪標深空，推參。」

右邊的女孩——說道。

「『十三階梯』第十段——澪標高海，推參。」

左邊的女孩也——說道。

啪嚓，的——

兩人，將頭巾妹妹，拋了出去。

向著我，拋了過來。

亂暴的。

非道的。

獰猛的。

簡直，

就像是在否定終結一般。

像是要證明，根本沒有終結那種東西存在一般。

2

其實爺爺呢——頭巾妹妹說。

「並不想，要我步他後塵的。」

「是嗎？」

這麼問完後，頭巾妹妹「嗯」的點了點頭。

「是不想讓我涉入太深吧，所謂男人的世界——所以我一直都只是在一旁偷學，到頭來，爺爺一直到他過世，也沒能教給我任何東西。」

「但是，不是已經繼承第十二代了嗎？」

「形式上啦。總不能讓古槍頭巾的名字輕易就失傳掉嘛。不過，爺爺似乎是把希望寄託在我孩子身上的樣子。」

「原來妳有孩子啊。」

「怎麼可能有！」

普通的吐嘈。

習慣之後，比起出其不意，覺得普通的吐嘈反而更有味道也說不定。總之，很有活力。

精力旺盛的感覺。

「反正，原本，媽媽就是爺爺晚年得到的孩子。活到了九十八歲卻沒能目睹自己的曾孫出世，雖然是有些不走運，畢竟，我才十六歲嘛。」

「高一？」

「高、高二。」

「要在學業與刀匠實習間取得平衡，很辛苦呢。」

「也不是這樣啦。很有趣了啦。而且，我也很喜歡爺爺。所以——就算爺爺沒有這個意思，我也打算，成為一個出色的刀匠給他看給他看給他看。」

「我覺得不必給他看上三遍也可以。」

了不起的優惠精神。

嗯的，抱起手臂。

「現在在做些什麼呢？爺爺去世後。」

「嗯。跟著爺爺認識的刀匠先生學藝。畢竟這種事情，自學還是有一定難度的。」

「喜歡刃物？」

「雖然那種說法聽起來有些嚇人，嗯——到底怎樣，我也不清楚。要說喜歡也的確很喜歡，但定義為喜好又有點太勉強了。漂亮，雖然這麼想，但比起這個，危險的感覺，更強一些。嗯——反正，還是那句話，到底怎樣，我也不清楚。」

「不清楚？」我側過頭去「原以為你會乾脆的回答喜歡呢。」

「這樣嗎？」

「是這樣的。」

「沒有那種事了啦。」

「肯定有那種事的。雖然說不清楚，但如果不喜歡就堅持不下去吧，刀匠，是個看起來很辛苦的工作呢。」

「所以啦——不是說過嗎，我喜歡的，是爺爺啦。」

頭巾妹妹以陽光般的笑容這麼說道。

真的像是，陽光一般。

迷惑的陰雲，半點也沒有。

「因為那是爺爺，傾注了一生心血的工作，所以我也想試著去喜歡它——」

頭巾妹妹這麼說——

這麼說。

只說了這些。

談話，到此為止。

不好，已經告訴你太多事了剩下的就等給我「無銘」之後再說給你聽——這樣。

就這樣——

就這樣，結束後——

但是。

雖然結束了，卻不是結束。

雖然終結了，卻不是終結。

「不對——」
「不對——」
澪標姊妹，依次說道。
「在『隱身濡衣』已經退出的現在我已經成為了第八段也說不定。」
「在『隱身濡衣』已經退出的現在我已經成為了第九段也說不定。」
「加上，作為背叛者的第五段也在剛才處理掉了，這下子我已經成為了第七段也說不定。」
「加上，作為背叛者的第五段也在剛才處理掉了，這下子我已經成為了第八段也說不定。」
「必須弄清楚才行。」
「必須弄清楚才行。」
像鏡像一般——
左右相反的動作。
完全對稱的，
她們——在我的面前，存在著。
僧衣打扮。

像是要與黑夜化為一體般的，僧衣打扮。
站在御苑中——完全沒有違和感。
不只如此，簡直可以說。
這個場所，
就是為她們準備的舞臺一般。
被拋出的——
「頭巾妹妹——！」
像塵屑一樣被人丟棄的頭巾妹妹。我，什麼也做不了，只能——眼看著她落地。像是伏在地面上，沒有下半身的妖怪一般——
有所疑惑一般，
有所迷失一般的——
她的屍體。
脖子，扭向這邊。
表情，映入眼簾。
表情中不含任何情感。
空虛。
只因痛苦而扭曲——因此才是空虛。
已經死了。

無可奈何的，死去了。

就連這種表現，都不能說是正確。

這已經是——物體了。

作為人類的尊嚴那種東西，根本沒有。

沒有尊嚴。

那樣的物體——正被踐踏，蹂躪著。

被人，蹂躪著。

「妳、妳們——」

我——

在頭巾妹妹，然後是沿左右中線完全對稱的澪標姊妹之間，不斷移動著視線——結巴巴地，出言問道。

「是你們，幹的嗎？」

「愚問。」

「愚問。」

澪標姊妹，依次答道。

「將背叛者——解決了。」

「將背叛者——解決了。」

「這傢伙。」

「這傢伙。」
「明明是『十三階梯』卻與狐狸先生的敵人互通。」
「明明是『十三階梯』卻與狐狸先生的敵人互通。」
賜予背叛者以死的懲罰。
兩姊妹，只將最後一句，同時說出口。
「…………」
怎，怎麼了……？
等等，不要混亂。
這種時候應該冷靜處理才對。
但是，雖說如此，雖然心裏清楚這一點，幾乎已經無法感受到疑念，不安，緊張的我——對這種過激，急流一般的狀況，不知所措。
無法應對。
但是，呼吸困難這種事還是知道的。
頭巾妹妹。
仔細一看——
因為被沒有下半身這一點奪去了注意力，所以幾乎沒能發覺——無論是手腕上還是臉上，都有著無數道，纖細的傷口。
像是受到了拷問一般的，傷的痕跡。

受到拷問留下的，傷痕。
好過分。
單是看著——就讓人難以忍受。
背叛者。
背叛者。
就因為——和我互通？
因為那一天——碰巧，遇上了我？
就是為了——這種小事？
「狐，狐狸先生——」
我說。
盡全力瞪著，澪標姊妹。
「……應該，已經不會再對我出手了才對。」
「哼——」的，深空。
「哼——」的，高海。
一樣的笑了。
像是從心底裏蔑視我一般，笑了。
表情醜陋的扭曲著。
表情醜陋的扭曲著。

深空露出微笑。
高海露出微笑。
澪標姊妹——露出微笑。
「跟那種事沒有關係。」
「跟那種事沒有關係。」
「我。」
「我。」
深空和，
高海，像字面意思一樣異口同聲地說。
「不殺死你就不會回去——只要不把你殺死，就沒臉回去見狐狸先生。」
「不殺死你就不會回去——只要不把你殺死，就沒臉回去見狐狸先生。」
「……！」
狐面男子——
那個混蛋，勸說失敗了嗎！
沒有人望也就罷了——
最起碼把戰敗處理之類的事給我解決好。
渡鳥在臨行前毀掉棲息地怎麼行。
嘆了口氣——環視四周。

不行，不是可以期待救援的狀況。

來這裡的事沒有告訴任何人。

比起說是不想給崩子和美衣子小姐添任何麻煩——果然，對警戒這種東西，已經完全怠慢了。

不測的事態——完全沒有預料到。

在交給頭巾妹妹「無銘」之前。

一切明明還沒有結束。

分散了集中力。

鬆懈了。

明顯是——我的失誤。

因為這個失誤——

原本不會死的，

頭巾妹妹——

「……為什麼。」

即使處於混亂與疑惑之中——

我也，不得不問。

「為什麼要把頭巾妹妹……頭巾妹妹她，根本沒有背叛——她，什麼都還沒有做不是嗎。」

是的——什麼也沒做。

十六歲。

太年輕了。

不是——什麼都還沒有做嗎。

普通的女高中生。

十分普通。

過於普通。

即使得到幸福，也沒有什麼奇怪的。

是個普通的人。

「和你互通——單憑這點罪就是罪。」

「和你互通——單憑這點罪就是罪。」

「通敵行為是重罪。」

「通敵行為是重罪。」

「罪過必須用性命償還。」

「罪過必須用性命償還。」

賜予背叛者以死的懲罰。

重疊。

話語重疊到一起。

確固，又很模糊。

曲曲折折的界線。

受到幻惑。

彷彿要使視野偏離一般，

澪標姊妹的，存在感。

出夢——匂宮出夢，說是輕易解決了這兩個人——實在是荒唐。那只是因為出夢遠遠超越了界限罷了。

但是，單單只是站在那裡就具有壓倒性。

像是被蛇盯住的青蛙一般——發抖著。

「…………」

可惡……

說實話，被小看了。

我，咕咚地，吞了一口口水。

狐面男子——推測說成功率有八成。

我會將除了架城明樂與一里塚木之實以外的，「十三階梯」全員說服成功——他這麼說道。

但是……別開玩笑了。

這種傢伙，怎麼說服的了。

沒有意志。

沒有忠誠。

唯一擁有的——只是狂信而已。

……出夢他，對深空和高海被選做他和理澄的替代品加入『十三階梯』感到不滿這件事——我終於也有所體會。並不只是作為「殺手」的實力差距這麼簡單。

這些傢伙——

這些傢伙，不正常。

雖然頭巾妹妹確實在接到狐面男子得指示前與我接觸，並擅自定下了約定。但是，只有這樣而已，並沒有到非殺死她不可的地步。

如此殘酷的。

如此淒慘的。

將她殺死的必要，到底在那裡？

根本不是肅清之類的東西。

這種的，只是——殺戮而已。

可惡……

繪本小姐，應該沒有事吧……

右下露蕾蘿的處境，想來也很微妙……

澪標深空。

澪標高海。

如果是這兩個人的話——不是沒有可能。

狂信，狂信，過於獨善對狐面男子的信仰的澪標姊妹——中途退場的諾衣茲，圓滿退職的濡衣先生，弄不好，會被這兩個人看作是背叛者也說不定。

甚至——

雖說尚未成為「十三階梯」正式成員的真心也——

不，真心……苦橙之種，想影真心……

如果是那傢伙的話——對連出夢和哀川小姐都能輕易解決掉的真心來說，深空和高海，應該也不是對手吧——更不用說那時的真心幾乎是處於完全受到束縛的狀態了。

應該，帶她來的嗎。

……不對。

沒有這回事。

我，不是已經決定了嗎。

絕對不會——利用那傢伙。

只是相信，

決定了絕不利用。

下決心要——守護那傢伙。

無愧於真心。

「那麼就開始鳴鐘磨廉吧。」
「那麼就開始鳴鐘磨廉吧。」
「戲言玩家。」的，深空。
「戲言玩家。」的，高海。
納命來吧。
對那，整齊的聲音——
我——
「怎會讓你得逞！」
我，用全力——逃跑。
以全力疾走，逃跑了。
雖然看似是要拋棄頭巾妹妹的身體一般——
不，不能在意。
那已經是——殘骸了。
只是肉塊而已。
不要被迷惑。
不要被吞噬。
總之，比起那個，現在的狀況……怎麼活下去？應該怎麼做？原本只是打算與頭巾妹妹見面，所以就連可以作為武器使用的，裝滿子彈的 JERICO 都沒有帶——雖然還有裝在上衣下兜中的「無銘」可以用，但用刀刃那麼短的匕首，不可能將兩名敵人同時解決。

如果只有一個人的話——不，即使是複數的敵人，明明只要使其配合產生縫隙，也會有機可乘——在這層意義上，澪標姊妹，對我來說是相當棘手的敵人。

一邊奔跑，一邊將視線投向身後。

深空也是——

高海也是——

無言的，幾乎是無表情的，追了過來。

正確的說，在我身後。

隔開——一定的距離。

……一定的距離？

為什麼，不追過來？

雖然那身僧衣看起來的確不適合奔跑——即使這樣，與幾乎是凡人的我相比，對專業的澪標姊妹來說，這種程度的距離，一口氣趕上我也是可能的，明明如此，為什麼

——

原來如此。

想讓我長距離奔跑，疲累下來後——

輕鬆的殺死我嗎。

簡直像狩獵一樣，我想。
過於單方面，根本算不上較量的程度。
連捉鬼也算不上，連捉迷藏也算不上。
捕食動物與被捕食動物。
被吃掉——食人魔？
「——切。」
連出夢都沒能吃掉的我——
明明連出夢都沒能殺死我。
怎會——讓妳們得逞。
對策。
有什麼，對策——
「……可，可惡，確實——」
確實，這個叫做京都御苑的場所。
我，略微放慢腳步。
不會被察覺的程度。
然後，確認周圍。
糟糕……
方向完全錯了。

跑向正南方，這樣一來就完全反了。

我，在已經可以看到噴水廣場的地方，

轉了一個直角。

不，因為力道過剩，所以是個比起直角更接近銳角的角度。

將幾乎要摔倒的身體，勉強穩定住後——

加速。

停止呼吸。

十秒。

短短十秒之間——

比全力更快的，

以超越全力的速度——疾馳。

像離弦的箭一般，疾馳。

對我這既非向南亦非向西，與試圖逃出御苑完全對極的行為，澪標姊妹似乎只有

一瞬間的感到了疑惑，但是——

當然，不會被這種程度的事所迷惑。

精確的，隔開一定距離。

從右向左，

追了過來。

壓力好大。

只有十秒，完全不夠。

出夢君，也真是會提出些無理的要求。

短跑，其實，並不擅長——

唔……

不行，連十秒都……堅持不了嗎？

距離。

距離被，這樣下去——……突然。

有一種踩到異物的感覺，腳下一滑。

馬上就要，摔向前方。

雖然勉強站穩了腳步——

但是，不可能會放過這個空隙。

「枷鎖——」

「——真風。」

等到站穩時——已經追了上來。深空的右掌。

高海的左掌。

向我的背，交叉著，扣了上去。

然後。

「川遠——」

「——境域。」

被擊飛了。

合氣——連這麼想的時間都沒有。

浮在空中。

落到地上翻滾著。

被擊飛到，遠處的牆壁之前。

對著水渠的邊緣，頭，重重的撞了上去。

「唔……啊……」

呻吟

肩膀——

肩胛骨周圍，消失般的疼痛。

兩腕，有沒有免去被扯下的命運，連在身體上——我下意識確認了這一點。和出夢的「一口吞食」完全不是同一個種類。和真心——真心對萌太所做的，單純的依靠暴力的技術相反的——依靠技術的暴力。

果然是——專家。

認真起來，不可能贏。

連是否能逃走都不確定。

但是——

「慘相。」

「慘相。」

「好弱。」

「好弱。」

竭盡全力，試圖從地面上站起來的我的面前——澪標深空和，澪標高海，站在那裡。

不必多說的，對稱的站著。

任憑風吹拂著僧衣。

「我真的很不理解。為什麼狐狸先生把像你這樣的人選作敵人的理由真的搞不懂。」

「我真的很不理解。為什麼狐狸先生把像你這樣的人選作敵人的理由真的搞不懂。」

依次，說著。

像是確認自己的矜持一般，侮辱著我。

唉——真是容易看透的性格。

狂信者，容易被人看透。

過於，容易。

但是，即使可以看透，也不知如何是好。

所以說，該做什麼好，並不知道。

「……要將這麼弱小的男人，兩人一起解決，是不是太沒風格了呢？深空，高海。」

「沒有關係。」

「沒有關係。」

「我只會殺人而已。」

「我只會殺人而已。」

因為是殺手——同時說道。

並不是像出夢一樣的，戰鬥狂——嗎。

不過，只要考慮一下就會發現，出夢君，冷靜和賢明之類，把這種東西全部都交給了理澄的人格負責的他，有著那樣的性格，某種意義上講也是當然的。如果把出夢和理澄的人格拼到一起，一定會，完整的嵌合起來。

但那並不是這對澪標姊妹的場合。

拼到一起，只會加倍。

將一加一，變成二。

單純的，只是這樣而已。

單純明快，正確無比。

作為「殺手」的本分，不會消失。

曉之以理，是起不了作用的。

這樣的挑釁，只是白費功夫。

……另外還有一種常見的手法，就是刻意拿狐面男子當話題，從中尋找可以突破的缺口——雖然有這種招式，但是敵方有兩個人，這種情況之下一點意義也沒有。要阻斷信仰，如果不是一對一的話，成功的機率可是相當低的。

然而，**這種事我一開始就知道了**。

我的目的——並不在此。

我，假裝作出站立的樣子，

悄悄的，靜靜的，沒有任何不自在的，

越過水渠。

向著背後的牆——

「靠近那道牆壁也沒用。」

「靠近那道牆壁也沒用。」

澪標深空，澪標高海，說道。

我，停住了腳步。

在邁進水渠的程度，就停止了。

雖然不會返回——已經，動不了了。

「那種程度的事還是知道的——那種程度。」

「那種程度的事還是知道的——那種程度。」

「接近御所的牆壁就會觸發警報。」

「接近御所的牆壁就會觸發警報。」
「那種程度的事——我知道。」
「那種程度的事——我知道。」
……被識破了。
我身後的牆，是環繞仙洞御所的牆壁。
雖然並沒有聽說曾經真的響起過，但這牆壁周圍，的確安置著感測器，並可以觸發大音量警報這件事——七七見曾經告訴過我。以這面牆為目標，我才從噴水廣場那邊轉了過來——
被識破了，嗎？
「……但這可不是只要識破就能解決的問題。就算你們是裏世界裏有名的殺手——物理上講，比起從那裡接近我，我越過水渠，跳向牆壁的速度更快。」
我，對著兩人說。
保持著意識向牆壁延伸的狀態。
「雖然，我知道的不多，所以也並不是很清楚，不過——至少夜間關閉警報這種荒唐的事情應該不會發生。引發騷亂，不是妳們的本意吧。**會給狐狸先生添麻煩的。**」
「…………」
「…………」
「如果現在就撤退的話——我是，絕對不會去追擊妳們的。當然，我清楚明白自己的性命就是兩位的目標——即使這樣，還有妥協點這種東西存在不是嗎。」

「沒有。」

兩人同時，即答道。

然後。

「沒用的。」

「沒用的。」

絲毫沒有動搖般地說。

「即使觸發警報也沒有用的。誰也不會來。」

「即使觸發警報也沒有用的。誰也不會來。」

「……？你們在說什麼啊？怎麼可能——」

突然。

在這時——察覺到了。

京都御苑。

雖說是晚上，但也未免太過冷清了。

比起說是冷清——**一個人也沒有**。

除了我們之外，一**個人也沒有**。

是的，到現在為止——一個人也沒有見到。

再怎麼說，也太奇怪了。

話說現在還沒有到這麼晚的地步才對。附近明明還有大學——簡直就像，只有這個御苑，被隔絕在與周圍完全不同的空間中一樣——

空間！

十三階梯！

空間製作——一里塚木之實！

「現在知道了吧。」

「現在知道了吧。」

兩人——施虐般地笑了。

如同發狂般的笑容。

一定，瘋狂了吧。

不對——這才是，正常嗎。

先不論作為「殺手」——

作為「十三階梯」，這才是正常的嗎。

忠誠。

然後，毫無忠誠的狂信。

但是——從濡衣先生提供的資訊來看，一里塚木之實和澪標姊妹之間，相處並不融洽，甚至說，互相厭惡著才對——

在嗎？

附近有——空間製作者，一里塚木之實在嗎？

假設，真的在這附近——的確，觸發警報也沒有用。一里塚木之實的「空間製作」不必多說，自然不屬於超能力之類的範疇，只要經過一定時間，一定會有聽到警報趕來的人。不過——需要的時間會比原本變得更久這一點也是毫無疑問的。

不會吧。

竟然會在這樣難以置信的大範圍內，令人恐懼般大膽的——使用「空間製作」這種事，真的沒有料到。我一直以為那是只能在電車和校舍內這種，有所限定的密閉空間內才可以使用的技術——但是，如果不這麼考慮，深空和高海，會用抛出頭巾妹妹上半身這種，醒目的登場方式就無法解釋了。不過——既然可以做到這一點那麼不就已經無所不能了嗎。

「木，木之實——現在怎麼樣？」

我，將靠近牆壁的意識，拉了回來。

身體，落向地面。

坐進水渠裏面。

並非自願想坐的。

而是十秒的——代價。

因為腳已經——無法支撐身體了。

最後的力氣——

最後的希望，已經斷絕了。

「為什麼？妳們的事暫且不論，一里塚塚木之實，對狐狸先生的命令應該會絕對服從才對——不可能，違反命令的。」

「不要像什麼都知道一般發問。」

「不要像什麼都知道一般發問。」

「明明什麼都不知道。」

「明明什麼都不知道。」

對狐面男子的事情——明明一無所知。

兩人異口同聲的回答。

難以理解其中含義。

為什麼？那種說法

照你們的說法……簡直就像是在說你們的行動，這個命令違反，對不能對我出手的命令的違反——實際上是在執行狐面男子意志下的命令一般。

怎麼可能。

那個人，已經從我身上收手了。

與那個人的較量——已經結束了才對。

還是說，尚未結束嗎？

還沒有真正結束嗎。

那只是——單純的謊言而已嗎？

不……應該，不會是這樣。

從最初的語言來看，從至今為止的經過來看，這兩個人，一直在脫離狐面男子指示的狀態下行動這點絕對不會錯——考慮到半個月來的進展，狐面男子從我身上收手這點，也絕對沒有錯。

承認敗北的，西東天。

他是——可以承認失敗的男人。

所以才是，人類最惡。

一切都是謊言這點，絕不可能。

現在，已經，可以確信了。

即使是這種狀況下——也可以，確信這一點。

所以——

這種場合下，奇怪的是一里塚木之實。

她的行動。

本應順從西東天的——她的行動。

難道說——不只如此嗎？

有所——企圖嗎？

如果真是這樣，是什麼……

企圖著什麼。

到底發生了什麼。

「那麼。」深空。

「那麼。」高海。

「也不能過分勉強一里塚——雖然有些可惜雖然有些不捨，還是乾脆的解決掉吧。」

「也不能過分勉強一里塚——雖然有些可惜雖然有些不捨，還是乾脆的解決掉吧。」

一里塚木之實。

澪標深空。

澪標高海。

不行，連整理思路的時間都沒有——如果再給我一點時間，或許能發現什麼類似破綻的東西，但在這種狀況下——連思考的餘地，都沒有。

只會——被殺死而已。

像玩具一樣，被玩弄而已。

和頭巾妹妹，一樣的下場。

遭受拷問遭受蹂躪——像那樣。

那種事情——那麼過分。

好不容易，日常——

才剛剛，回到了和平的日常而已。

美衣子小姐和崩子，

真心，

還有，玖渚的事情也是——

「……喂。」

我說。

決定孤注一擲。

「既然要殺我——能不能，再告訴我一件事呢。有件，論如何都想弄清楚的事情。」

「不行。」不留餘地的深空。

「不行。」不留餘地的高海。

「別這麼說嘛，是跟狐狸先生有關的事。」

這麼說完後——

沉默的，瞪著我。

雖然沒有肯定的回答，但是看來在提出問題前，我還能保有餘命的樣子。

我深吸一口氣後，

「哀川潤。」

這麼說——

「哀川小姐——怎麼樣了？」

「說怎麼樣是指。

「說怎麼樣是指。」

「詳細的事情我是不會問的——也不認為妳們會告訴我。只是，拜託妳們告訴我這一點。哀川小姐——還活著嗎？還是說——已經死了？」

是明明活著卻仍然沒有回來。

是因為死了所以才沒有回來。

這一點——想弄清楚。

想知道的，只有這一點。

澪標姊妹，兩人同時回答道。

「還活著。」

我——聽到，這一點後，放心了。

這樣啊。

那——就好。

只要還活著，那個人——就不會有事。

在最後的最後，這麼想。

那個人對父親是怎麼想的，

現在，狐面男子處於什麼狀況——

都無所謂。

我——沉默了。

一句話也，沒有再說的打算。
和沒有閉上眼睛的打算一樣。
對這樣的我，兩人同時，皺起了眉。
「看不順眼。」
「看不順眼。」
「完全看不順眼。」
「完全看不順眼。」
兩人——擺好了架式。
對稱的——延左右中線完全對稱的。
「改變主意了。不是為了狐狸先生——你要因為我的意志為了我被我殺死。」
「改變主意了。不是為了狐狸先生——你要因為我的意志為了我被我殺死。」
以平靜，但又確切的殺意——
澪標深空。
澪標高海。
兩位殺手同時行動。
在左右兩邊同時死去吧——異口同聲說。
「家櫻——」
「——端敵。」

「退隱——」

「——柴車。」

「彫板——！」

「——泥眼！」

眼睛——沒有閉上。

一瞬間也沒有。

但是，看不見。

她們的動作，始終，捕捉不到。

捕捉到的，只有，結果而已。

眼前，只有結果殘留在那裡。

「——真是傑作啊。」

面帶刺青。

面部帶有刺青的少年——站在我面前。

背對著澪標姊妹。

左手接下深空的右手。

右手接下高海的左手。

正面，朝向我。

在那裡——確實的，存在著。

「……太慢了，笨蛋。」

「抱歉抱歉——突然想確認ＤＶＤ機的定時預約功能是不是真的有效，回過神來，就已經到這種時間了。」

「過得好嗎？」

「至少比你好。」

「那真是太好了。」

「哈哈。」

面部帶有刺青的少年——愉快的笑了。

「唔——」

「唔——」

手腕被固定住的深空，死死盯著背對自己的少年。

手腕被固定住的高海，死死盯著背對自己的少年。

然後，第一次——他們的聲音慌亂了。

摘掉靜謐的面具，怒嗚一般喊叫。

「什麼人——你這傢伙！」

「什麼人——你這傢伙！」

「你們又是誰，少在這裡搞什麼立體聲播放。嚇人一跳。什麼啊，是這寺裏的尼姑嗎？」面部帶有刺青的少年，即使到了這種地步也仍然沒有回頭的意思。「要問我是什麼人之前，首先報上你們的姓名來。」

「『十三階梯』第七段——澪標深空！」

「『十三階梯』第八段——澪標高海！」

「順便說一句，御所不是寺院，是皇居遺址。」

我對著臉上帶有刺青的少年說道。

「知道的不多就不要不懂裝懂啊，零崎——」

「人識！」

深空將沒有被固定的左腕，高海將沒有被固定的右腕，兩者同時揮出。零崎連看都不看便「呼」地一聲以她們的手腕為軸，翻身一越站到她們背後——

「這就是我的名字。」

零崎人識，這麼說道。

像大戰時的軍裝一樣的，紐扣發光的上下衣。

黑色的安全靴和，黑色的手套。

上衣的前端敞開，露出紅色的襯衣。

手腕被圍巾一樣的東西纏繞著。

從前綁起來的頭髮，披散著。

若干，剪短了一些也說不定。
然後。
摘下設計時尚的墨鏡之後。
眼。
瞳。
深深的，深深的，深深的，深深的，深深的，深深的，深深的。
深不見底的，
像是刻進黑暗一般的，深邃之眼。
像是從神那裡盜取的，罪深之瞳。
「哈哈——」
零崎——將摘下的墨鏡，
收納到，上衣的口袋之中。
「好久不見了，旁觀者。我可是再也不想見你第二次了。」
「真是懷念啊，殺人鬼。從最後分別的那一刻起，難以忘記你的日子連一天也沒有。」
我們互換了再會的問候。
「傷腦筋啊，一想到，為了帶出我的登場畫面你一次又一次像這樣被殺，我就感覺麻煩到想哭的地步呢。」

「是啊是啊，為了給鮮有出場機會的配角創造機會，我這邊可是煞費苦心呢。所以希望你能少在那邊晃來晃去多給我點傳神的感謝。那是什麼啊，冬裝嗎？長褲可不適合你，整體都是黑色，單是看著就覺得熱。」

「關於這點倒是確實沒法反駁。這片土地是怎麼了？十月明明都已經結束了，可是這氣溫到底是怎麼回事？住在這種四季劃分亂七八糟的地方的人，頭腦有問題這點一定不會錯的。」

「完全同意。我覺得能比自願住在這片土地上的人頭腦還要奇怪的，絕對，也就只有會隨便殺人的矮個子之類的而已。」

「啊——不過，會隨便殺人的矮個子，大多數也都站在樂於助人、帥氣的立場上，世界真是不可思議呢。跟站在樣子難看人也不怎麼樣的立場上的，會隨意欺騙他人的傢伙可是完全不同。」

「正是如此，世界真是不平等。為了他人而說謊的像我這樣溫柔的人，卻總是受到這麼過分的待遇。其實說實話，我在這裡遭受著如此過分的待遇，再怎麼想，也是從那個街頭連續殺人魔在京都出現之後才開始的。」

「原來如此，就像我的人生在和那個連續戲言玩家遭遇之後變得更加糟糕一樣吧。那真是不得了，你的苦衷我能理解，從心底裏同情你。」

「討厭啦，別這麼說，一旦想到自己被像你這樣的傢伙同情，就會有一種想自殺的衝動不是嗎。」

「要自殺的話我可以無償幫忙哦——正好，我現在有種十分期望你去死的想法，真巧。」

「這樣啊，真是談得來呢，我恰好也正在考慮如果你能死的話，我到底會比以前幸福多少倍。」

「不過，精彩節目還是放到後面吧。」

「正是如此。」

零崎笑了。

我，並沒有笑。

「你——你們兩個是怎麼回事！」

澪標姊妹，齊聲，怒吼道。

我和零崎也，齊聲，回答。

「感情好而已。」

零崎——

向著深空的側頭部，放出一記大動作的踢腿。因為那動作過於誇張，所以深空並不是沒有躲避的可能，但是，即使勉強躲開，同一條腿，也會再次從另一邊襲來。

「唔——！」

及時用雙腕護住身體的，

深空，倒在地上。

在零崎，正準備乘勝追擊時，

「——說道。」

高海——從背後襲來。

毫不留情，沒有一絲迷惘。

從背後，揮出手腕。

「——中飽！」

「嗯？難道說你們是殺手嗎？」

零崎從倒地的深空身上，飛越過去——將從背後襲來的攻擊，通過向前跳躍，避開了。當然，飛越同時，也沒有忘記在深空的腹部周圍踩上一腳。

嗯……

一直以為只是對刃物專業，零崎人識，殺人鬼。體術方面——也不是泛泛之輩。

「喂，不良製品。」

「怎麼了人間失格。」

「搞不懂狀況啊，如果有空就說明一下。」

「那些傢伙是殺手，正想要殺我。」

「原來如此，是正義的夥伴呢。」

「與反派的你，十分相配的對手不是嗎。」

「對在耶誕節時扮成聖誕老人給流浪兒們發禮物的我說這種話，真是過分呢。然後，那些傢伙的名字是。」

「要求她們報上名來的分明就是你自己，真是過分的傢伙。澪標深空，澪標高海，殺戮奇術的匂宮雜技團，就是那個的分家。」

「原來如此，是蝦兵蟹將而已啊。」

零崎「已經了解狀況」，並擺出陣勢。

大幅的邁開雙腳，擺出了拳法的架勢。

深空此時已經站了起來。

和高海，左右對稱的，存在著。

「為什麼——」

「為什麼——」

兩人，依次，向零崎問道。

「為什麼你能進到這裡來。現在，這裡——應該被製作成除我們以外沒有其他人可以進入的空間才對。」

「為什麼你能進到這裡來。現在，這裡——應該被製作成除我們以外沒有其他人可以進入的空間才對。」

「嗯，什麼啊，還布下了結界嗎？不過，很遺憾，結界之類的對我無效。那種東西在數月之前就已經克服了。」

零崎人識一派輕鬆說。

臉上的微笑，絲毫沒有改變。

「那麼零崎——」

因為深空和高海陷入了沉默，所以這次換我發問。

「**為什麼會在這裡**——不，**為什麼是這裡**。我會在這裡遇到危險，你到底是怎麼知道呢？」

「向別人打聽的。」

「小唄小姐？」

「小唄，哦，那個三條辮子的斜紋布嗎。真是個性格不好，令人討厭的女人。感覺稍有鬆懈就會被她迷住呢。但不是那傢伙。和那個盜賊見面，是很久之前的事。」

「那麼，是誰？誰告訴你的？」

「一個穿外套的奇怪的女人。」

外套……？

啊，難道說，是繪本小姐？

想到這裡不禁看向了深空和高海，

「那個背叛者——」

「那個背叛者——」

左右兩邊，用力的，咬著牙。

那麼說——果然是繪本小姐。

咚。

咚咚。

咚咚咚——的。

澪標姊妹，將地面，踏出聲音來。

對著——零崎人識。

狠狠的，瞪著。

無論是深空還是高海，雖然作為『十三階梯』都是後期成員，但從狐面男子，也多少聽到了一些吧——我，原本是作為零崎人識的代理品，作為狐面男子的敵人，被選中的這件事。那麼，雖然語言上沒有表現出來——那兩人，對零崎，現在，應該有所顧慮。既然狂信於狐面男子，就不能完全無視零崎人識。

先前的攻防戰，雖然零崎輕易的奪得了上風——既然認識到來者不善這點，兩人，應該也會不遺餘力的與零崎相向。

打算要，殺死零崎才對。

「……話說回來零崎。匕首哪里去了。」

「啊——現在沒帶在身上。」

「沒帶？你竟然沒帶？」

「因為發生了一點事情，所以全部用光了，托這的福身上輕得不得了呢。」

「……啊，是嗎，那真是太巧了。」

我——從上衣的下兜中將「無銘」取出，向著零崎，旋轉著拋了過去。

不愧是駕輕就熟，零崎輕巧的，用帶著手套的右手，準確地，接住了刀具的把手處。

「這是什麼。」

「不久之前還是從別人那裡得到的贈品，現在已經變成替人保管——不，只是擅自借用而已。」

我說。

「用吧。」

「謝了。」

「但是，不要殺哦。」

「哈，不要殺？」

零崎——

將乍一看只是普通刀具的「無銘」，握在右手中，略微改變了架勢，將上半身略微放低後——看著澪標姊妹。

「真不知道是在對誰說話呢——這個旁觀者。真是的，對我這個人類，我這個人間失格的事情，完全沒有理解啊。我可是至今為止不曾殺死過一個人的至極善良的男人哦。」

「和我是至今為止不曾騙過一個人的至極善良的男人一樣？」

「正是如此。」
「我們都是，做不出壞事的人呢。」
「完全正確，心地太善良了啊，我們兩個。」
澪標深空和澪標高海有所行動——
零崎人識也，動了起來。
在中心點交叉。
「乖違——」
「——泡飴。」
「矮樹——」
「——清逸。」
不只是手——澪標姊妹同時使出了腳。
畢竟是鬆垮垮的衣服，看起來不是很方便行動的樣子，但相對的，其動作也就更加難以預測。實際上零崎，對澪標姊妹左右對稱攻擊，單是用手腳招架就已經很勉強了，好不容易得到了「無銘」，卻沒有還手的餘地。
她們——
澪標深空和澪標高海的攻擊，沒有分散。
總之，同調著。
絲毫沒有偏差的，左右同時攻擊。

徹底到這種程度——比起攻擊分散，更加棘手。

果然——一對二還是居於劣勢。

不只是手的數量單純的加倍，比起其他，最重要的，是攻擊的範圍變廣——無法將防禦集中到一點這件事！無法集中，就等同于集中力欠缺——

「燒廉——」

「——水鶺。」

「陰壓——」

「——便巧。」

零崎——在一刻不停歇的深空和高海的猛攻下，似乎到達了極限——向後，倒了下去。不，倒下這種說法並不正確，剛才的，應該說是軸足滑了一下——確實，遍布碎石的這個地方，並不怎麼便於行動——不過這種條件對於雙方都是一樣——

但是。

即使這樣，零崎仍然笑著。

「——看招！」

倒地同時，以接觸到地面的腰為支點，將雙腿像鐮刀一樣——在深空和高海的腳下，連續的，橫掃了數次。

或許是沒有料到敵人會在倒地的姿勢下反擊，深空和高海，像是要壓在零崎身上一般，倒了下去。

當然，重新站穩應該還來得及。
但是，兩人卻並沒有那麼做。
兩個殺手，並沒有那麼做。
反而——
就這樣，向下，
一邊向——零崎人識落去，
一邊——像要追擊般，將左手和右手，
交叉起來。
「羅織——」
「——繪扇。」
「田鶉——」
「——蛇籠。」
「八尺——！」
「——墮獄！」
倒在地上沒有起身機會的狀態下，面對沒有任何躊躇，稱之為捨身也不為過的，
不考慮任何後果的，從天而降的手掌——
零崎，從正面接了下來。
把「無銘」暫時放到地上——

與深空的手——

與高海的手——

所有手指，相互交叉一般，接了下來

「…………」

「…………」

攻擊的衝擊——沒有傳來。

不像是，單純的，承受住打擊。

零崎狡猾的一笑後，

「和女孩子牽手，我還是第一次。」

像這樣胡扯一番後——

順勢拉住手腕，將兩人扣到地上。

借助其反動，站了起來。

手還是，連在一起的狀態。

「兩手摘花嗎？但是不行啊。因為你們個子太矮了。要要想和我交往，至少要超過一百七才行。」

「你，你這傢伙——」

「你，你這傢伙——」

「饒了她們吧。」

零崎終於從兩人身上拿開了手——咚咚咚，的，用單腳，像跳房子一般，後退了三步。

「必殺的攻擊連續兩次被封住後，還不放棄的話，就只能說是阿呆一個。妳們的等級在剛才的交手中也明白了吧——妳們敵不過我。**還早了一百年呢**——」

那是——

那應該是——哀川潤的臺詞才對。

零崎，繼續著說。

「至今為止我想殺卻沒能殺死的傢伙，就只有人類最強和那邊的戲言玩家而已。那麼，回過頭來想想，**到底準備怎麼辦呢？**澪標深空——澪標高海，殺手小姐。不會被我殺死的自信，理由，證據——經歷了剛才的攻防之後，還有什麼殘餘的嗎？」

「…………」

「…………」

「沒用的，零崎。」代替尚未起身，只是半坐在地上的澪標姊妹，我說「那兩個孩子是狂信者——對殉教那種事，根本不會感到恐懼。」

「原來如此，不怕死嗎。」

零崎說。

「不過——害怕我吧。」

「…………」

「……………」

「放心吧，放心吧可愛的可愛的殺手小姐——害怕我的話我就放過妳，放過妳們。消失到別的地方去吧，要逃的話我絕對不會去追的。就連話也不會對妳們說，眼睛也不會去看妳們。當然——執意要衝過來的話事情就不同了。無論是正當防衛也好過剩防衛也好，就算戲言玩家會制止，我也會毫不留情的——」

零崎——

吐出鮮紅的舌頭，

對穿著僧衣的兩人，像是要吃掉般看著。

「殺死、肢解、排列、對齊、示眾——」

深空和——

高海——

像跳躍一般，站了起來——

與零崎，隔開了很遠一段距離。

「下次——就沒有這麼簡單了。」

「下次——就沒有這麼簡單了。」

殺死。

一定要殺死。

從左右兩邊同時殺死。

這麼說完——兩人，轉過身去。
漸漸溶入了——京都的暗夜之中。
兩人的足力果然不同凡響。
轉眼間就消失了。
「哈哈——真是傑作啊。」
零崎，目送兩人遠去的時間比我更久——然後這麼說。
「的確如你所說，她們並不畏懼殉教——但是，在此之前曾作為「殺手」，目的達成才是至上目的，被灌輸過這種概念。她們的目的肯定不是殺死我吧？為了殺死你——所以一定會選擇逃走。」
「……那麼，拜託你把她們抓住好不好。」
「說不要殺的不是你嗎。」
「我說的不要殺，就是不要殺死而是將其活捉並獻到我的面前來的意思。連這種事情都不懂嗎？」
「那真是抱歉。聽到你說不要殺，我還以為是讓我不要呼吸呢。哈哈，看來時差引起的錯亂還沒有痊癒呢。」
「……一直在海外嗎？」
「記得以前說過才對。忘記了嗎？真是優秀的記憶力啊，不良製品。」零崎，將方才放到地上的「無銘」拾起，遞向了我「那麼，接下來，有什麼打算？」

「也是呢——要問我有什麼打算——」我接過「無銘」，並把它放回口袋「應該，怎麼辦才好呢。」

頭巾妹妹的屍體——倒在椋樹附近。

但是——那個，並不是我可以應付得了的事。那是應該在我無法觸及的領域內被收拾掉的東西。頭巾妹妹所說的——第十二代的古槍頭巾，希望得到「無銘」的理由，到最後也沒能知道——在頭巾妹妹死去的現在，對我來說，那些都只是一些瑣碎的事情而已。

並不瑣碎的，只有頭巾妹妹的事。

比起這個，應該考慮的事……

既然……澪標姊妹已經離開了這裡——畢竟一個人留下也沒有多大意義，一里塚木之實一定也已經撤出這個御苑了吧。

總之——

可以看作已經回避了緊急事態嗎。

危機已經過去了嗎。

但是——到底是怎麼回事？

狐面男子明明已經從我身上收手——明明如此，作為狐面男子手足的「十三階梯」內，還有三人，仍然以我的性命作為目標。

澪標姊妹暫且不論——一里塚木之實。

澪標姊妹的單獨行動，還可以用狐面男子超高魅力和超低人望來解釋——有一里塚木之實摻進來的話事情就不一樣了。反過來說如果襲擊者只有一里塚木之實的話，可以看作是狐面男子仍然有所企圖的表現，但這麼一來，澪標姊妹的言行，反而又與所謂的企圖相矛盾。

總之……

還，沒有結束嗎。

還在繼續——是這樣的嗎？

「吶。」

「嗯。」

握住零崎的手，我站了起來。

呼吸，恢復到足以行走的程度。

肩膀的痛楚雖然尚未消失——但是，並沒有造成骨折或脫臼之類的事。因為在向前奔跑時受到同一方向的攻擊，所以算起來和自己向前飛躍沒有多少區別，因此將衝擊減到了最低限——就是這麼一回事。

但是，這就是最低限嗎……

這麼說來，接下澪標姊妹全力一擊的零崎，好像沒有什麼大礙的樣子。和出夢相比，那邊比較強呢。

啊，對了。

「對了，零崎，匂宮出夢這個人，你知道嗎。」

「嗯，啊。知道倒是知道。就是那個有著一頭漂亮長髮，穿著拘束衣，具有雙重人格的傢伙對吧？」

「不只是名字，你們見過面嗎？」

「見過啊，『妹妹』雖然不認識，和『哥哥』那邊，幾年之前——要講的話，會是個很長的故事，有什麼問題嗎？」

「不……」

果然，有過一面之緣嗎。

那麼說的話，到底是什麼關係呢。

但在我這樣提問之前，零崎先問道：「匂宮出什麼事了嗎？」

對我知道那個名字這件事，似乎很疑惑的樣子。確實，就連小姬，關於匂宮的情報掌握的也並不多……

「嗯……反正，看來我們都有問題要問對方……除此之外也有很多往事要談的樣子……總之，先離開這裡吧。到我的公寓去。剩下的等坐下來再說。」

那件事後——到底怎麼樣了。

聽說是遭到全滅的零崎一賊的事。

然後，休士頓的狀況。

小唄小姐的事也一樣……

還有最重要的一點，

零崎人識和，狐面男子間的，聯繫——

應該存在的，那個聯繫。

雖然覺得已經沒有必要，但既然事請變成這樣——

「啊，順便問一下，零崎，你對『闇口』的家系，會感到厭惡什麼的嗎？」

「不，倒是沒這回事，怎麼了？」

「喜歡少女之類妹妹之類的嗎。」

「在說什麼啊你這傢伙。」

「不，只要不討厭就好。」

「匂宮」雖然十分厭惡「闇口」，但至少零崎個人來說，並沒有那種感情。即使和崩子見面，也不會有多大問題吧。雖然不知道崩子會怎麼說……零崎一族似乎是相當不討人喜歡的樣子。

「話說回來，那個姊姊，還住在隔壁嗎？」

「嗯？」

「留著黑色直髮的帥氣姊姊。」

「直髮……不，啊，是美衣子小姐對吧。」

和零崎見面時把頭髮放下來了嗎。

記得是在房間裡見面的。

「倒是還在，怎麼了？」

「既然要去公寓，就先帶我去見那個姊姊吧。其實比起你，我是因為更想見到那個姊姊才來京都的。」

「別開玩笑了，不許出手，那是屬於我的。」

「嗯？是這樣嗎？」

「就是這樣沒錯。」

雖然被她甩了。

不過這是一回事，那又是另一回事。

不能混為一談。

我和零崎，一左一右，雖然不能說是對稱，朝著御苑中立賣門，走了過去。從那裡出發一直向西走，就會抵達公寓。

「對了——你是在那裡見到繪本小姐的？」

「誰？」

「就是繪本小姐，穿外套的人。」

「啊，那傢伙，叫繪本這個名字啊。繪本繪本，繪本——嗯？繪本？和五月時的那個女人，有什麼聯繫嗎？」

「應該沒有吧，又不是同一個字，我想只是偶然而已。如果連那種地方都要安插進命運我會受不了的。」

「哼，搞不太懂呢，和那個女人見面，是在你的公寓前面。」

「嗯？」

「想要見你一面專程來到公寓後，她就告訴我這件事，然後我就像梅樂斯一樣飛奔著，趕去救你了。」

「我可不喜歡那個故事……原本應該是無關者的石匠下場卻是最慘的。」

「真是膚淺的理解呢。遇到同樣的狀況，石匠一定也會那麼做的。那兩個人都明白這一點。就像兩人都是對方的一部分一樣。正因為這樣，所以才叫友情不是嗎。」

「或許是這樣沒錯。但是，我不喜歡。能對那個故事做出的唯一評價，就是梅樂斯是妹控這件事。」

「我認為那絕對不是這種故事……」

不過——

繪本小姐，為什麼會出現在我的公寓之前呢。是想要向我通知狀況，不巧又遇到我外出嗎？那樣的話，既然見過面，通知給真心和崩子也未嘗不可……為什麼，會告訴未曾謀面的零崎？

反正，總之，知道繪本小姐沒事比什麼都好——應該這麼想嗎。不，現在還不是可以放心的時候。公寓裏大家的安全也令人擔心……必須趕快回去才行。玖渚機關的防禦尚未解除，或許是因為有著事情會發展成這樣的先見之明也說不定……

「不過零崎，虧你還能和繪本小姐正經的對話呢。那個人，明明絕對不可能和初次見面的人正常的交流……也虧你，還能相信那個繪本小姐說的話呢。」
「為什麼這麼說？雖然樣子的確很怪異，說話方式，倒是很普通，或者說，沒什麼不正常的。」
「正常？普通？開玩笑吧。對我說這種慌又有什麼意義呢？就連我為了和她正常的交談，也花了相當長的一段時間，一不小心說錯什麼就會惹她哭。」
「哭？」
「她沒有哭嗎？」
「正常的大人怎麼可能會哭。」
「嗯？」
「嗯？」
咦？
有什麼——對不起來？
「……我說，零崎。你在我公寓前見到的，是個穿著雨衣和雨靴的美女沒錯吧。」
「雨衣和雨靴？」
「或者說是，白袍配泳裝。」
「……要是見到那麼奇怪的傢伙我兩秒之內就會逃走。」
零崎像是氣氛突然低落下去一樣地回答道。
用有所深喻的表情看著我。

「那麼……那個，到底是誰？奇怪的女人——」

「雖然說是奇怪的女人，我可沒說是變態的女人。我見到的，只是穿著外套——啊。」

正要穿過中立賣門時——

零崎，提高了聲音。

然後——指向前方。

「就是站在那裡的傢伙。」

「嗯？」

「就是站在那裡的傢伙，我說的那個女人。」

順勢看去——

聽完，順勢看去。

靠在門柱上，

一個女人——在那裡，站著。

外套下是輕飄飄的長裙和淡棕色的緊領夏衫——

絲襪和白色的高跟鞋。

PRADA的手提包。

只有外套顯得有些突兀。

女人用——

用細長的眼睛，注視著我和零崎。
她定定地凝視著我們——
令人感到會從正面被切開一般的，
殘忍的表情。
彷彿從一開始就不相信看到的一切般，彷彿看透了一切事物的內面般的，雙眼。
八重齒外翹出的紅唇——妖豔地扭動著。

「『十三階梯』第四段——宴九段。」

像是極度無聊一樣，讓人感覺同時體會將地獄和虐殺和罪惡和絕望和混沌和屈從，將全世界的無聊全部化作語言傳給我們一般的口吻。
「宴、宴，九——」
「不過僅限於現在來說的話並非『十三階梯』，而是作為『死線之藍』親密的友人——前『軍團』其中之一，『屍』滋賀井統乃，站在這裡。」
「…………！」
滋賀井統乃？——前「軍團」！
「叢集」、「團體」、「矛盾集合」、「領域內部」——
「集團」

「玖」渚——「九」段！

宴九段——滋賀井統乃！

是同一個人！

那麼說我——做出了將狐面男子的手下，狐面男子的手足，為了守護自身而讓玖渚將她叫來的事情嗎。

「不需要擺出那種表情也可以——放心吧。我在狐狸先生和『藍』之間，當然是對『藍』更加忠誠。對狐狸先生已經背叛過五千零四十遍左右，但背叛『藍』的經歷可是一次也沒有。」

「五，五千……？」

「但他還是讓我當第七階梯。」

語氣平靜，宴小姐——不，統乃小姐，嗎。

有兩個名字——雖然比起諾衣茲要好上很多，但對我來講還是相當為難……

「這傢伙是誰啊？」零崎，似乎沒能搞懂狀況般問道「是你的敵人嗎？可以殺死她嗎？」

「不，不行……當然不能殺死她——」

當然，搞不懂狀況這一點我也一樣。

不——

什麼也不懂。

「那個，雖然不知道該稱妳為統乃小姐還是九段小姐——那邊都好，妳為什麼會在這裡——」

「為了背叛『藍』——不，為了背叛玖渚友。」

從外套口袋中取出菸盒。

低焦油含量的高級品。

叼在嘴裏，用打火機點上火。

「雖然沒有告訴狐狸先生——你的事情我已經聽『凶獸』和『害惡細菌』重複到令人生厭的程度了。當然，從『藍』本人那裡也是一樣。實在是令人愉快的事啊，我們『軍團』八人加在一起——終於湊成了一份你的代理品。」

「…………」

「只有我們八人——還遠遠不夠。」

不對——的，將煙霧呼出的統乃小姐。

「總之，我們軍團所做的事，不過就是舊瓶裝新酒和小丑搞笑之類罷了。不過是將你六年前對玖渚機關所作的模仿、複製貼上而已——至少來個剪下、貼上也好啊。」

既不是自虐。

也沒有責備我的意思。

只是淡淡地說。

像是——戲言一般。

然後，將身體正面朝向我。

「戲言玩家，你喜歡車嗎？」

「……飛雅特之類的，倒是很喜歡——對所有汽車來講，就不怎麼樣了。」

「那麼，就換個問題好了。把十年以上沒有受到任何保養鏽跡斑斑，作為古董很有價值的引擎突然發動起來的經歷，你有過嗎？」

「那種事——」

不知道到她底想要說些什麼。

我，橫向地後退了一步。

從統乃小姐和零崎連成的直線上，挪開身體。

「——怎麼可能。」

「啊，這樣，沒有嗎。」

「不過，妳的意思我大體明白。那樣的話，一定會瞬間起火，然後報廢掉。」

「你確定？」

「至少不必做到嘗試的地步。」

我說。

「你到底想要說些什麼？還有，剛才所說的，背叛玖渚，到底有什麼意義？」

「意義啊——根本沒有意義，就是那樣。我和兔吊木那傢伙不同，當然，和你也不同。並不會用語言傳達意義和概念。無論何時，語言就是語言，沒有任何意義。讓玖渚友背叛就是指，背叛『藍』的意志……違背『藍』的命運，只是這種事而已。『屍』對『死線之藍』——從心底裏毫不迷茫的背信。雖然對『藍』的欺騙，隱瞞的事數不勝數——但是，背叛，這還是第一次。」

「第一次——」

「玖渚友已經不行了。」

統乃小姐——

從取出香菸的口袋中，拿出了眼鏡，靜靜的，戴了上去。

眼睛——難以窺看。

窺看不到，她的眼睛。

「不，不行？不行是指——」

不懂。

無法理解她所說的一切。

像是對這樣無能的我，

這樣什麼也不知道，被蒙在鼓裏的我，

從心底裏蔑視一般——統乃小姐說道。

令人無可奈何——無論做什麼頭無法改變的，

真相，告訴了，我。

從統乃小姐的——

眼鏡中，一滴淚水，滑落出來。

統乃小姐要——背叛玖渚。

為了玖渚友，背叛玖渚友。

「都是你的錯，戲言玩家。是你不好，都是你不好。是你的責任，做錯的只有你一人。因為你，從不知何時起，結束了停止，一個人開始變化——所以玖渚友才，無法繼續停止下去，無法控制住——成長。」

阿伊不會變呢。

阿伊不會變的，永遠。

「那，那——那又，怎麼——」

「停止了十年以上的身體事到如今怎麼可能承受得了成長的負荷。想想就能知道。『藍』為了對你隱瞞著件事好像費盡了心思——無論是機關的人還是前『軍團』的成員，除了你以外的所有人都知道這件事。在你以狐狸先生為對手燃燒著使命感，孤軍奮戰的時候——除了你以外的所有人，都已經和她進行完臨終道別了。玖渚友——」

「什麼時候突然死掉，都不奇怪。」

《Halloween》is the END.

後記——

京都地下鐵東西線的京都市役所前車站經過特殊設計，乘客絕對不會跌落鐵軌，然而假設我們清楚明白很安全，也就是絕對無比的安全受到完美且無庸置疑的保障，當列車通過眼前數十公分的距離這樣的現象，對心臟並不健康。雖說這世上沒有絕對，也不是天馬行空地幻想列車跑到月臺上——這種事若發生，比起在月臺上等列車，反而是坐在列車裡生命危險多了，然而最根本的不安卻始終難以消除。即使隔著玻璃窗從高處往下看，仍會莫名雙腳發軟吧。果然，人類就算平時什麼都沒在想，對於生命的危險仍是過於敏感的。基本上人類不過是血肉之軀，基本上人類都很怕死。話雖如此，在京都市役所前車站等電車時，明明不想自殺，應該說明明很怕死，卻仍有看準時機就跳軌的衝動真是不可思議。這叫做破壞衝動呢還是破滅衝動呢，「全部都給我摧毀殆盡吧！」一般全部豁出去或拋出去的衝動　，那正是想脫離固定規率脫軌而出的心情吧。無論是脫軌還是什麼，其實都是自己飛撲過去的。雖然話題變得不知所云，即使如此我還是想說，萬一有不想死的想法，或全都想豁出去的想法，只要這股心情存留心中的話，就是還在半路上吧。雖然不一定是在發展中。

本書是接續《完全過激（上）十三階梯》的中集，如果把上集的嘗試比喻為由右往左奔馳的直線，本書就是停滯不前的空轉故事。想的跟做的充滿矛盾，那裡存在的東西與那裡看到的東西總是擦身而過，在強大的決心與懦弱的意志前只能臣服——之類的。空轉最佳代言人「戲言玩家」也差不多到了接受制裁的時刻。因此，廣告之後故事即將結束。如果您一路閱讀到此，請千萬不要錯過戲言系列最終集《完全過激（下）藍色學者與戲言玩家》。

西尾維新文庫也創刊一周年，本書來到了第八集。為這個看似一帆風順其實背後每一步都走得艱辛萬苦的製作工程，獻上誠摯的感謝。插畫家竹老師，以及講談社文庫出版部的各位，以再一集本系列就大功告成的事實為激勵，鼎力相助渡這難關。我也會繼續努力。

西尾維新

浮文字

完全過激中 紅色征裁vs.苦橙之種

（原名：ネコソギラジカル（中）赤き征裁vs.橙なる種）

作者／西尾維新　插畫／take　譯者／常純敏、李惠芬
發行人／黃鎮隆　副總經理／陳君平
副理／洪琇菁　國際版權／黃令歡
執行編輯／呂尚燁　美術編輯／李政儀
企劃宣傳／邱小祐
發行／英屬蓋曼群島商家庭傳媒股份有限公司城邦分公司　尖端出版
台北市中山區民生東路二段一四一號十樓
電話：（〇二）二五〇〇—七六〇〇（代表號）
傳真：（〇二）二五〇〇—一九七九
中彰投以北經銷（含宜花東）／楨彥有限公司
電話：（〇二）八九一九—三三六九
傳真：（〇二）八九一四—五五二四
雲嘉經銷／威信圖書有限公司　嘉義公司
電話：（〇五）二三三—三八五二
傳真：（〇五）二三三—三八六三
客服專線：〇八〇〇—〇二八—〇二八
南部經銷／威信圖書有限公司　高雄公司
電話：（〇七）三七三—〇〇七九
傳真：（〇七）三七三—〇〇八七
一代匯集／香港九龍旺角塘尾道六十四號龍駒企業大廈十樓B&D室
電話：（八五二）二七八三—八一〇二
傳真：（八五二）二七八二—一五二九
馬新經銷／城邦（馬新）出版集團　Cite(M)Sdn.Bhd.
E-mail：Cite@cite.com.my
法律顧問／王子文律師　元禾法律事務所
台北市羅斯福路三段三十七號十五樓
二〇二〇年八月二版一刷

■中文版■

郵購注意事項：
1. 填妥劃撥單資料：帳號：50003021戶名：英屬蓋曼群島商家庭傳媒（股）公司城邦分公司。2. 通信欄內註明訂購書名與冊數。3. 劃撥金額低於500元，請加附掛號郵資50元。如劃撥日起 10～14日，仍未收到書時，請洽劃撥組。劃撥專線TEL：(03) 312-4212 ・ FAX：(03) 322-4621。E-mail：marketing@spp.com.tw

國家圖書館出版品預行編目資料

完全過激中 紅色征裁vs.苦橙之種 / 西尾維新 著 ;
譯. --1版. --臺北市：尖端出版, 2020.08
面 ; 公分. --(浮文字)
譯自：ネコソギラジカル. 中, 赤き征裁vs.橙なる種
ISBN 978-957-10-8939-3

861.57　　109004982